KB150425

꿈모음터 2

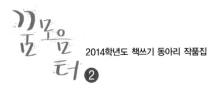

2014학년도 책쓰기 동아리 작품집

초판 1쇄 인쇄_ 2015년 5월 7일 | 초판 1쇄 발행_ 2015년 5월 15일
지은이_책펴아(책으로 꿈을 펼치는 아이들) | 엮은이_김효선 | 펴낸이_진성옥 · 오광수 | 펴낸곳_꿈과희망
디자인 · 편집_김창숙, 윤영화 | 마케팅_최대현, 김진용
주소_서울시 마포구 토정로 222 B동 1층 108호
전화_02)2681-2832 | 팩스_02)943-0935 | 출판등록_제1-3077호
http://www.dreamnhope.com| e-mail_ jinsungok@empal.com
ISBN_978-89-94648-76-7 43810
※ 책 값은 뒤표지에 있습니다.
※ 새론북스는 도서출판 꿈과희망의 계열사입니다.
ⓒPrinted in Korea. | ※ 잘못된 책은 바꾸어 드립니다.

꿈꾸음터 ②

책펼애(책으로 꿈을 펼치는 아이들) 지음
김효선 엮음

꿈과희망

　우리 서재중학교에 부임한 지 어느새 한 달이 지났습니다. 우리 학교 학생과 교직원, 그리고 학부모님과 지역 주민들의 관심과 애정, 열정을 느낄 수 있는 충분한 시간이었습니다.

　한 달 여 동안 지내면서 '서재라는 아담하면서도 농촌과 도시를 아우르는 지역이라는 특색'과 '지역의 유일한 중학교라는 특색'이 어울려 우리 학교만의 전통과 멋을 만들어 낼 수 있는 멋진 곳이라는 생각이 들었습니다.

　그리고 그런 생각에 힘을 보태준 것이 바로 우리 학교의 다양한 교육 활동이었습니다. 사제동행 행복시간 및 걷기, 학교폭력 예방을 위한 브레이크 콘서트, 특기 적성을 살릴 수 있는 다양한 방과후 활동과 동아리 활동. 그 중, 일 년 간의 성과를 모아 책쓰기 동아리에서 멋진 결과물을 완성하게 되어 참 뿌듯합니다.

　책쓰기라는 활동은 이름 자체만으로 큰 무게감이 느껴지는 활동입니다. 한 권의 책을 완성하기 위해 어느 작가는 몇 년 간을 사전 연구와 집필 작업을 하기도 하고, 한 문장 때문에 몇 달 간을 고민하고 수정하기도 하는 등 책쓰기는 쉽게 생각해서 시작할 수 있는 활동이 아닙니다.

　그럼에도 불구하고 우리 동아리 학생들은 작가의 고뇌와 산고의 고통을 겪으면서 작년에 이어 두 번째로 '꿈모음터'라는 이름으로 작품

집을 내게 되었습니다.

특히 작년 작품집은 대구시 교육청에서 지원을 받아 영남일보사에서 정식 책으로 출판되었고 정식 작가들처럼 출판기념회 행사를 가지기도 했습니다.

너무나도 기특하고 대견스럽습니다. 감히 '작가'라고 부를 수 있을 정도로 멋진 작품을 만들어 낸 아이들이 자랑스럽습니다.

또한 이 아이들이 자기의 꿈과 재능을 이끌어내고 마음껏 펼칠 수 있도록 격려하고 이끌어주신 동아리 지도 선생님과 학부모님께도 감사의 말씀을 드립니다.

그리고 꿈꿔봅니다. 우리 학생들이 20년 뒤, 정식 작가로서 자기의 이름을 내세운 멋진 작품을 출판하여 서재중학교의 이름을 드높일 그날을 말입니다.

서재중학교 교장 박영서

| 차례 |

어느
평범한 의사의
범상한 경험

채상연

"후아아아아암."

상진은 길게 하품을 했다. 그러면서 시계를 올려다보았다.

"4시 35분······."

이 시간이 평범하게 오후일 리가 없다.

"으아아아 집에 가고 싶다!"

"저도 마찬가지입니다."

상진은 순간적으로 움찔하면서 옆에서 들려온 목소리에 고개를 돌렸다.

"언제부터 거기 계셨던 겁니까? 최민아 간호사?"

"하품하실 때부터요. 들어왔는데 아무 말 없으셔서 그냥 보고 있었어요."

'역시 무서운 사람이군.'

"저기요, 간호사님?"

"왜 그러신가요, 집에 가고 싶으신 의사님?"

"커피 좀 타주실래요. 제가 현재 약 40시간 동안 수많은 환자들과 같이 있어서 몸의 상태가 거의 한계에 다다랐고 이로 인해 제 몸이 계속 수면욕의 욕구에 지배됨으로써 다음 환자들을 진료할 때 혹시나 불상사가 생길 수 있으므로······."

"알았어요! 그냥 타 달라고 하면 될 것을 참 길게도 설명하시네요. 누가 글 쓴 사람 아니랄까 봐."

"좀 부탁드릴게요."

쿵!

말이 끝나자마자 상진은 자신의 책상 위에 머리를 박았다.

'제발 5분 만이라도⋯⋯.'

"커피 왔어요!"

"빠. 빠르시네요?"

상진은 민아가 타 준 커피를 살짝 마셨다.

"음⋯⋯. 역시 우왜애애액! 대체 무엇을 넣은 겁니까!"

상진의 반응을 보고 최민아는 킥킥 대면서 말했다.

"커피를 타러 갔는데 이관우 환자가 계속 직접 하시겠다고 하셔서요."

"이런⋯⋯. 혹시 뭐 넣었는지 알아요?"

그러자 최민아는 해맑게 웃으며 고개를 돌리면서 말했다.

"몰라~요."

'아 지금 싸우면 내가 질려나? 만약 팔다리 하나 정도는 부서져도 정형학 전문이니깐 스스로 깁스 정도는 할 수 있겠지.'

"저 잠시 화장실 좀 갔다 올게요."

그러자 최민아가 상진을 잡아당기면서 갑자기 흰 가운의 주머니를 뒤졌다. 그리고 메스 하나를 찾아냈다. 그리고 웃으면서 말했다,

"잠시만요. 이건 두고 가셔야지요?"

'쳇.'

305호 병실. 상진이 그곳에 들어갔을 때 그의 눈에 보이는 것은, 키가 180이 넘는 거구의 몸집에 얼굴에는 흉터가 여러 개 나있는 갈색 피부의 사람이 환자복을 입고 병원 텔레비전에서 나오는 개그 프로그램을 보면서 크게 웃고 있는 모습이었다. 그 사람은 뒤에서 느껴지는 살기를 알아채고 뒤를 돌아보았다. 그리고 상진을 보고 반갑게 인사했다.

"요! 의사쌤!"

"저기 죄송하지만, 여기는 병원 의국으로 환자나 관계자 이외에는 출입금지 구역입니다. 특히 피부가 까맣고 덩치가 큰 남자를 보고 환자분

들이 놀라면 굉장히 위험할 수 있으므로……."

"그런 소리 하는 거보니, 잠은 다 깼나보군."

이 거한은 어렸을 때부터 상진의 친구였던 이관우이다.

초등학교 때부터 알고 지내 고등학교까지 같은 학교에서 지내다 상진은 의학 쪽으로, 관우는 경찰 쪽으로 진로를 정하였다.

"네놈이 범인이렷다!"

"네가 계속 집에 가고 싶다고 간호사들한테 징징대서 약간 선물을 준 것뿐이야."

"설마 살인 현장에서 구한 청산가리 같은 것은 아니겠지?"

"비슷해. 복분자야."

"커피에 복분자를 타는 사람이 어디 있냐!"

"왜 건강에 좋잖아. 특히 남자에게는."

"너나 실컷 드세요. 그래야 나쁜 놈들 더 잡아넣지."

그 말에 관우는 쓴웃음을 지었다.

"그거는 그렇고 이거는 언제쯤 낳을라나?"

관우는 갑자기 윗옷을 들어 올려 왼쪽 아랫배 부분에 대략 10cm 정도 꿰맨 자국을 보여주었다.

"한참 걸려, 인마."

그러면서 상진은 길게 한숨을 쉬면서 말했다.

"어휴, 옛 친구란 놈이 기껏 찾아왔는데 칼빵이나 맞고 오다니."

그렇게 말해도 관우는 씩 웃으면서 말했다.

"덕분에 얼굴 보면서 살잖아."

"그래, 바쁜 친구를 더 바쁘게 만들어 주셔서 감사합니다!"

"별말씀을~."

"어휴, 그 상처 5일 정도 있다가 실밥 제거하러 들러야 되고 그 후 7일 동안은 상처 부위에 물이 안 들어가도록 조심해야 해."

그 말을 듣고 나서 관우는 갑자기 환자복을 벗고 옆에 있던 자신의 검은색 점퍼를 입었다.

"어디 가?"

"5일 후에 오라며?"

"감히 주치의께서 떡하니 버티고 있는데 환자분이 도망을 가시겠다?"

"어쩔 수 없는 거 알잖아. 나한테 이 상처 준 녀석이 꽤 큰 깡패 집단이라나 봐. 다른 사람들한테 칼침이나 주고 다니는데 이러고 있을 수만은 없잖아."

"참~ 너답습니다."

그러면서 상진은 관우 옆에 앉았다. 그리고 몇 초 간의 침묵이 흘렀다.

"어휴 네가 내 말을 듣기야 하겠냐?"

그러면서 상진은 일어나서 병실을 나가려다 한마디 더하였다.

"일도 일이지만 몸 좀 사려, 인마."

그러자 관우는 피식 웃으면서 말했다.

"내가 배에 구멍이 나도 너보다는 건강할 거다."

"짜식."

그리고 두 사람은 병실에서 나와 각자 반대 방향으로 걸어갔다.

CHAPTER 1

"다음 환자 들어오세요."

그러자 상진의 진찰실로 한 남자애와 아이의 엄마같이 보이는 사람이 들어왔다.

'쉬는 시간인가?'

상진은 현재 진성 병원이란 동네병원에서 3년째 일하고 있다. 동네지만 거의 웬만한 대학 병원만큼 커다란 이곳 간판에는 '아픈 사람이 있다면 언제든지!' 라는 뭔가 초등학생같이 순수한 글이 쓰여 있다. 그래서 병원 크기에 비해 의사 수가 부족해서 언제나 바쁘게 돌아가고 있다. 상진은 3년 동안 한 번 일을 하기 시작하면 거의 40시간 동안씩 일을 하고 1시간 정도씩 잠깐 눈을 붙이는 것 말고는 거의 쉬지 못했다. 특히 구급차나 환자들의 증상이 악화되었을 때는 피곤한 것을 보일 틈도 없이 더 바빠졌다. 그렇게 정신없이 환자와 상대하다보면 가끔은 별것도 아닌 걸로 찾아오는 사람들이 있다. 약간 찢어진 것을 봉합을 해 달라든가 안약 같은 것을 처방해 달라는 것 같은 것들이 대표적인 예이다.

상진은 환자의 전자 카르테를 보았다.

"지나가다가 가만히 있는 차에 머리를 부딪쳐서 이마 부분에 2cm 정도 찢어졌다고요?"

'웃으면 안 돼. 웃으면 안 돼.'

그렇게 상진은 속으로는 간신히 웃음을 참으며 무표정으로 상처를 살펴보았다.

"병원에 사람들이 많네요."

아이의 엄마처럼 보이는 한 여성이 한숨을 쉬며 말했다.

"이렇게 꿰매야 하는 것은 이런 큰 병원보다는 개인 성형외과 병원에 가는 것이 더 낫습니다. 일찍 가거나 미리 예약을 해놓으시면 기다리실 필요도 없고 거기는 여기 이런 곳보다는 더 촘촘하게 해서 흉터도 좀 덜 남습니다."

"여기서도 그렇게 촘촘하게 해주시면 안 되나요?"

"성형외과에서 사용하는 실이 있는데 이런 병원이나 동네병원에서는 구하기가 좀 어려워서요. 그래도 지금 봉합해 드릴까요?"

그러자 아이의 엄마는 잠시 고민을 하는 거 같더니 다시 한 번 한숨을 쉬고 대답했다.

"아니요. 그냥 성형외과 가서 할게요."

그렇게 아이와 아이의 엄마가 나가고 상진은 자신의 손을 이마에 대었다.

"어렸을 때 나하고 똑같네."

상진이 손을 떼자 이마에는 희미하지만 2cm 정도 봉합한 자국이 있었다.

"후아아아암."

상진은 시계를 보았다.

"10시 45분."

눈을 비비고 다시 시간을 확인하지만 그렇다고 시간이 더 빨리 갈리는 없다.

상진은 길게 한숨을 쉬고 그날의 스무 번째 환자를 들어오게 했다.

양복만 안 입었으면 중학생 정도 돼 보이는데 양복을 입은 것을 보니 회사나 다른 볼일이 끝나고 귀갓길에 응급실에 들른 것 같다.

"잠시만 뭐라고요 꼬……. 아가씨?"

순간적으로 말실수를 -이미 한 것 같지만- 할 뻔했다. 제대로 못 들었는지 양복 소녀는 해맑게 웃으면서 말했다.

"꽃가루 알레르기를 치료할 수 있는 안약이 필요해요. 이제 곧 봄이 니깐 제가 좀 많이 괴로워지는 시기라서 그 전에 미리 처방을 받고 싶어요."

상진은 다시 시계를 확인했다. 10시 46분. 밖이 어두운 것을 보니 이 시간이 평범하게 아침일 리가 없다. 이 진찰실을 나가면 아직도 진찰을 기다리는 사람들이 대기실을 가득 메우고 있을 것이다. 이런 상황에서 당당히 꽃가루 알레르기용 안약을 요구하고 있다니 상진은 순간, 대학 시절 햄버거 가게에서 아르바이트를 할 때 주문이 밀려서 열심히 정리를 하던 중, 한 꼬마가 와서 주문은 하지 않고 해맑게 웃으며 콜라 리필 해달라고 했던 일이 생각났다.

'그때 그 꼬마하고 닮은 거 같은데? 혹시?'

"꼬맹이."

상진은 자신도 모르게 전자 카르테에 이렇게 쓰다가 지우고 "점안약 처방"이라고 입력했다. 양복 소녀는 해맑게 웃으며 말했다.

"하나는 금세 다 써버리니 두 개 이상 처방해 주실 수 있으세요?"

"죄송하지만 여기는 응급 외래입니다. 하나 밖에 처방할 수 없어요."

"에이 그래도 저도 바빠서 병원에 잘 오지도 못하는데 두 개 처방해 준다고 해서……."

"제가 하나밖에 처방할 수 없다고 했지요?"

'웃으면서 화내고 있어.'

지금 상진의 얼굴을 만화로 그린다면 웃는 얼굴에 특유의 빠직 표시가 얼굴에 여기저기에 그려질 것이다.

최근에 이런 진상 환자들이 늘고 있다. 밤중에 교통사고를 당해 온몸을 봉합해야 하거나 뼈가 뒤틀려서 교정하여 고통 받고 있는 사람들 옆에서 아무렇지도 않게 혈압을 측정해 달라든가, 지금과 같이 꽃가루 알레르기 약을 달라는 사람들은 아마 응급이란 단어를 잘 모르는 거 같다.

그렇게 스무 번째 환자를 보내고 커피 한잔을 마시러 가던 중, 상진의 뒤에서 익숙한 목소리가 들려왔다.

"상진 선생님."

상진이 뒤를 돌아보니 상진보다 키는 좀 작지만 똑같은 흰 가운을 입고 있고 한결같이 묶은 머리에 눈이 큰 안경을 끼고 있는 사람이 서 있었다.

"뭔가 오랜만입니다. 부부장 선생님."

부부장 선생님은 병원에서는 항상 웃는 얼굴을 하고 있다. 물론 응급 상황에는 웃음기가 싹 없어지고 누구보다 침착하게 지시를 내린다. 그리고 병동에서 자신의 눈에 힘들어 보이는 사람들이 있으면 항상 도움을 주려고 하기 때문에 간호사들 사이에서는 흔히 "천사"라고 불린다.

"의사생활 많이 힘들지요?"

"이제는 익숙해졌습니다. 모두 선생님 덕분입니다."

"많이 힘들어 보이는데 오늘은 그만 집에 들어가 보세요."

"아, 아닙니다. 아직 환자들도 많이 남았고……."

"그 핏기 없는 상태로 환자들을 상대했다가는 오히려 더 독이 돼요. 환자 마흔 명 정도는 제가 어떻게든 할 수 있으니 걱정 마세요."

'도대체 어떻게 하면 이런 사람이 될 수 있는 것일까?'

환자 마흔 명이라니 지금 이 상태에서 상진이 그랬다면 아무도 없는 공간에서 숨어서 수면제를 먹고 살기위해 자려고 했을 것이다.

부부장 선생님은 얼굴에 특유의 웃음을 지으며 말했다.

"병원 일은 걱정하지 말고 집에 가서 조금이라도 더 주무세요."

말씀 하나하나가 합당하기 그지없다. 상진은 더 이상 거절하지 않았다. 애당초 이때까지 마신 카페인들이 머릿속에서 뇌를 가운데 두고 몽둥이찜질을 하는 것 같은 기분이 들었기 때문이다.

잉여의 집

친구 중에 어쩌다 건축을 하는 애가 지어준 집이다. 물론 비용은 상진이 의사 일을 하면서 모은 돈으로 낸 것이지만 말이다.

상진은 자신의 집 앞에 있는 빨간 우체통을 보았다.

잉여의 집

'이 짱구네 집 이름 좀 바꿔야겠군.'

상진의 집이 생기기 전

"야, 상진아. 어떤 집을 원해?"

"그냥 평범하게 해줘."

"그렇게 말하면 어떻게 해. 예를 들어봐."

"예를 들면……. '짱구는 못 말려'에 나오는 짱구네 집?"

"그래? OKAY."

그리고 집은 정말로 짱구네 집처럼 지어졌다고 한다.

"으아……."

상진은 문을 열고 현관으로 들어왔다.

"방에…가서…자야"

상진은 현관에서 신발도 벗지 않은 채로 그대로 잠들었다.

"어라? 꿈인가?"

상진은 정신을 차려보니 웬 학교 앞에 서 있었다.

"여기는 내가 다니던 중학교인데?"

상진이 옆을 보니 길게 오르막이 있었고 그 위에는 '우방'이라고 적힌 아파트들이 있었다. 그리고 그 뒤에는 커다란 산이 있었다.

"여기도 그대로네."

상진은 멍하니 주위를 둘러보면서 그 오르막길을 올라갔다.

"후… 힘들다."

다 올라가니 작은 슈퍼 하나와 아파트로 들어갈 수 있는 길이 있었다.

"살다보니 별일이군. 꿈에서 옛날에 살던 곳에 오다니."

그렇게 또 혼자서 추억 감상을 하던 중 상진에게 익숙한 목소리들이 들려왔다.

"오! 진이~"

"어! 개상이다!"

진이라고 부른 사람은 키가 170대 후반 정도 되고 약간 검은머리와 갈색피부에 큰 안경을 쓰고 있는 남자인 신상준이고, 그 옆에 키는 대략 160이 좀 넘고 눈이 크고 약간 갈색 빛의 긴 머리를 하고 있는 여자애가 채예은이다.

"늬들은 내 꿈속에서도 연애질이냐!"

상진이 그렇게 화내면서 말해 봤자 돌아오는 것은 해맑게 웃으면서 하는 대답이었다.

"무슨 소린지는 모르겠지만 그럴 수도 있지!"

"맞아. 그럴 수도 있지!"

"아… 내 멘탈."

그렇게 상진은 연애질(?)을 하는 사람들은 내버려두고 자신의 길을 갔다.

"꿈이라서 그런가 하나도 안 변했네. 나중에 한번 시간이 되면 직접 와봐야겠어."

그렇게 아파트단지의 계단을 내려가던 중

"으아아악!"

어디선가 끔찍한 비명소리가 들렸다. 그리고 갑자기 목에 피를 흘리는 사람이 튀어나와서 쓰러졌다.

"이, 이봐요!"

상진이 상태를 보려고 다가가던 중 무언가 하나 더 튀어나왔다. 자세히 보니 사람이기는 한데 회색피부에 붉은 눈을 가진 그것은 갑자기 쓰러진 사람을 물기 시작했다.

'조. 좀비라니.'

상진이 뒷걸음질 치자 좀비는 상진을 노려보았다.

'아놔……. 잠.. 깐만 어차피 이거 꿈이잖아?'

갑자기 상진의 눈빛이 달라졌다.

씨익.

상진은 갑자기 털썩 주저앉아서 손가락을 까딱까딱 하였다.

"드루와~ 드루와~. 이거 한번 해보고 싶었어. 드루와~."

그러자 좀비는 상진에게 두 발로 뛰어갔다.

퍽!

상진은 뛰어오는 좀비를 강하게 걷어찼다. 그러자 좀비는 뒤로 크게 넘어졌다가 다시 일어나서 상진에게 뛰어갔다.

"보통 사람이라면 관성의 힘 때문에 충격이 더 들어가서 갈비뼈가 나가고 넘어지는 충격으로 뇌진탕이 생기고 심하면 뇌출혈을 일으켜서 훅 갈수도 있는데 역시 대단해."

"크오오오."

좀비가 상진에게 달려오자 상진은 가볍게 옆으로 빠진 후 다리가 접히는 부분을 걷어찼다.

"크웩?"

좀비는 뒤로 다시 크게 넘어졌지만 이번에는 일어나지 못했다. 왜냐하면 상진이 그 위에 올라타서 팔을 못 사용하도록 자신의 다리로 꾹 누르고 있었기 때문이다.

상진은 음흉하게 웃으면서 말했다.

"자 왜 그랬어요. 말해 봐요. 화 안 낼게요."

"크오오오오."

"자, 다시 한 번 물을게요. 저 사람 왜 물었어요?"

"크오오오오."

퍽!

상진은 좀비의 얼굴을 강하게 때렸다. 순식간에 좀비의 입안에 뾰족한 이빨 하나가 없어졌다.

"저 사람 왜 물었어요? 말해 봐요, 화 안 낼게요."

"크. 크오."

퍽!

"크. 크오오."

퍽!

"크오!"

퍽!

"크."

퍽!

"오."

퍽!

좀비는 갑자기 애처로운 목소리로 말했다.

"으아 그만 좀 때려!"

"말할 줄 알면서 왜 '크오'라고 했어요? 말해 봐요."

퍽!

"말할 시간을 줘야지!"

"필요 없어 그런 거."

퍽퍽!

그리고 얼마 후 좀비는 더 이상 말을 할 수 없었다.

"미안해. 절대로 아까 커플 때문에 짜증나서 때렸다고 말할 수 없었어. 그 녀석들을 탓하거라. 자유로운 영혼이여."

그렇게 상진이 살짝 묵념을 하고 길을 가려고 할 때 갑자기 똑같이 생긴 좀비 셋이 나왔다.

"어이 3대 1은 반칙이야!"

그러자 좀비는 바닥에 자신의 동료가 끔찍하게 구타당한 것을 보고 상진에게 달려들었다.

"이런!"

그렇게 상진은 전력질주로 도망쳤다.

'그래, 내리막길에서 처리하자!'

그렇게 상진이 내리막길에 도착했을 때, 상진은 저 멀리에 있는 검은 파도를 보았다.

"what the……."

마치 좀비영화의 한 장면처럼 사람들이 비명을 지르며 오르막길을 올라오고 있었고 뒤에는 수많은 좀비들이 쫓아오고 있었다.

"상진아!"

상진은 밑에서 빠르게 달려서 올라오고 있는 사람이 자신의 이름을 부른 것을 보았다.

"어렸을 때 다닌 태권도 관장님?"

"어서 옆의 가게로 들어가서 문을 열어!"

그 말에 상진은 자신의 바로 옆에 있는 작은 슈퍼 문을 열었다.

"어서 들어오세요!"

상진은 사람들 몇 명과 관장님을 들여보낸 후 문을 닫고 옆에 나무판자로 문을 막았다.

"아마도 오래 버티지는 못할 거 같아요!"

그렇게 말하자마자 좀비들이 문을 뚫고 들어왔다.

"뛰어!"

"어디로요!"

그렇게 말하고 관장님은 상진을 창문이 있는 곳으로 냅다 걷어찼다.

쨍그랑!

"으아아아악."

쿵!

'어라? 하나도 안 아프네?'

상진은 신기해 하다가 뒤를 돌아보았고 뛰어야 한다고 생각하기도 전에 몸은 이미 뛰고 있었다.

"내가 뭘 잘못했지? 컴퓨터 좀비 게임에서도 좀비는 하나도 못 잡았는데."

그렇게 얼마나 뛰었을까. 상진의 눈앞에 큰 사거리가 나왔다.

"나는 내 다리와 폐와 심장을 믿는다!"

그렇게 뛰어 가던 중, 신호등 앞에서 신상준과 채예림이 서 있는 것을 보았다.

"야, 뭐해. 어서 뛰어!"

그러자 들려오는 것은 아까와 똑같은 말투뿐이었다.

"싫은데~!"

"나도 싫은데~!"

상진의 마음 같아서는 그대로 달려가서 드롭킥을 날려주고 싶지만 상진의 다리는 오로지 앞을 달릴 뿐이었다.

"그래. 어차피 꿈이니깐 니네들 마음대로 해라!"

그렇게 두 사람이 점점 멀어지고 상진은 달리다가 뒤를 돌아보았다.

"크크크. 잘 가라 커플."

"<u>크오오오오오오오</u>."

"어?"

이 달리기 경주를 시작할 때 몰려 있던 좀비 수의 거의 몇 배가 넘는 좀비들이 엄청나게 달려오다가 상준과 예림이 있는 곳을 마치 모세의 기적처럼 피해갔다. 그리고 상진을 향해 미친 듯이 달려들었다.

"이. 이건 사기야! 으아아아아."

상진은 엄청난 양의 좀비들에게 깔리면서도 이렇게 말했다.

"내가 서러워서 진짜 얼마나 싫었으면 좀비도 이러겠냐! 애인 없으면 서러워서 살겠나!"

"헉!"

상진은 잠에서 깨어났다. 정신을 차리고 보니 상진은 자신의 집 2층에 있는 침대에 있었다.

"오 깨어났다. 개상이."

"일어났나? 진이?"

"그래그래."

그리고 상진은 생각하는데 3초 정도 걸렸다.

"어라?"

"왜 그래?"

"너희들이 왜 여기 있어!"

상진의 옆에 있었던 사람들은 상진의 꿈에서 좀비들 사이에서 모세의 기적을 보여준 신상준과 채예림이었다.

"개상 집이니깐!"

"상진이 집이니깐!"

"그러니깐 그렇게 당당히 말하지 말라고!"

그렇게 몇 분 후, 두 사람은 바닥에 무릎을 꿇고 있었고 상진은 침대 위에 앉아 있었다. 상진이 먼저 말을 했다.

"왜 그랬어요? 말해 봐요. 화 안 낼게요."

그러자 되돌아오는 것은 언제나 똑같은 해맑은 대답이었다.

"개상 집이니깐!"

"상진이 집이니깐!"

"아오! 내 멘탈!"

그렇게 티격티격하면서 다같이 1층으로 내려갔다. 1층으로 내려가던 중 거실에서 텔레비전에서 나는 소리를 들었다.

"서. 설마"

상진은 계단을 뛰어 내려갔다.

"또 누군데 내 집……."

상진은 거실에서 텔레비전을 보면서 깔깔 대고 웃는 한 소녀를 보았다. 채예림의 모습에서 안경만 다르고 키가 좀 더 작았다.

상진은 뒤로돌아 상준에게 작게 말했다.

"왜 니 여친 동생도 데려왔어?"

"왜 싫어?"

그 말에 상진은 아무 말도 할 수 없었다. 그리고 상준은 다시 한 번씩 웃으며 상진의 어깨를 툭툭 치고 갔다. 상진은 그냥 멍하니 있을 뿐이었다.

잠시 후 상진은 정신을 차리고 거실로 갔다.

"어! 오빠야!"

"안녕~."

상진은 밝게 인사했다. 그러자 상준이가 갑자기 예림이 동생인 수진에게 귓속말로 무엇을 말했다. 그리고 수진은 잠시 머뭇거리다 말했다.

"나 배고픈데 치킨 사주면 안 돼?"

"그래!"

상진이 허락하자마자 상준과 예림은 하이파이브를 했다.

"나이스!"

'어휴 그래도 이런 것도 나쁘지만은 않겠지.'

상진은 주방으로 가서 냉장고를 열어봤다.

'마실 게 하나도 없군.'

상진은 시간을 확인하였다.

2시 30분.

'3시간이나 잤군.'

상진이 시간을 확인할 때 이런 시간들이 평범하게 낮 오후 2시 일리가 없다.

'이 녀석들은 새벽에 이러고 있다니. 참 대단들 해요.'

"나 나갔다 온다."

"오빠야, 어디 가는데?"

"마실 거 사러~."

"나도 갈까?"

"아니야. 그냥 쉬어~."

"그러면 우유 좀 사와~."

그러자 상준이 말했다.

"진이, 맥주 사와!"

"잠깐만 수진이가 지금 몇 살이지?"

"22살!"

"그래도 맥주는 안 돼. 성인이라도 포돌이가 잡아갈 거야."

그리고 상진은 집을 나섰다. 그리고 몇 분 후 상진은 슈퍼에서 나오면서 말했다.

"무슨 우유가 이천오백 원이 넘어? 비싸서 우유 마시겠나."

상진은 그렇게 구시렁거리면서 골목에서 나오는 한 남자와 어깨가 부딪쳤다.

"아 죄송합니다."

상진은 먼저 머리를 살짝 숙여서 사과했다.

"아나, 니 눈은 장식이가?"

그 말에 상진은 자신과 어깨를 부딪친 남자를 보았다. 찢어진 청바지와 딱 맞는 검은색 반팔 티셔츠, 자신보다 약간 큰 키, 뭔가 우락부락한 몸, 험악한 얼굴, 깍두기 머리 그리고 말하는 것을 보고 상진은 두 단어밖에 떠오르지 않았다.

'깡패' 그리고 '노답'

상진은 그냥 조용히 지나가려고 했지만 그렇다고 깡패가 그냥 보내줄 리가 없었다.

"아나, 사과를 그렇게 밖에 못하나?"

"허허허, 그럼 어떻게 할까요? 절이라도 할까요?"

"이 새끼가 말하는 싸가지 보소!"

그러면서 깡패는 상진의 배에 주먹을 꽂았다.

"크헉!"

상진은 우유를 떨어뜨리고 그대로 주저앉았다. 깡패는 떨어뜨린 우유를 보고 말했다.

"우유 배달이라도 하시나?"

콰직!

깡패는 그대로 우유를 구두로 밟아서 터뜨렸다.

"이런 구두가 더러워졌네. 좀 물어내야겠어?"

그러자 상진의 눈빛이 바뀌었다. 그리고 일어나서 깡패에게 다가갔다.

"뭘 꼬라 봐 인마!"

그리고 상진에게 다시 주먹을 한 번 날렸다.

"허허 이 사람이."

상진은 가볍게 깡패의 주먹을 정면으로 잡았다.

"뭐. 뭐야?"

깡패가 당황해 하자 상진은 해맑게 웃으면서 말했다.

"한 대 정도는 봐주려고 했는데 남의 중요한 물건은 건들면 안 되지."

"뭐라는 거야!"

깡패는 주먹을 마구 휘둘렀다. 상진은 그것을 옆으로 빠지면서 간단히 피했다.

"자 선빵을 맞았으니 이제 반격 들어갑니다잉."

그러면서 상진은 다리가 접히는 부분을 강하게 걷어찼다.

"크헉!"

깡패는 외마디 비명을 지르면서 우유를 터뜨린 곳에 그대로 넘어졌다.

상진은 넘어진 깡패 위에 올라타서 사악하게 웃으면서 말했다.

"게임에서 안 배웠냐? 레벨이 낮을 때 고. 랩. 형들한테 까불면 죽는 거."

"히이이익!"

깡패는 빠져나가려고 했지만 팔 부분은 상진이 누르고 있어서 움직이지 못하고 하체 부분은 바동바동거려 보았지만 헛수고였다.

'기분 탓인가? 뭔가 익숙한 거 같은데?'

"빠져 나가려고 하지 마. 우유 값은 물어야지?"

퍽퍽퍽퍽퍽퍽퍽퍽!

그렇게 아직 가게들이 문을 열지 않은 새벽 3시의 상가에는 대략 10분 정도 한 사람의 비명소리와 구타소리가 울려 퍼졌다고 한다.

"그래그래. 너도 많이 힘들겠지."

"예……."

상진과 깡패는 근처 공원의 벤치에 앉아 있었다. 두 사람의 손에는 바나나 우유에 빨대가 꽂혀 있었다.

'너무 많이 때렸나?'

깡패의 얼굴에 나타난 변화를 보면 눈은 1.3배 정도 시퍼렇게 커졌고 근육으로 울퉁불퉁한 팔에도 시퍼런 멍들이 여기저기 있었다.

"언제부터 이런 일 하게 됐냐?"

"열. 열일곱 살 때부터요."

"지금은 몇 살인데?"

"스물다섯입니다."

'흠. 서른 정도인 줄 알았는데.'

"8년 정도면 일하는 곳에서는 꽤나 높은 자리겠네?"

"예. 뭐 애들 부르면 대략 50명 정도는 기본으로 모일 정도입니다."

'50명이라. 주변에 부하들이 없어서 다행이군.'

그렇게 생각하면서 상진은 바나나 우유를 빨대로 조용히 빨아 마셨다.

"좋아서 그런 일 하는 거냐?"

"처음에는 많이 꺼려했는데 뭐 지금은 누구한테 시비를 걸거나 했을 때 양심의 가책 같은 것은 느껴지지도 않네요."

그 말을 하면서 깡패는 쓴웃음을 지었다. 그리고 바나나 우유를 마시려고 팔을 들었다가 얼굴이 일그러졌다.

"미안하다. 내가 너무 했네."

그러면서 상진은 자신의 명함 하나를 주었다.

"이렇게 보여도 의사니깐 아프면 가끔 찾아와라."

그러자 깡패도 자신의 명함 하나를 주었다.

"저도 이렇게 보여도 치킨 가게 하나 가지고 있습니다. 가끔 생각나면 이용해 주세요."

"흠……."

그렇게 상진은 집으로 돌아왔다.

"여기서는 이렇게 하는 거야."

우당탕!

"까르르~."

순간적으로 상진은 얼굴이 하얗게 되었다. 그리고 정신을 차리고 거실로 뛰어갔다.

"이렇게 하면 넘어간다?"

"우왕."

상진의 눈에 들어온 것은 한 남자가 자신의 여자 친구란 사람을 호신술로 엎어치기를 하는 것이었다. 그런데 문제는 당하는 여자 친구란 사람은 재밌어하면서 그 상태를 즐기고 있다는 것이다.

"뭐하는 거냐? 그것도 남의 집에서."

"네가 마실 거를 만들어 오나 싶어서 잠깐 평범한 놀이?"

"그래 너무 평범해서 사람도 막 죽겠다."

"죽으면 네가 살려주면 되잖아."

"죽은 사람을 어떻게 살려!"

"의사니깐!"

"맞아. 의사니깐!"

순간적으로 상진은 어이가 없어서 말문이 막혔다. 그저 헛웃음만 나올 뿐이었다.

"수진아 너도 해줄까?"

"절대 하지 마. 만약 하면 내가 병원에서 인체의 신비에 대해 가르쳐줄 거야."

"어이쿠 보디가드 납시었네?"

"UFC관장이라고 내가 봐줄 거 같나?"

"한판 할까?"

"어쨌든 여기 마실 것하고 치킨 사왔다."

"우왕~"

"우왕~ 개상 감동"

"우왕~ 맛있겠다."

아까까지 장난이지만 싸우려던 기세를 보이던 사람들이, 치킨 하나에 언제 그랬냐는 듯 순해졌다.

'역시 치킨은 먹는 것 말고 사용할 수 있는 용도가 많군.'

그렇게 10분 후,

"기분 탓인가? 아까까지 내가 먹으려고 남겨둔 닭다리의 살점이 증발하여 뼈만 남았네."

상진이 그렇게 말하자 상준은 평화로운 목소리로 말했다.

"그래 기분 탓이야."

"그러면 네 입에 있는 닭의 살점은 네 것이렷다!"

"제길. 들킨 건가?"

"네놈의 죄를 네가 알렸다!"

우당탕!

"시끌벅적하네."

"그러게. 오~ 눈 제대로 맞았다."

이런 상황에는 익숙한 그녀들이었다. 몇 분 후,

"나간다!"

"나도~."

"오빠 나도~."

"그래 잘 가라~."

"다음에 또 올게~."

"집에 잠금장치 걸어놔야지 원."

그렇게 상진은 친구들을 배웅하고 거실로 왔다. 그리고 한가운데 드러누웠다.

"어휴. 그래도 심심하지는 않았네."

CHAPTER 2

"아. 또 집에 가서 쉬고 싶다……."

상진은 진료실에서 시계를 보면서 말했다.

"그건 저도 마찬가지라니깐요."

상진에게 이런 말을 하는 것은 최민아 간호사이다.

"만날 궁금한 건데 언제부터 거기 있는 겁니까?"

그러자 최민아는 살짝 웃으면서 말했다.

"잘 생각 하시면 알 겁니다."

상진은 엎드려서 창밖을 보았다. 밖에는 비가 많이 내리고 있었다.

"아, 비 오는 건 정말 싫은데."

"왜요? 찝찝해서요?"

"그것도 그렇고 비가 오면 특히 제 환자가 더 많아져요. 비 때문에 미끄러져서 부러지고 찢어지고 아님 교통사고일 수도 있고 원인이 많아지니 결과가 많아질 수밖에요."

그 말을 하는 상진은 쓴웃음을 지었다. 그런 후 진료실 문을 열고 밖에서 순서를 기다리고 있는 환자들을 보았다. 어림잡아 대략 20명 정도 되었다.

"허허허. 오늘도 잠은 물 건너갔군요."

상진은 다시 진료실에서 시간을 확인했다. 그리고 자신의 정형학 의사라는 명찰 말고 응급 의사라는 명찰을 걸었다. 현재 환자들에 비해 의사 수는 턱없이 부족한 병원이 이 병원인데 만약 복통을 호소하는 사람 앞에 성형전문 의사가 서 있다면 환자가 안심하고 자신의 몸을 맡길까? 제정신인 사람은 웬만해서 그럴 리가 없다. 그래서 응급의사란 명찰이 있는 것이다. 참으로 편리한 이름이다. 그렇다고 해서 이렇게 해도 괜찮을 리는 없다. 수학 전문가가 시험을 치는데 시험에는 수학을 포함하지만 영문도 모르는 한자나 영어 문제가 나온다고 생각하면 편하게 이해될 것이다.

상진은 엎드려서 눈을 감았다. 하지만 병원 사정은 상진에게 조금의 휴식도 허락하지 않는 것 같다.

"선생님, 응급차가 들어옵니다!"

뭔가 느슨한 분위기가 갑자기 살벌해졌다.

"지금 당장 내려가겠습니다."

상진은 1층으로 내려가던 중 한 간호사가 한 손에 핫라인(비상용 직통 전화)을 들고 구급대원이 보내오는 정보를 빨리 기록하고 있는 모습을 보았다.

"어떻게 됐습니까?"

그러자 간호사는 황급히 자신이 들은 내용을 들려주었다.

"20대 남성 교통사고로 실려 오는데 맥박은 90대에서 조금씩 내려가고 있고 복부 부분에 출혈이 심하다고 합니다."

"환자의 혈액과 비슷한 것으로 수혈 준비해 주세요. 그리고 혹시 모르니 메페리딘 4mg/ml도 준비해 주세요."

병원 문 앞까지 가자 멀리서 들어오는 구급차가 보였다. 그리고 순식간에 구급차문이 열리고 비명소리와 함께 환자가 실려 나왔다.

"으아아아아!"

환자는 복부에 손을 움켜쥐고 있었다. 움켜쥔 부분은 피로 많이 번진 상태였다.

"간단한 응급조치는 해 둔 상태랍니다."

"서둘러 옮깁니다!"

상진은 환자를 데리고 간호사들과 함께 가까운 수술실로 갔다.

"현재 맥박은?"

"80대 초반입니다."

"제길. 피를 너무 많이 흘렸어."

상진은 환자의 상처 부분을 보았다. 환자의 복부에는 붕대가 여러 겹으로 묶여 있었다.

'메페르딘으로는 안 되겠어. 아슬아슬 하겠군.'

"모르핀 2mg/ml 주사해 주세요. 그리고 봉합용 실과 바늘 준비해 주세요."

그렇게 모르핀을 투여하고 상진은 봉합을 시작했다.

그리고 얼마나 지났을까. 수술실에서 상진이 길게 숨을 내쉬면서 나왔다. 상진의 손은 피범벅이 돼 있었다.

"한숨 돌리겠군."

상진은 피범벅인 수술복에서 의사 가운으로 갈아입었다. 그리고 자신의 진료실에 가던 중 큰 고함 소리를 들었다.

"네가 그러고도 의사냐!"

403호 병실에서 50대 정도로 보이는 남성이 한 남자의사의 멱살을 잡고 호통치고 있었다. 뒤에는 다른 가족들인지 남자의 아내처럼 보이는 여성과 그들의 자녀처럼 보이는 학생 한 명이 바닥에 주저앉아 울고 있었다.

"의사라면 사람을 살려야지!"

멱살을 잡고 있는 사람은 옆 병동의 내과의 허승연 선생이다. 평소 다른 사람들에게 친절하고 환자를 치료하는 솜씨도 수준급이다. 그렇지만 아무리 실력이 좋다고 해서 환자가 죽지 않는 것은 아니다.

"내 딸 살려내!"

남자의 외침에 허승연 선생은 아무 말도 하지 않고 그냥 고개를 숙이고 있을 뿐이었다.

상진은 가던 길을 계속 가면서 중얼거렸다.

"슬픈 거는 딱 질색이야."

병원에서는 슬픈 일이 많지만 무작정 다 슬픈 것은 아니다.

상진은 커피를 마시러 왔다가 눈에 띄는 사람들을 만났다.

"진진 커플인가?"

504호 병실과 505호 병실에는 각각 병증상이 반대인 서른셋인 박진우 환자와 스물다섯인 김진수 환자가 있다. 이들의 증상은 당뇨병과 거식증이다. 당뇨병은 대충 정리하자면 많이 먹지 않아야 하는 병이고 거식증은 반대로 많이 먹어야 증상이 나아지는 병이다. 이 병원에서는 간호사나 의사 혹은 다른 환자들이 이 사람들을 진진 커플이라고 부른다. 이 사람들이 물론 처음부터 연인 사이로 이 병원에 들어온 것은 아니다.

그것은 6개월 전 일이었다.

"아, 출출해."

그러면서 진우는 자신의 가방에서 삼각 김밥 하나를 꺼내었다.

"배고플 때는 이렇게 먹는 것이 소소한 행복이지."

하지만 그 소소한 행복을 방해하는 사람이 병실로 들어왔다.

"설마 또 맛있는 거라도 먹나 싶어서 왔는데 역시나 군요."

"허. 허 선생님!"

허승연은 피식 웃고 나서 슬금슬금 삼각 김밥을 향해 다가갔다.

"자 그거 이리 내놓으세요. 마침 제가 점심도 굶었는데 잘됐군요."

"아, 안 돼요!"

박진우는 다가오는 허승연을 살짝 뒤로 밀치고 병실을 뛰쳐나갔다.
그리고 허승연은 중심을 잡고 그 뒤를 따라갔다.

"거기서요!"

"선생님이 저 같으면 서시겠어요?"

그렇게 두 사람은 복도를 가로질러 뛰어 계단을 내려가고 1층까지 갔
다.

"당뇨병 환자는 원래 이렇게 많이 움직여야 합니다! 그렇지만 그것을
먹으면 이런 노력이 다 헛수고가 되는데 괜찮습니까!"

"하하. 선생님, 저는 그게 아니라 이것을 먹기 위해 이렇게 뛰는 겁니
다!"

그렇게 박진우는 도망치다가 골목을 돌아서 한 병실로 들어갔다.

병실에 들어가 바로 문을 닫고 바닥에 누워서 말했다.

"헉헉. 죄송하지만 잠시만 신세 좀 지겠습니다."

침대에 앉아 있던 한 여성이 순간 놀라서 말했다.

"네?"

그리고 밖에서 병실로 뛰어오는 소리가 들렸다.

"이런 잠시만 숨겨주시면 안 될까요?"

그 말에 여성은 처음에는 당황스러워 하다가 웃으면서 고개를 끄덕
였다. 그러자 진우는 침대 바로 옆 커튼 뒤에서 최대한 자연스럽게 보
이도록 서 있었다.

그리고 나서 얼마 후 허승연 선생이 거친 숨을 몰아쉬며 들어왔다.

"헉헉. 여기 어떤 남자가 삼각 김밥 하나 들고 오지 않았나요?"

그 말에 여성은 고개를 좌우로 돌렸다.

"죄송합니다. 이런 어디로 갔지?"

그렇게 허승연 선생이 가고 나서 박진우는 커튼에서 나왔다.

"감사합니다! 덕분에 살았어요."

그 말에 여성은 환하게 웃으며 꾸벅 인사를 했다.

박진우는 아까는 자세히 못 봤는데 제대로 여성을 보니 173인 자신과 비슷한 키에 긴 생머리. 눈은 크고 갈색 눈동자에 자신이 보일 정도로 맑았다.

"아. 저……."

순간적으로 박진우의 얼굴이 붉게 물들었다.

"네?"

뭔가 조용하고 편안한 목소리이다.

박진우는 자신이 들고 있던 삼각 김밥을 반으로 나눴다. 그리고 여성에게 내밀었다.

"저 이거 드실래요?"

그 말에 여성은 환하게 웃으면서 양손으로 삼각 김밥의 반쪽을 받았다.

"생각보다 맛있어요! 드셔보세요."

그리고 박진우는 순식간에 반쪽을 흡입해버렸다. 여성은 그것을 보고 조금 놀란다는 듯한 표정을 하다가 김밥을 아주 약간 먹고 옆에 접시에 내려놓았다.

"그건 그냥 이렇게 와구 먹어야 돼요."

그러면서 박진우는 자신이 방금 먹었던 것을 그대로 재현했다. 그러자 여성은 그 모습이 재미있었는지 까르르 웃었다. 여성이 웃는 것을 보자 박진우는 자신도 모르게 얼굴이 또 붉어졌다.

그렇게 있다가 여성이 갑자기 말했다.

"저 성함을 여쭈어 봐도 될까요?"

"저. 저는 박진우라고 합니다. 혹시 그쪽은?

"저는 김진수라고 합니다."

"아, 예쁜 이름이네요."

그 말에 김진수의 얼굴도 살짝 붉어졌다.

이것이 이들의 첫 만남이었다. 그리고 이날 이후로 두 사람은 거의 항상 점심을 같이 먹었다.

"좀더 먹어야 돼요 진수 씨."

"먹는 게 좀 힘드네요."

"먹는 것은 하나도 어렵지 않아요."

그러면서 박진우는 자신의 밥을 크게 한 숟가락 떠서 먹었다.

그리고 행복하다는 듯이 웃으며 말했다.

"봐요. 하나도 안 어렵잖아요."

김진수는 그 표정을 보고 까르르 웃다가 조금씩이지만 다시 먹기 시작했다.

일반 성인의 공복 시 정상 혈당은 100 미만이다. 상황에 따라 달라진다고 해도 200 정도가 상한치이다. 그런데 혈당치가 500이라 하면 예삿일이 아니다. 이 서른 둘 남성은 지속적인 당뇨병 악화로 입원을 한 지 그렇게 오래되지는 않았다.

"뭐 또 뺏어 먹으로 오신 것이라면 잘못 찾아오셨어요. 하나도 없거든요."

허승연 선생이 병실에 들어가자마자 박진우가 침대 위에 누워서 말했다.

"점심 식사 전의 혈당치가 500이 넘어서 왔습니다."

"하지만 저는 정말로 병원에서 주는 것만 먹었는 걸요?"

박진우의 혈당량은 병원에 입원을 하고 초반에는 양호한 정도였는데 그날 이후에는 지속적으로 혈당량이 높아지고 있었다.

"이곳에 오기 전에 저 말고 다른 의사에게 당뇨병에 대해 이야기는 들으셨지요?"

"네……."

당뇨병의 무서운 점은 정말로 심각할 정도가 아니면 자각 증상이 없다는 것이다. 그래서 교육 입원을 해서 그나마 건강할 때 관리를 하는 것이 중요한 것이다.

"정말로 아무것도 안 드셨어요?"

"당연하지요."

"그러면 이 방과 다른 방들에 있는 CCTV들을 모두 한번 봐야겠군요."

그러자 박진우는 깜짝 놀라 두리번거렸다.

"지, 진짜요?"

"물론 거짓말입니다."

그렇게 말문이 막힌 박진우는 말을 하려다 고개를 떨어뜨렸다.

"죄송합니다……."

"당신이 이곳에 온 것은 당뇨병을 치료하고 싶어서 일 것입니다. 다음에도 이런 일이 생기면 치료포기라고 생각하고 바로 퇴원시킬 겁니다."

평소 성격이 좋으신 허승연 선생이라서 이 정도인 것이다. 사실 이것은 엄격하다의 '어' 자도 아니다.

다른 선생님들이었다면 환자를 3층 창문에서 밀어 정형외과의 상진에게로 보내버렸을지도 모른다.

"무슨 생각하세요, 진우 씨?"

"아무것도 아니에요."

그렇게 말하고 또 우걱우걱 밥과 여러 반찬들을 집어서 먹기 시작했다.

"왠지 진우 씨를 보고 있으면 밥이 굉장히 맛있어 보이네요. 저도 좀 더 먹어볼게요!"

그렇게 말하고 김진수도 조금씩이지만 먹기 시작했다. 박진우는 그런 김진수의 모습을 행복하게 바라보았다.

그렇게 몇 분 후 박진우는 밥을 먹고 나서 김진수를 먼저 병실로 돌아가게 하고 화장실에 갔다가 나왔다.

"어우 시원하다."

"그렇게 드시니 혈당량이 오르는 게 당연하겠지요."

박진우는 바로 옆에 벽에 기대고 있던 허승연 선생을 보고 깜짝 놀랐다. 그와 동시에 트림이 나왔고 황급히 입을 막았다.

"하루라면 모를까 매일 그러시는 거 같은데 그러면서 혈당량 500을 유지하는 것은 정말 쉽지요."

허승연 선생의 말에 박진우는 고개를 푹 숙였다. 그러다가 허승연 선생을 흘깃 쳐다보면서 말했다.

"저는 이제 강제퇴원인가요?"

누가 봐도 정말 죄송하다는 얼굴로 허승연 의사의 표정을 살피고 있었다. 허승연 의사가 헛웃음을 지으며 한숨을 쉬자 박진수가 조심스럽게 말했다.

"안 되는 거 알지만 얼마 동안만이라도 눈감아 주시면 안 될까요?"

그러다 갑자기 진지한 표정으로 말을 이어갔다.

"진수 씨가 이제 조금씩 나아지고 있어요. 이제 밥도 예전보다 잘 먹고 이제부터가 정말 중요합니다."

감정을 억누른 목소리가 절실하게 들려왔다. 화장실에 가려던 다른 환자들이 이상하다는 듯이 이쪽을 보았다.

"박진우 환자 당신은 누구의 치료를 위해 이 병원에 오셨나요?"

"그것은 모르는 게 더 이상하겠지만……."

그러자 의도하지 않은 대답이 들려왔다.

"진수는 어렸을 때 죽은 제 친구 녀석하고 닮았어요."

애당초 박진우는 평소 친구에 대한 이야기는 하지도 않았다. 자신의 일은 자신이 하고 병문안 오는 사람은 부모님으로 보이는 사람 한 분밖에 없었기 때문에 친구에 대해서는 금시초문이었다.

허승연 선생은 조심스레 물었다.

"혹시 여자 친구였나요?"

그 말에 박진우는 고개를 끄덕이면서 말했다.

"예. 20대 때의 이야기인데 취직을 하고나서 그 친구에게 고백하려고 전화를 하는 도중 교통사고로 먼저 가버렸지요. 벌써 십 년 정도 된 이야기입니다."

허승연 의사는 순간적으로 아무 말도 할 수 없었다.

항상 밝게 지내던 박진우 환자에게 그런 일이 있었다니, 어떻게 생각하면 그런 일이 있기에 더 밝게 살려는 것이 아닌가 싶었다.

"그 친구도 긴 머리가 정말 잘 어울리고 예뻤는데 그렇게 쏙 빼 닮지는 않았지만 진수 씨를 보면 그냥 제가 할 수 있는 만큼 도움을 주고 싶어요……. 단지 그것뿐입니다. 그녀가 밥을 잘 먹고 건강해진다면 저는 혈당이 좀 올라도 상관없습니다."

"하지만 혈당을 올리시는 것은 자유지만 그만큼 혈당량을 내리는 것은 제가 해야 하는 일입니다."

그 말에 박진우는 힘없이 어깨를 축 늘어뜨렸다. 눈은 한없이 슬퍼보였다.

그러자 허승연 의사는 씩 웃고나서 말했다.

"이참에 식단부터 다시 짜야겠군요."

박진우 환자가 얼굴을 들었다.

"하루에 5번, 병원 1층에서 5층까지 계단 오르내리기를 하세요. 수분은 충분히 섭취해도 괜찮지만 음료수는 가능한 줄이세요."

"선생님……."

"뭐 아주 당연한 것이지만……."

"선생님!"

"적은 힘이라도 그녀가 기운 차릴 수 있게 최선을 다해 도와주세요."

갑자기 박진우 환자의 크고 거친 손이 허선생님의 손을 잡았다. 커다란 눈에는 눈물이 그렁그렁 했다.

"감사합니다!"

그 층에 있는 사람들이 모두 들을 수 있는 큰 목소리였다.

자판기에서 커피가 나올 동안 상진은 그 두 사람을 멍하니 보고 있었다. 두 사람은 서로에게 기대어 잘 들리지는 않지만 무언가 이야기를 하고 있었다.

6개월 전 두 사람이 만났던 그날,

박진우는 양손으로 삼각 김밥을 잡고 두리번거리면서 뛰고 있었다. 그러다가 골목을 돌았다.

"헉헉헉 어디로 도망쳐야 되지?"

그날도 커피를 뽑으러 온 상진이 박진우를 보고 말했다.

"저 같으면 멀리 가는 것보다는 가장 가까운 곳에 숨겠습니다."

"아, 그렇군요! 그럼 어디가……."

"예를 들면 바로 옆 병실 같은 곳이요."

그러면서 상진은 505호 병실을 가리켰다.

"아, 감사합니다!"

그리고 박진우는 뛰어서 병실로 들어갔다.

"헉헉 죄송하지만 잠시 신세 좀 지겠습니다."

"네?"

그렇게 박진우 병실에 들어가고 나서 상진에게로 허승연 선생이 왔다.

"헉헉, 채상진 선생님."

"바쁘게 뛰어 다니시네요 허승연 선생님."

"혹시 삼각 김밥 하나 들고 뛰어다니는 남자 한 명 못 봤어요?"

그러자 상진은 생각하는 척하면서 박진우가 들어간 병실과 반대 방향을 가리키면서 말했다.

"저쪽으로 뛰어가는 거 같던데요?"

"그래? 고마워요!"

그리고 허승연 선생은 거친 숨을 몰아쉬며 엉뚱한 방향으로 달려갔다.

그렇게 허승연 선생이 멀어지고 나서 상진은 피식 웃으면서 커피를 마시며 진료실로 돌아갔다.

"괜한 짓 한 거 아닌가 몰라."

그리고 6개월 후,

상진은 자판기에서 나온 커피를 한 모금 마시면서 뒤로 돌아서 자신의 진료실로 돌아가면서 말했다.

"애인 없으면 서러워서 살겠나."

CHAPTER 3

"아 피곤하다."

상진은 자신의 집으로 돌아와 이번에는 거실에 와서 드러눕고 시체처럼 잠을 잤다.

그리고 무의식 중에 무언가가 자신의 얼굴을 찌르는 것을 느꼈다.

"아! 진짜 누구야!"

상진은 그렇게 말하면서 벌떡 일어났다.

"으앙. 개상이 나한테 화냈어."

"네가 얼굴 계속 찌르니깐 그렇지."

"안녕, 오빠야."

생각을 하는 데는 대략 3초가 걸렸다.

"너희들이 또 왜 여기 있냐고요!"

그렇게 몇 분 후

정신을 차린 상진과 상준과 예림과 수진은 앉아서 이야기를 시작했다.

"그래서 이상한 사람이 가끔 쫓아온다고?"

"그렇다니깐 개상아."

"너는 상준이가 지켜주잖아. 그리고 나는 일이 많아서……."

"나 말고 수진이 말이야."

"일 끝났네! 이제 그 새……. 아니 그분을 조지……. 혼내러 가자."

그렇게 다음날

수진이 사거리에서 길을 가고 있는데 대략 10미터쯤 뒤에 한 남자가 모자를 깊게 눌러쓰고 마스크를 쓴 것이 척 봐도 뭔가 수상해 보였다.

"배고프다……. 상진오빠야, 집에 가서 뭐라도 얻어먹어야지~"

그렇게 골목을 돌아서 사거리를 빠져나와 상진의 집 근처까지 갔다. 그리고 상진의 집 문 앞까지 가자 남자는 주춤 하다가 거리를 두고 휴대폰을 꺼내서 수진이 사진을 찍었다. 그리고 남자는 수진이 집에 들어간 후 자신이 찍은 사진들을 확인하였다.

"와 이거 예쁘게 찍었네."

갑자기 들려온 목소리에 남자는 깜짝 놀라서 뒤를 돌아보았다. 거기에는 메이커 검정색 체육복을 입은 상진이 있었다. 상진은 순간적으로 도망가려고 하는 남자의 손목을 낚아챘다. 그리고 씩 웃으면서 말했다.

"잡았다, 요놈!"

"이. 이거 놔!"

그러면서 남자는 상진에게 주먹을 휘둘렀다.

그러나 상진은 손목을 잡은 채로 주먹을 피한 뒤 남자의 옆구리 부분을 후려쳤다.

퍽!

액션 영화에서나 나올 경쾌한 사람 때리는 소리가 났다.

"자, 재미있는 인체 시간입니다. 방금 전 당신이 얻어맞으신 곳은 골반 뼈에서 약간 떨어진 곳으로 그곳을 강하게 얻어맞으시면 순간적으로 몸이 마비되니 주의 하시면 됩니다. 그러니까 일단 한 대 맞자. 질문은 나중에 하고."

퍽퍽퍽퍽퍽!

그렇게 몇 분 후

남자의 모자와 마스크를 벗겼을 때 나온 얼굴은, 여자처럼 단발머리를 하고 길게 찢어진 눈에 척보면 뭔가 야비하게 생긴 사람이었다. 하지만 얼굴에는 시퍼런 멍들이 군데군데 있었다.

"그래서 왜 그랬어?"

"……."

"다시 한 번 묻는다. 왜 그랬냐?"

"……."

"뭐. 말 안 하면 어쩔 수 없지."

그렇게 말하고 상진은 갑자기 분위기를 바꾸었다.

"경고한다. 한 번만 더 이런 짓 하면 너하고 너를 보낸 사람들이 없으면 모르겠지만 있으면 찾아내서 다 없애 버릴 거야. 알겠냐?"

그 말을 하자 남자는 순간적으로 파랗게 질려서 고개를 끄덕이고 도망갔다.

"흠……."

상진은 도망가는 남자를 지켜보다가 그냥 집으로 들어갔다.

"후~ 개운하다!"

상진은 수진에게 간단히 밥을 먹인 후에 집에 돌려보내고, 씻은 후에 수건으로 머리를 닦으면서 거실로 가서 텔레비전을 켰다.

[다음 속보입니다. 요즘에 병원을 타깃으로 한 무차별 테러가 일어나고 있습니다.]

"음?"

상진은 뉴스를 유심히 보았다.

뉴스의 내용은 이랬다. 요즘 들어 여러 병원들에 똑같은 전화가 온다고 한다. 그리고 그 병원에서 죽은 사람이 몇이냐고 물어 본다고 한다. 당연히 병원 관계자들은 전화를 끊거나 간단히 무시하였다. 그러나 그로부터 얼마 후 웬 조폭들이 연장을 가지고와서 무차별로 병원을 다 때려 부순다고 한다. 이러한 일들이 계속 일어나자 병원에서는 경찰들을 잠복시켜 놓거나 경비를 강화하였지만 오히려 피해만 늘어날 뿐이었다.

"참 할 일 없는 놈들이구먼."

[이번 피해를 입은 병원은 대구의 고병원이라고 합니다.]

"흠……."

고병원이라고 하면 상진이 일하고 있는 병원에서 자동차로는 1, 2시간 정도 걸리는 거리에 있는 병원이다. 주변 다른 병원들 중에서는 가장 가까운 편에 속하기도 한다.

"쳐들어오면 어떻게든 되겠지. 설마 진짜로 다 부셔 버리겠어?"

하지만 상진은 몰랐다. 설마가 사람 잡는다는 것을.

그렇게 다음날

"아오! 그 조폭들 진짜!"

상진은 그렇게 말하면서 환자에게 깁스를 하고 있었다. 그 환자 뒤를 보니 거의 끝도 없이 사람들이 각각 다친 부위를 잡고 기다리고 있었다.

'안 그래도 힘든데 환자가 3배 늘었다니. 왜 다 뼈만 부셔놓고 그러냐고!'

이 테러가 일어난 이후 여러 병원에서는 테러의 피해자 때문에 정형학 환자가 거의 2, 3배정도 늘었다고 한다. 그중에는 의사 간호사 구분도 없었다. 그렇게 깁스를 정신없이 하다가 고통을 호소하는 의사와 간호사들을 보며 상진은 이를 갈면서 말했다.

'진짜 걸리기만 해봐라. 걸리는 놈들의 갈비뼈부터 원자분해 해주마.'

그렇게 몇 시간이나 지났을까. 상진은 시간을 확인했다.

"4시 35분……."

그리고 상진이 밖을 보니 밝은 해가 떠 있었다. 그것을 보고 상진은 자신도 모르게 헛웃음이 나왔다.

"허허허. 언제 하루가 지났지?"

자신이 일을 시작했을 때가 오후 4시 40분이었는데 지금은 거기서 정확히 5분 전이었다. 이것은 시간을 거슬러 올라간 것이 아니라면 정신없이 깁스와 봉합과 수술을 반복하니 어느새 하루가 지난 것이다.

상진은 비틀비틀 거리면서 휴게실로 갔다.

"걸리면 다 죽여 버리겠어."

그리고 휴게실 소파에 그대로 엎어져서 눈을 감았다. 그러나 상진을 가만히 두는 사람은 없었다. 한 간호사가 휴게실 문을 벌컥 열고 다급하게 상진을 흔들어 깨웠다.

"선생님 선생님!"

"죄송한데 방금 들어왔는데 5분만이요……."

"벌써 휴게실 오신 지 2시간이 지났다고 들었는데요?"

그 말에 상진은 엎드린 채로 자신의 시계를 조용히 확인한 후 깊은 한숨을 쉬었다.

"으……."

그렇게 며칠 후

새벽 2시. 컴컴한 거리에 한 사람이 비틀비틀 거리면서 걸어가고 있었다. 그것은 다름 아닌 상진이었다. 다만 얼굴의 다크 서클이 원래의 2배 정도 내려가고 멀리서 보면 좀비가 걸어오는 것 같았다.

"거. 거의 도착했어."

상진은 자신의 집 문을 열었다. 문을 여니 불을 켜지 않은 집은 어둠 그 자체였다.

"그래도 집에 오기는 하네."

그리고 상진은 그대로 쓰러졌다. 그리고 얼마 후 한 사람이 상진의 집에 들어갔다.

"어라? 원래 현관에 베개가 있었나?"

그 사람은 집안으로 들어가서 어둠 때문에 벽을 더듬더듬 거리다가 현관 전등을 켰다.

"응? 오빠야. 여기서 뭐해?"

그러나 상진의 대답은 없었다.

"오빠야. 여기서 자면 입 돌아 갈 수도 있어."

그렇게 계속 상진을 불렀지만 상진은 조용한 숨소리만 낼 뿐이었다.

'아 따갑다.'

상진은 무의식적으로 온몸이 따갑다고 느꼈다. 그리고 그 고통은 갈수록 조금씩 커졌다.

"으악 따가워!"

상진은 눈을 뜨고 벌떡 일어나서 소리를 질렀다. 그리고 주위를 둘러보니 자신의 집이 아니었다. 여러 개의 테이블과 의자 나무로 만든 것 같은 세련된 인테리어 그리고 상진의 눈앞에 보이는 커다란 메뉴판에는 많은 커피 이름들이 있었다. 그리고 커피를 만드는 곳에는 한 아주머니가 있었다.

'나는 분명 집에서 잠들었던 것 같은데?'

"상진이 일어났니?"

"아. 안녕하세요. 수진이 어머니."

채예림과 그녀의 동생인 수진의 어머니는 지금 상진이 있는 작은 커피숍을 운영하고 계신다. 가끔 신상준이 그녀들과 늦게까지 놀아주면 아주머니는 가끔 직접 커피를 만들어서 주시고는 하였다.

"제가 어쩌다 여기까지……?"

그 말에 아주머니는 밝게 웃으시면서 말했다.

"수진이가 뭔가 커다란 물건을 질질 끌고 오던데 그게 자세히 보니 너였더라. 수진이는 너 데리고 오느라 힘이 들었는지 바로 자러 갔어."

'질질 끌고 왔다고?'

상진은 자신의 옷을 보니 흰 의사 가운 앞부분이 검정색으로 칠해져 있었다. 그리고 바지에서는 피가 나는지 빨갛게 물들었다.

'허허허허.'

순간적으로 상진은 수진이 자신을 데리고 오는 장면이 상상됐다. 160 정도의 덩치 작은 꼬마가 178의 키에 자신보다 훨씬 덩치 큰 사람을 질질 끌고 왔다니 순간적으로 상진은 헛웃음 밖에 나지 않았다.

"의사일 힘들지?"

그러면서 아주머니는 특유의 플라스틱에 담긴 방금 만든 따뜻한 커피를 상진에게 건넸다.

"감사합니다."

상진은 커피를 한 모금 마셨다. 쌉쌀하면서 달달하고 순간적으로 머릿속이 맑아지는 기분, 이것이 진정한 커피의 효과이다. 상진이 항상 마시는 인스턴트 커피와는 비교조차 할 수 없는 맛이었다.

"커피 맛은 그대로군요."

"그러고 보니 계속 전화가 오는 거 같던데 급한 일이 있나 봐?"

그 말을 듣자 상진은 자신의 휴대폰을 확인했다.

부재중 전화 20통. 문자 30통.

상진은 뭔가 순간적으로 불길한 기분을 느꼈다.

"아주머니 커피 잘 마셨습니다. 지금은 급한 일이 있어서 가봐야 할 거 같네요. 다음에 한번 찾아올게요."

그 말에 아주머니는 웃으면서 고개를 끄덕였다.

커피숍을 나온 상진은 자신이 일하는 병원 쪽으로 황급히 달려갔다.

그렇게 몇 분 동안 달린 상진은 병원에 도착했다. 상진은 잠시 멈춰서서 거친 숨을 몰아쉬고 병원 안으로 들어갔다.

"제길……."

병원 안은 난장판이었다. 여기저기 부서진 자국에, 깨져서 들어왔다 꺼지는 전구, 북적북적한 사람들 중 얼마 없는 의사들과 간호사들의 옷과 손에는 피 같은 것이 잔뜩 묻어 있었다.

상진은 여기저기를 뛰어다니는 허승연 선생을 불렀다.

"선생님!"

"채선생 다행히 무사했군."

"이게 대체 무슨 일입니까."

상진의 물음에 허승연 선생도 긴 한숨을 쉬면서 말했다.

"나도 어제 얼마 만에 받은 휴가였는데 응급상황이라 와봤더니 의사와 간호사들은 거의 다 온데간데 없어지고 병원은 이 지경이 돼버렸다네."

"없어진 사람들이?"

"자세히는 잘 모르겠지만 자네가 있는 2병동 간호사들은 전부 없는 것 같아."

'최민아…'

상진은 자신의 휴대폰을 꺼내서 최민아라고 적힌 번호에 전화를 걸었다.

전원이 꺼져 있어 소리샘으로…

"이런!"

상진은 자신에게 온 문자들을 확인하였다.

– 이상한 녀석들이 갑자기 병원에 들어와서는 이것저것 부수더니 나하고 다른 사람들을 갑자기 커다란 이삿짐 차에 강제로 태워서 지금 끌려가는 중이야 이거 보는 즉시 경찰에 알려줘

– 지금 병원에서 나오자마자 우회전 했어 그 다음…

상진은 이 문자들을 모두 확인하고 전화를 했다.
"큰 거 하나 터뜨린다. 뭐? 그래 치킨 사줄게. 가능한 많이 부탁해."
그리고 전화 통화가 끝난 후 상진은 병원 안쪽으로 들어갔다.

수술 약품실

상진은 이렇게 적힌 문 앞에 서 있었다.
"어디 한 번 해봅시다."
그리고 한참 후
"여기가 맞기는 해?"
관우가 상진에게 말했다.
"맞기를 빌어야지."
모래바람이 부는 이곳은 병원에서 최민아가 보낸 문자대로 걸어서 대략 30분 정도의 거리에 있는 커다란 문이 닫힌 공사장이었다.
상진과 관우의 뒤에는 대략 30명 정도의 사람들이 있었다. 갑자기 상진이 물었다.
"그런데 경찰도 제압하는 놈들인데 아무리 강력부 형사라도……."
"기다려봐."
그렇게 말하고 나서 관우는 근처에 있는 흙더미에 올라가서 목소리를 낮게 깔아서 말했다.

"제군들 나는 치킨이 좋다."

'저 녀석이 드디어 맛이 갔구나.'

"제군들 나는 치킨이 너무나도 좋다. 양념치킨이 좋다 후라이드가 좋다 구운치킨이 좋다 파닭치킨이 좋다 마늘치킨이 좋다."

'감정이입해서 그런 말 하지 마.'

"제군들. 저기에는 이때까지 여러 병원에 테러를 일으킨 놈들이 있다고 추정된다. 너희가 그 녀석들을 모두 감옥에 보내서 콩밥을 먹일 수 있도록 도움을 준다면 여기 보이는 이 의사선생님이 너희에게 하루 동안 무한정 치킨을 제공한다고 한다!"

그 말에 다른 형사들은 환호했다.

"우오오오오!"

"자 우리는 무한치킨교. 이제 간단히 운동을 한 후에……."

다른 형사들의 침 삼키는 소리가 상진에게 들려올 정도였다. 그리고 관우는 목소리를 한층 더 깔고 천천히 말했다.

"치킨을 먹는 것이다."

"우오 치킨!"

"치킨!"

'아니 이 사람들 평소에 뭐를 먹고 산 거야?'

"자, 제군들. 야구방망이 정도는 몸으로 버티고 놈들이 나이프 같은 흉기를 사용하면 우리도 총기 사용을 할 수 있도록 내가 허가한다. 모든 책임은 내가 진다. 싸워라! 그러면 치킨을 먹을 수 있다!"

"우오오오오오!"

'다들 제정신이 아니군.'

그렇게 상진과 형사들은 다짜고짜 공장 문을 발로 후려차면서 들어갔다.

우탕탕!

공장에 들어가니 웬 우락부락한 남자들이 엄청 모여 있었다. 그 남자들이 입구에 있는 상진 일행을 보자 관우가 큰 소리로 말했다.

"나는 검찰청의 이관우다. 여기 있는 사람들 병원 테러 혐의로 모두 체포한다!"

그러자 남자들은 당황하지 않고 오히려 싸우려는 기세였다.

"짭새가 좀 더 커서 왔네?"

"몸도 근질근질한데?"

'조폭들인가?'

여기서 깡패와 조폭의 차이는, 깡패는 거의 물건을 부수는 것을 위주로 하면서 사람을 때리기는 하지만 조폭은 회사 같은 대형 기업의 의뢰를 받아 사람도 죽이는 사람들이다.

조폭들의 말에 관우는 피식 웃으면서 말했다.

"한 명씩 더 잡을수록 의사선생님이 한 마리씩 더 사주실 거다!"

그 말을 듣자 형사들은 침을 질질 흘리기 시작했다. 안 그래도 잠복 근무에 야근에 눈이 빨갛게 되서 침까지 질질 흘리니 정말로 게임에서나 보던 광전사를 보는 것 같았다.

"제군들 돌격하라!"

그렇게 패싸움은 시작되었다.

형사들의 몸을 사리지 않는 공격에 조폭들은 당황할 수밖에 없었다.

"뭐, 뭐야. 이 녀석들."

"사람이 아닌 거 같아."

드롭킥부터 시작한 여러 가지 발차기들과 크로스라인 같은 레슬링 기술을 선보이는 사람들도 있었다.

상진은 뒤에서 멍하니 지켜보았다.

"역시 치킨은 위대해. 멀쩡한 사람을 광전사로 만들다니."

그렇게 감상(?)을 하던 상진의 눈에 띄는 사람이 있었다. 멀리 뒷문 쪽으로 덩치 큰 두 사람의 경호를 받으며 이동하는 사람이 보였다.

'저 녀석이 보스다.'

상진은 덩치 큰 경호원을 쫓아 달렸다. 그러나 얼마못가 다른 조폭들이 길을 막았다.

"넌 뭐야?"

"내가 지금 바쁘니까 잠시만 자고 있어."

"뭐라고?"

그렇게 말한 남자가 쓰러지기 전에 본 것은 한 의사가운을 입은 자신보다 좀 작은 남자가 자신의 목에 무언가를 꽂는 장면이었다.

"수면 마취제니까 생명에 지장은 없어."

상진이 달려가면서 의사 가운이 펄럭이자 가운 안에 있는 수많은 주사기가 보였다.

"뭐야. 컥!"

"아니 이게 컥!"

상진은 그렇게 자신의 앞길을 막는 사람을 해치우(?)면서 그 남자를 추적했다.

"갑자기 이게 무슨 날벼락이야. 어떤 놈이 경찰한테 말한 거야!"

머리카락이 모두 흰색이지만 얼굴은 30대에서 40대 정도밖에 안돼 보이는 사람이 덩치 큰 두 사람의 경호를 받는 병원테러 조직의 주동자 이규석이다.

"빨리 내 차 가져와."

그렇게 말해도 경호원들은 꿈쩍도 하지 않았다.

"뭐야, 지금 무시하는 거야?"

그렇게 말하자 갑자기 멀쩡하던 경호원 두 명이 동시에 쓰러졌다. 그들의 뒷목에는 작은 주사기가 박혀 있었다.

"뭐. 뭐야."

그리고 쓰러진 남자들 뒤에서 상진이 살벌한 눈빛으로 천천히 걸어오고 있었다. 그렇게 바로 앞까지 다가와서는 낮은 목소리로 말했다.

"병원에서 데려간 사람들 지금 어디 있어."

"내가 그걸 말하. 컥!"

말이 끝나기도 전에 상진이 주먹으로 이규석의 머리를 후려쳤다.

뒤로 쓰러진 이규석에게 상진은 살기를 풀지 않고 말했다.

"다시 한 번 묻는다. 데려간 사람들 지금 어디 있어."

"으아악!"

끼이익!

상진은 공장 뒤편에 있는 이삿짐 차의 뒷문을 열었다. 문을 여니 안에는 잡혀간 사람들이 가득했다. 대부분의 사람들이 묶인 채로 기절했는지 쓰러져서 자고 있는 것처럼 보였다. 그중에는 상진의 병원 사람들도 있었다.

"어이! 간호사님."

그렇게 말하면서 상진은 최민아의 맥박과 몸의 상태를 살펴보았다.

"맥박은 정상, 혈색도 좋고, 외상도 없어 보이고 단순한 기절인가?"

그 말에 최민아가 눈을 뜨면서 일어났다.

"참 빨리도 일어나시는구나."

"으브브븝!"

"알았다 풀어주려고 하잖아."

"으브븝!"

"뭐라고 하는 건지 영 모르겠군."

그렇게 상진은 최민아의 입을 막았던 천을 풀어주었다.

"뒤에!"

"어?"

상진은 자신의 옷이 갑자기 빨갛게 물들어 가는 것을 보았다. 뒤를 돌아보니 아까 분명 개 맞듯이 맞아서 쓰러진 후 움직이지도 못할 것 같던 녀석이 웬 칼로 자신의 배를 찌른 것이다.

"크헉!"

"어차피 의사는 다 똑같아. 사람이란 생물을 다 살릴 수 있을 것처럼 이야기 해놓고 결국 하는 말은 '마음의 준비를 하세요' 라는 것밖에 없지."

상진은 자신의 옷에서 병 하나를 연 다음 상처 부위에 들이 부었다.

"크아아악!"

상진은 자신이 의도하지 않았는데도 저절로 비명이 나왔다.

"이제 좀 알겠나? 죽어가는 느낌을? 병원에서 환자의 목숨과 환자의 가족들 등골만 빼먹는 너희들이 당해보니 이제 좀 알겠냐고!"

"세상에 그런 사람들 밖에 없을 거 같나?"

상진이 상처 부위를 움켜잡고 거친 숨을 몰아쉬면서 말을 이어갔다.

"세상에는 좋은 사람들도 있고 네가 말한 그런 쓰레기 같은 사람들도 있는 건데 왜 그런 한탄을 하고 죄 없는 사람들에게 이러는 거냐고!"

"닥쳐. 나는 아들과 딸 그리고 아내 모두 병원에서 잃었다. 병원이란 건 없어져야 마땅하다!"

"그럼, 네가 한 짓으로 앞으로 충분히 살 가치가 있는 사람들에게도 피해를 주려는 거냐?"

"네놈도 의사가 아니냐? 의사라면 사람을 살려."

"의사로서가 아니야 인간으로서 말하고 있는 거야!"

순간적으로 상진의 목소리가 울려 퍼졌다. 그 말을 한 후에 상진의 얼굴빛이 점점 하얗게 돼가고 있었다.

'젠장 상처가 벌어졌나? 갑자기 어지럽군.'

"인간으로서라……."

갑자기 이규석이 하늘을 올려다보고 말했다.

"내가 한참동안 참 희한한 짓을 하고 있었구만."

그렇게 이규석은 쓴웃음을 지었다. 그리고 상진을 찌른 칼을 자신의 목에 가져다 댔다.

"이. 이봐"

"이렇게 쉬운 방법이 있었는데 괜히 돌아왔군."

그렇게 이규석이 자신의 목을 찌르려고 했지만 그럴 수 없었다. 누군가 칼을 맨손으로 잡아서 버티고 있었기 때문이다.

"어이 형씨, 자살은 얼간이들이나 하는 짓이야."

칼을 잡은 사람은 다름 아닌 이관우였다. 관우는 그 상태로 이석규에게 자신의 커다란 주먹을 날렸다. 그 주먹을 맞은 이석규는 기절하고 얼마 후 공장에 경찰차와 구급차들이 오고 나서 이 사건은 마무리가 되었다.

그로부터 1년 후,

"아, 피곤하다."

상진은 자신의 집 문을 열고나서 어두컴컴한 집에 불을 키고 거실에 가니…

'Surprise!'

"뭐. 뭐야?"

상진이 아는 사람들이 거의 다 자신의 집 거실에 옹기종이 모여 있었다. 항상 집에 쳐들어오는 채예림과 신상준 커플, 그리고 채수진, 자신의 검사 친구인 이관우, 길가다 만난 깡패치킨집 사장인 최태욱, 그리고 직장동료인 최민아 간호사도 있었다.

"오늘 부부장 선생님이 일부로 집에 보낸 이유를 알겠군. 오늘이 예수 그리스도의 생일인가?"

그러자 최민아 간호사가 말했다.

"다른 말로는 크리스마스라고도 하지요."

그러면서 최민아 간호사가 기습적으로… 쪽!

"우와와!"

"연이 좋겠네!"

"개상 좋겠다!"

"맞아 개상 좋겠다!"

"아 부럽다!"

순간적으로 상진의 얼굴이 붉어졌다. 하지만 그 붉음을 식히기 위해 바로 최민아가 상진의 얼굴에 케이크를 던졌다.

"크억! 이게 무슨 짓이야!"

"생일빵~!"

상진은 얼굴이 케이크 범벅인채로 최민아를 잡으러 다녔다.

"이런 너, 거기 안 서?"

세상 모두가 둘을 축복하듯 바깥에는 새하얀 눈이 내리기 시작하였다.

작가 후기

안녕하세요! 채상연입니다. 이번 이야기를 마지막으로 하여 제 중학교 책쓰기가 모두 끝이 났습니다. 제가 1학년 때 본의 아니게 책쓰기 활동을 하게 되었는데 1년, 2년이 지나면서 이제 3년째로 어느덧 중학교에서 하는 마지막 활동이 되었습니다. 이번의 이야기는 2학년 때 쓴 이야기와 이어지는 내용으로 하려고 했지만 생각보다 많이 엮이지는 않았습니다.

이번에도 제가 쓴 작품에는 제 주변사람들을 모델로 하여 만들어진 인물이 많습니다. 대표적인 예로 상진의 집에 항상 쳐들어오는 채예림과 신상준은 실제로 ㅊㅂㄹ과ㅅㅈㅎ입니다.(실제로도 염장 많이 지릅니다.)

1, 2학년 때는 항상 다음이라는 것이 있었는데 3학년이 되서 막상 마무리를 하려고 하니 좀 많이 힘드네요(허허).

저는 고등학생이 돼서도 가능하다면 계속해서 책쓰기와 관련된 활동을 할 예정입니다.

저에게 이런 애정을 심어준 책쓰기 동아리 친구들과 열심히 시간 내주셔서 지도해 주신 김효선 선생님께 감사 인사드립니다.

– 채상연

리플리
증후군

남유리

모두 모조품이야.

나마저도.

우린 왜 존재하는 걸까.

더 이상 가짜는 싫어.

……?

그래. 내가 진짜가 되면 되잖아?

프롤로그

바쁜 아침, 나는 거의 창고나 다름없는 내 방의 전신거울을 보며 머리와 옷 매무새를 정돈했다. 활짝 열린 창문 밖에서는 이미 아이들의 활기찬 목소리가 들려 오고 있었다.

신발을 신으며 부엌에서 나를 재촉하는 엄마의 잔소리를 뒤로하고 집을 나섰다.

나는 평범한 고등학생이다. 어머니뿐인 한부모 가정이지만 충분히 사랑받는 외동딸, 썩 원만한 교우관계와 성적. 나무랄 데 없이 평범하고 행복한 나날.

그런데 어디서부터, 뭐가 어긋났던 거지?

#1

친구들과 나는 여느 여고생과 다를 바 없이 수다를 떨며 하교를 하고 있었다. 날은 이미 저물어 땅이 해를 잡아 먹은 지 오래다. 어둠이 퍼지고 있는 하늘 아래 우리들은 즐겁게 떠들어대고 있었다.

하나둘 불빛이 들어오는 상가의 거리를 걸으며 한둘씩 흩어지기 시작했다. 나도 혼자 드문드문 켜진, 금방이라도 팟, 하고 어둠 속에서 빛을 꺼트릴 듯한 가로등을 지나고 있었다.

그때 그늘진 횡단보도 건너편 가로등 아래 익숙한 실루엣이 있었다.

그녀의 실루엣은 금방 알아챌 수 있었다.

"……르네?"

나는 반갑고도 이상한 생각에 얼른 그녀에게로 달려갔다. 긴 머리에 계절이 실종된 짧은 치마. 이 날씨에 그런 걸 입을 사람이 르네빼고 더 있을까. 나는 그녀에게 점점 가까워져갔다. 하지만 그녀는 어째선지 그림자속으로 몸을 숨기더니 이내 완전히 그림자에 스며들었다. 나는 방금까지만 해도 그녀가 있던 자리에 서서 눈을 깜빡였다. 내가 꿈을 꾼 건가? 나는 찝찝한 발걸음을 돌려 집으로 향했다.

다른 사람을 본 걸까, 하고.

#2

오늘은 어제보다 더 늦게까지 학교에 남아 있어야 했다. 방과 후 동아리활동이 있어 친구들과 반이 나뉘어 수업을 받게 된다.

르네에게 어제의 일은 말하지 않았다. 내 착각이라고 생각하고 넘어가기로 했으니까.

나는 종이 치기 전에 바삐 동아리실로 갔다. 밴드동아리 선배들은 이미 모두 와 있었다. 내가 아슬아슬하게 동아리실에 들어감과 동시에 종이 쳤다.

"안녕, 리플리."

기타 담당인 남자 선배가 인사를 하자 나도 종소리에 내 목소리가 묻히지 않을 정도의 목소리로 인사를 했다.

내 담당은 드럼이다. 선배들은 처음 신입생 교육 때 여자애가 드럼을 하겠다고 자원을 해서 적잖이 놀란 눈치였지만 지금은 모두 나를 인정해 주는 듯하다.

드럼을 치면 불안한 마음이 조금 가라앉으며 한 가지에만 집중할 수 있게 된다. 나는 그 점이 좋아 드럼을 시작했다.

각자 연습시간이 끝나고 합주를 시작했다.

우리는 여러 번 같은 노래를 반복했다. 한번은 신디가, 한번은 베이스가 번갈아가며 실수를 하는 탓에 모두 그들을 놀려댔다.

내 옆에서 보컬 역인 선배가 내게 얄밉다는 듯 이러쿵저러쿵 작게 속삭인다고 했지만 모두가 들릴 정도로 큰 목소리였다. 둘은 귀까지 빨개지고 나머지는 모두 웃었다.

나는 웃으면서 묘한 기분이 들었다. 이전에도 이런 적이 있었던가?

입꼬리가 살며시 내려갔다. 익숙한 듯하면서도 낯선 이 모습에 나는 이질감. 그래, 이질감이 느껴졌다.

\# 3

지난번 동아리 수업 이후로 일주일이 지났다.

거리를 지나가는 수많은 사람들. 이 사람들 중 내가 아는 사람들과 똑같은 사람이라고 착각할 만큼 닮은 사람이 지나갈 확률은 얼마나 될까?

요즘 들어 자주 그런 일들이 반복되자 이제는 내가 헛것을 본 것일 거라며 나 스스로를 다독였다. 물론 그럴 때마다 내가 제정신이라는 것을 보여주듯 내가 아는 사람들과 닮은 사람들과 마주쳤지만.

그렇지만 난 그저 평소와 같이 평범한 일상이 될 수 있도록 하는 것만 신경쓰기로 했다.

"리, 무슨 일 있어? 안색이 안 좋은 걸."

내 애칭을 부르며 나타난 것은 내 오랜, 가장 친한 친구인 '릴리' 였다. 그녀는 내 앞의 릴리의 책상에 앉았다.

"그냥…… 요즘 좀 피곤해서."

"정말로 그뿐이야? 네가 언제건 쓰러질 때 내가 달려갈 수 있게 준비해 놓은 거지?"

나는 이미 다 알고 있다는 듯이 비꼬는 그녀의 유머에 결국 웃어버리고 말았다.

"알았어, 너한테만 말할게. 이상하게 들릴 수도 있겠지만 들어줄래?"

대답 대신 다리를 꼰 채 턱을 괴고 그녀만의, 예의 그 경청 자세를 취했다.

나는 지난주에 있었던 일을 얘기했다.

르네와 똑같이 생긴 사람을 봤다는 얘기는 빼고.

"네가 요즘 진짜로 쓰러질 정도로 피곤해서 헛것이 보이는 게 아니라면, 그건 아마 '도플갱어' 가 아닐까?"

이런 류의 이야기를 무척 좋아하는 그녀의 눈이 빛나자 나는 소름이 돋는 걸 느꼈다.

"도플갱어면……."

"너와 똑같이 생긴 가짜들이지. 그리고 둘이 만나면 어떻게 되는지 알아?"

나는 잠시 숨을 멈췄다.

죽는다. 서로가 거울이 아닌 자신임을 알아봤을 때. 얼떨떨한, 여러 감정이 뒤엉킨 내 표정을 보며 그녀는 이미 다 알고 있다는 듯 키득거리며 자리에서 일어났다.

"네가 본 게 진짜 '도플갱어' 들일지는 몰라도, 주변사람들에게 도플갱어들이 나타났다면 너도 분명 있을 거야. 한 명이 아니라 여럿일지도. 어쩌면 '진짜' 의 자리를 쟁탈하기 위해 서로가 자신을 죽여야 할지도 모르지."

그 말을 마지막으로 릴리는 교실을 나갔다.

나는 다리에 힘이 풀려버려 그대로 쓰러지고 싶었다. 만약 서 있었다면 바닥에 바로 쓰러졌을 것이다. 시선을 책상에 내리꽂은 채 주먹을 꽉 쥐었다.

고마워, '릴리'.

왜냐면 릴리는 오늘 몸이 좋지 않아 결석했거든.

4

시계를 보니 아직 한참 이른 새벽이다. 나는 잠을 설쳤다.

내 머릿속을 휘젓고 다니던 모든 생각들은 어제 릴리의 일로 인해 모두 정리되었다. 그리고 그녀의 말 중 일부는 진실이었다.

이런저런 생각에 뒤척이다가 잠들기는 글렀다는 생각에 냉수로 잠이나 깨자 싶었다. 나는 아직도 무거운 몸을 이끌고 부엌으로 가면서 내 본능은 왜 아무런 반응도 하지 않았을까 하며 자책한다.

의자가 두개뿐인 식탁에 우두커니 앉아 있는 낯익은 실루엣은 엄마였다. 그녀 역시 잠이 오질 않는 걸까.

“엄마?”

난 그 옆의 의자를 꺼내 앉았다. 엄마는 턱을 괴고 내 반대쪽을 보고 있어 내가 볼 수 있는 것은 그녀의 비스듬한 옆모습이었다.

잠시 조용히 있다가 엄마가 먼저 입을 열자 나는 꼼지락거리던 손가락에서 시선을 옮겼다.

“왜 이 시간까지 깨어 있니?”

여전히 고개를 돌린 채 그녀는 나와 눈도 마주치려 하지 않았다.

“목이 말라서요.”

완전히 거짓말도 아니니까. 그녀는 일어나서 주전자에 있는 따뜻한 물을 따라 건네줬다.

“고맙습니다.”

내가 작게 중얼거린 말을 듣지 못한 것인지 그녀는 아무런 반응도 없었다.

“마시고 얼른 자렴.”

그녀가 자리에서 일어나서 내게 좀 더 얼굴을 가까이 들이밀며 미소 지었다.

“학교, 가야 하잖니.”

화상을 입은 한쪽 뺨이 보조개가 패일 정도로 섬뜩하게 웃는 표정과 평소와 같은 온화한 목소리가 대조되어 더욱 긴장되었다. 진짜 엄마 같아서.

“안녕히 주무세요, 엄마.”

엄마가 내 방으로 들어가시고 나서야 나는 허공에 중얼거릴 수 있었다.

긴장으로 뻣뻣해진 몸을 움직여 안방으로 들어가 세상모르고 자고 있는 엄마의 옷자락을 잡고 눈을 감았다.

평소와 같이 분주한 아침.

엄마 얼굴에서 화상 자국은 어디에도 볼 수 없었다.

#5

학교 수업을 마치고 홀로 오랜만에 집으로 돌아가는 길, 오늘 따라 종례가 길어져 서둘러 집으로 돌아가는 참이다. 쌀쌀해진 바람에 움츠려들며 일렁이는 촛불처럼 금방이라도 꺼질 것 같은 가로등 아래.

항상 같은 길을 지나던 나는 저 멀리서 누군가가 가로수 밑에 몸을 숨기는 것을 목격했다.

또야? 이번엔 누구일까. 지니? 아니면 르네?

몇 주간의 괴이한 현상들에 의해 난 이미 길거리에서 아는 사람들을 마주치는 일쯤은 익숙해져 있었다. 무섭지 않다는 소리는 아니지만. 나는 무슨 생각이었는지, 순간의 호기심에 압도되어 누구인지 보기 위해 점점 다가갔다.

내가 자신을 보고 있다는 것을 확신한 것인지 가까워질수록 도망치지도 못한 채 그곳에 서 있기만 할 뿐이었다. 나도 가로등 밑 그림자 안으로 들어갔을 때, 망연자실한 표정으로 날 내려다보고 있는 사람은 나와 매우 닮은 '남성'이었다. 나는 기억 속에 저장되어 있는 앨범을 빠르게 되짚어보며 천천히 뒷걸음질쳤다.

"……아빠?"

걱정스러우면서도 근엄한, 그리고 친숙한 느낌. 빛 아래로 걸어 나오는 나와 닮은 남자는 다름아닌 '아빠' 였다.

"리플리."

#6

내 방에서도 제일 구석에 있는 앨범은 아무도 찾지 않아 결국, 보호하기라도 하듯 거미줄이 앨범을 감싸는 지경에 이르렀었다.

엄마는 정말 앨범의 존재를 잊고 살았던 건지, 아니면 내가 이것저것 뒤져볼까 봐 내게 말을 하지 않았던 건지는 몰라도 어릴 적 나는 아마 모두가 그렇듯 호기심이 왕성했고.

거미들이 지키고 있는 낡은 앨범을, 엄마와 이제는 영영 못 볼 줄 알았던 아빠의 추억을, 다시 세상 밖으로 꺼냈다. 나는 처음으로 본, 사진 속의 행복해 보이는 엄마의 미소를 떠올렸다.

"아빠."

그는 말없이 다가와 내 뺨을 타고 흐르는 눈물을 닦아주었다.

"미안해요, 아빠. 사실 나, 실감이 안 나요. 아, 아빠를 처음, 봐서……."

나는 그만 말문이 막혔다. 내가 갓 태어나 겨우 옹알이 할 때쯤 사고를 당해 돌아가신 아빠. 그리고 그의 몫까지 나를 챙겨주셨던 엄마가 생각났다.

누가 내 목을 조른 듯 숨이 콱 막혔다.

엄마. 늘 새벽에 봤던 엄마를 떠올렸다. 그녀를 혼자 두면 안 됐는데! 뭔가를 크게 잘못했다고 느껴졌다. 왜냐면 뭔가가 크게 잘못 돌아가고 있었으니까.

"아빠는 뭔가 아는 거죠? 아빠라면, 제게 뭔가 말해 주실 거죠?"

늦은 시간이라 거리를 다니는 사람은 아무도 없었다. 부녀의 있을 수 없는 만남을 눈감아주기라도 하듯이. 나는 불안해졌다.

"하고 싶은 말은 많다만…… 할 수 있는 말은 적구나. 시간이 많다면 차근차근 말해 주겠지만 내가 지금 해줄 수 있는 말은……."

그는 뜸을 들였다. 어디서부터 어떻게 말을 끊어 나를 이해시킬까 고민하는 듯했다.

"'그들'은 곧 네 주변으로 스며들 거야. 자신이 진짜가 되기 위해 또 다른 자신을 제거할 거라고."

그래, 이제 충분히 이해가 가네.

"그게 말이 돼요? 어떻게 하면 나랑 똑같은 사람이 나를 죽일 수 있다는 건데요? 제가 안전하려면 먼저 제 분신을 죽이면 되는 거잖아요."

"안 돼. 너무 위험해. 어떻게 된 일인지는 겪어보면 이해하게 될 거다. 그러니 무모한 짓 하지 말고 엄마와 함께 있어."

"그럼 대체 제가 할 수 있는 게 뭔데요?!"

나는 고함을 지르다시피 말했다. 그는 무심하고도 안타까운 사실을 말했다.

"없어."

#7

잠시 우리 둘 다 조용해졌다. 무기력하고 절망적이지만 반박할 수 없었다. 나는 악을 쓰며 말했다.

"아뇨, 할 수 있어요. 뭐라도, 나랑 똑같이 생긴 자신도, 죽일 수 있어요."

"내 말 들어. 널 위한 거다. 넌 지금 정상이 아냐."

그의 말에 무어라 반박하려 했지만 그는 내 등 뒤로 계절에 맞지 않게 따뜻한 바람이 불어오는 쪽으로 손을 뻗었다.

언제부터 우리 주위에 사람들이 한둘씩 다니기 시작했는지도 모르겠다. 몇몇은 나를 이상한 사람 보듯 훑어보고 지나갔다. 소방차의 사이렌 소리가 내 귀를 때리자 나는 상황이 어떻게 돌아가고 있는지 머릿속에서 대충 그려 보았다.

나는 생각할 것도 없이 집으로 달려갔다. 달리는 도중 뒤를 돌아봤지만 거세지는 불길에 웅성거리는 사람들만 드문드문 보일 뿐 아빠는 어디에도 없었다.

집 앞에 다다르자 소방대원들은 집을 삼키고 있는 불길에 대응하지도 못하고 쩔쩔매고 있었다. 사람들은 각자 웅성대기 바쁠 뿐 아무도 나서서 뭔가를 해주려 하지 않았다.

소방대원들을 뿌리치고 다 떨어져가는 현관문을 열자 매캐한 연기가 자욱했다.

따가운 눈을 깜빡이며 칼칼해진 목으로 엄마를 애타게 불렀다. 계단을 올라가며 점점 정신마저 연기처럼 흐릿해져가는 듯했지만 자꾸만 넘어지는 다리를 애써 이끌며 올라갔다. 벌겋게 달궈진 문 손잡이를 잡기보단 이미 조금 너덜너덜해진 문을 발로 차는 게 훨씬 낫겠지. 내가 이미 익어버려 물집이 잡힌 발로 몇번이나 더 문을 차고 나서야 들어갈 수 있게 되자 보게 된 것은 집으로 들어가 내 방이었던 창고에서 쓰러져 있는 엄마와 그런 그녀에게 다가가는 또 다른 '엄마'.

그녀는 아직 나를 알아채지 못한 듯했다. 주변에서 검은 연기를 토하며 널브러져 있는 잔재들을 집어드는 그녀와 무너진 잔재에 몸이 반쯤 깔려 이마에서 피가 흐르고 있는 엄마를 보며 머릿속에서 무언가 요동쳤다. 호흡이 거칠어지고 누군가 관자놀이를 때리듯 맥박이 빨라졌지만 발은 마음대로 움직여주질 않았다.

달싹거리는 입술로 엄마를 부를 수도, 다가갈 수도 없었다. 나는 뻣뻣해진 다리로 화재의 주범인 듯한 부엌으로 달려가 엄마가 쓰던 작은 칼을 가지고 왔다.

파르르 떨리는 칼을 쥔 손에서 칼날을 잘못 잡아 피가 떨어지는 것조차 모르고.

따끔한 손을 무시한 채 망설이던 나는 엄마가 숨이 끊어졌는지 확인하는 그녀의 등을 보자마자 망설임은 사라졌다.

토할 것만 같은 기분이었다. 뒷걸음질 치며 다리가 풀려버린 그대로 주저앉아버렸다. 숨을 깊게 들이마시고 내쉬길 반복했다.

죽었나?

밝은 노란색 옷에 꽂힌 칼의 얄팍한 테두리를 따라 검붉은 꽃이 피어나기 시작했다. 그 꽃의 향기는 점점 더 진해져갔다. 누구의 것인지 모를 정도로 뒤섞였지만 아무렴 어떠리. 나는 아래층에서 소리 지르는 사람들의 소리도 사이렌 소리도 모두 먹어버리는 이명을 들으며 한참을 그 불길 주위에서 우두커니 앉아 있다가 조금씩 정신을 차리기 시작했다.

주춤하며 중심을 잡으며 일어나고는 집을 나오려 했다. 어떻게 설명해야 할까, 그 감정을. 비틀거리는 몸, 비틀거리는 정신.

뜯어진 문으로 나가는 건 쉬운 일이었다. 하지만 방해가 있다면 말이 달라지겠지.

나는 누군가에게 당겨져 그대로 뒤로 넘어졌다. 어떻게 그걸 뽑은 건지, 내가 등에 꽂았던 칼을 들고 넘어진 내게 꽂으려 하는 그녀를 옆으로 굴러 피하며 그녀에게서 떨어졌다.

그렇게 진짜가 되고 싶은 거야? 그렇게 필사적으로?

나를 한 번에 죽일 생각이었는지 칼을 꽂을 때 너무 힘을 실은 탓에 앞으로 고꾸라질 뻔한 그녀를 주시하며 뒷걸음질 치다 무언가라도 잡히기를 바랐다.

등과 벽이 맞부딪히기까지 몇 걸음을 남겨두고 발이 걸려 넘어질 뻔한 나무막대기를 집어 들었다. 금방 부러질 듯했지만 시간을 벌기위해서 뭐라도 해야 했다.

내게로 질주하는 그녀를 앞에 두고 막대기를 힘껏 내리쳤다.

당연하게도 막대기는 부러졌다. 손목을 타고 진동이 느껴졌지만 아

랑곳하지 않았다. 하지만 내 노력을 비웃듯 그녀가 그렇게 쉽게 쓰러져
주지는 않았다.

죽기 직전에는 모든 악역들이 그렇듯 나를 죽일 듯 노려보며 내게 다
시 한 번 칼을 휘둘렀지만 보기 좋게 빗나갔다.

우리 둘 다 점점 우리를 조여 오는 불길에 마음이 조급해져갔다.

나는 짜증이 섞인 한숨을 내쉬며 바닥을 눈으로 훑었다. 손가락 한두
개가 날아갈 뻔함을 감수하고.

순간 떨어져 있던 은색의 지포라이터와 눈이 마주쳤다. 나는 그녀를
피하며 라이터를 집어 들었다. 더 이상 눈치를 보고 있다간 내가 당할
것 같아 앞뒤도 생각하지 않고 라이터의 불을 켜고 내게 괴물을 보는
듯한 시선을 던지는 그녀에게 던졌다.

지포라이터는 둔탁한 소리를 내며 바닥에 떨어졌다. 배신당한 듯한
눈으로 나를 바라보며 불꽃으로 이루어진 드레스에 삼켜지는 그녀를
보며 나는 비로소 끝났음을 깨달았다. 내가 놓은 맞불에 갇힌 그녀를
뒤로 한 채 집을 나왔다.

다음날.

뉴스에서는 불에 삼켜진 집의 잔재를 비췄다.

시신은 중년 여성의 것 한 구만 발견되었다고 한다.

나는 하루 만에 모든 것을 잃었다.

#9

문득 이런 옛날 이야기가 떠올랐다.

인간의 욕망을 채우기 위한 수많은 인체실험을 통해 '복제인간'을
탄생시키는 데 성공했다는 이야기.

복제인간들은 주로 건강이 좋지 않거나 젊어지고 싶은 욕망에 사로잡힌 귀족들의 욕심을 채워주는 일회용.

결국 마지막에는 '진짜'가 '가짜'로부터 자신이 가짜라는 누명을 뒤집어쓰고 쫓겨나게 되었다는 케케묵은 그런, 역겨운 이야기.

그 이야기가 내 앞으로 성큼 다가올 때까지 나는 아무것도 할 수 없었다.

#10

나는 도망쳤다.

당장 누군가에게라도 달려가 그 누군가를 붙잡고 토할 때까지 울고 싶었다. 긴장이 순식간에 풀리며 나를 지탱하던 모든 힘들이 빠져나갔다. 나는 아직도 내 코 끝을 맴돌고 있는 매캐한 냄새 속에서 퍼지고 있던 무수한 혈향을 떨쳐내려고 고개를 흔들었다.

어디 하나 기댈 곳 없다는 것은 잘 안다.

나는 이제야 아빠의 말을 뼈저리게 실감한다.

오늘로써 벌써 몇 번째로 비틀거리며 일어났다. 나는 도망을 쳐야만 했다.

'진짜'로 남기 위해.

#11

나는 그 후로 어둠만을 찾아다녔다. 막상 무엇을 먼저 해야 할 지 막막했다.

그래, '그'라면 모든 것을 알고 있을 것이다. 그를 찾아야한다.

나는 흙탕물이 고인 곳을 피해 그나마 깔끔한 곳에 앉았다.

아니야.

굳이 내가 찾아갈 필요가 있을까. 그가 '찾아오게' 하면 쉬울 것을.

나는 기지개를 켜고는 일어나 옆에 잠시 내려뒀던, 이리저리 굴러다니고 치이던 더러운 천을 후드처럼 걸치고 얼굴마저 가렸다.

거리에는 늦은 시간임에도 여전히 평소와 같이 사람들이 제 삶을 찾아다니기 위해 분주했다.

#12

결국 제 발로 찾아온 곳이 여기란 말인가.

이곳은 도시의 외곽진 작은 숲. 우리 도시를 감싼 형태의 숲.

수중에 있던 돈으로 택시를 잡아 이 먼 곳까지 오기엔 무리가 있을 거라 생각했지만 돈이 아슬아슬하게 딱 맞아 떨어졌다.

대단해, 이제 완벽한 거지 신세군. 나는 속으로 한탄했다.

나는 여진히 뒤집어쓰고 있는 천을 머리 부분만 걷었다. 한겨울의 밤인데도 땀이 날 것 같았다. 물론 진짜 땀이 나지는 않았다.

여기라면 그도 괜찮겠지. 찾아오는데 생각보다 그리 시간이 오래 걸리지는 않으니까.

잠시 마음의 준비를 하며 나무 밑동에 앉아 생각했다.

택시 안에서 스쳐가듯 보았던, 그리고 길거리를 방황하는 동안 봤던 며칠 동안 봤던 사람들과 가짜들.

자신보다 더 자신 같은 사람의 뒤를 밟으며 혹은 더 앞서나가며 세상은 아무렇지 않게 돌아가고 있었다.

나는 일어났다. 옷에 묻은 나뭇잎과 흙을 털어낼 생각조차 하지 않고 준비해 온 밧줄을 가지에 걸고 밑동을 밟고 올라가 까끌거리는 밧줄을 목에 걸었다. 꽤 그럴싸했다.

밑동을 발로 차 떨어지려하기 직전 예상한 대로 목소리가 들려왔다.

"그만 둬."

내가 생각하던 그의 목소리가 들리지 않고 웬 여자애의 목소리가 들려오자 나는 당황하기보단 방해받은 기분에 짜증이 났다.

누구야? 밑동에서 내려와 익숙하면서도 낯선 그 목소리의 주인을 보자 나는 불쾌함과 공포가 어떻게 공존할 수 있는 건지 실감했다.

나는 냉소적으로, 그녀는 진심으로 즐거워하듯 동시에 말했다.

"이런, 예상외의 손님인 걸."

#13

"아, 혹시라도 '여긴 어떻게 알고 온 거야?' 라는 바보 같은 질문은 하지 말아줄래? 내가 나 자신이 어디 있는지 아는 것 정도는 당연한 거 아닌가?"

그녀가 먼저 선수를 쳐 내 말을 가로챘다. 나는 나무 아래의 잎사귀들 사이로 스며드는 달빛 아래에 몸을 숨긴 채 조용히 그녀를 쏘아봤다.

"결국 찾아온 곳이 여기라니……. 내 모습으로 그런 어리석은 짓은 하지 말아줄래, 가짜?"

그녀는 경멸어린 웃음을 지으며 나를 가짜라고 불렀다.

"가짜라니 그게 무슨 말……."

"야만적인 너희 가짜들 때문에 나는 어머니까지 잃었어."

이번에도 그녀는 말할 틈을 주지 않았다.

나는 화가 나 할 말을 잃었다. 머리가 어떻게 되어버린 걸까. 우리 엄마는 똑같이 생긴 '다른 사람'에게 죽임 당했고, 나마저 죽을 뻔했었는데. 거울을 비추듯 나와 똑같이 생긴 그녀는 마치 내 탓인 듯 나를 경멸하고 있었다.

"'가짜들'? 누가 가짜들이라는 거야? 내 모습을 뒤집어쓰고서 내 인생에 뛰어들어 계획이라도 한 듯 망쳐 놓은 게 누구인데, 뻔뻔스럽게도……!"

"뻔뻔스러운건 너희들이지, 가짜. 넌 어차피 나를 본뜬 가짜일 뿐이잖아."

그녀는 계속 나를 가짜라고 불렀다.

"……공존하는 두 사람은 서로가 진짜가 되기 위해 죽이려 든다고 하더군. 너도 날 죽이러 온 건가?"

"내가 왜? 굳이 내 손에 피를 묻혀가며 내가 진짜라고 세상에 공표할 필요가 있나? 물론 그것도 재미있을 것 같지만. 나는 확실한 진짜야."

그녀는 재미있다는 듯 웃으며 자신있게 대답했다. 저 자신감은 대체 어디서 오는 건지.

"하지만 너를 이대로 두는 건 싫은데. 내가 둘이라니, 역겨워."

그녀는 나를 나무로 밀쳐 목을 졸랐다.

'이건 내가 아냐. 성격도 다르고. 나보다 더 강해…….'

속수무책으로 당하던 나는 발로 그녀의 복부를 걷어차 겨우 그녀를 떼어낼 수 있었다.

나는 피를 토할 듯 콜록거리며 일어나지도 못한 채 겨우 움직여 나무에 기대 앉았다.

그녀는 금세 일어나 흑요석같이 검은 눈동자를 번득였다.

"네가 진짜라면…… 나는 뭐가 되는 거야……?"

내게 다가오는 그녀를 향해 가쁜 숨과 함께 말을 몰아 내쉬듯 내뱉고 나는 기절했다.

#14

눈을 떠보니 한낮인 듯하다.

어제 그 나무 밑에서 기절한 것까지는 기억이 났다. 그 이후로는 그녀가 그냥 가버린 것인지는 모를 일이었다. 그저 나를 살려둔 것에 안도보다는 찜찜함이 밀려왔다. 나뭇잎에서 떨어진 이슬 때문인지 젖은 땅에 오래 있어서인지 옷이 축축했다.

굳은 듯한 몸을 힘겹게 일으켜 조금씩 움직였다.

어제 그녀와 했던 대화들이 귓가를 빠르게 스쳐갔다. 그 여자가 누구냐고 자문할 필요 없이, 그건 명백히 '나'였다.

하지만 누더기를 걸치고 있는 나와 달리 그녀는 누가 봐도 시선을 끌 아름다운 숙녀의 모습. 어쩌면 지금의 나보다 더 성장한 모습의 나를 보고 있자니 복합적인 감정들이 뒤엉키면서 마음속의 무언가를 건드렸다.

찌르르, 퍼지는 무언가가 빠르게 내 몸을 타고 돌면서 눈물이 터지기 시작했다.

어떤 이유라고 꼭 집어내기 어려운 이유로. 나는 울고 있었다.

나는, 가짜의 삶을 살아가고 있던 거야?

듣기 싫은 숨막히는 소리를 내며 눈을 꾹꾹 누르고 있었다.

억지로 눈을 세게 누르면 나오려던 눈물도 도로 들어갈까, 나는 조용히 눈을 압박했다.

나 혼자 이상한 나라로 떨어진 것만 같았다.

겨우 진정이 되자 나는 차가운 바람 때문인지 내 비참함 때문인지 대나무처럼 텅 빈 듯한 뼈마디가 차갑게 느껴졌다.

－그래.

'진짜' 세계의 앨리스가 되지 못한다면?

'가짜' 들의 앨리스가 되어 보란 듯이 진짜로 남아주겠어.

#15

내가 할 수 있는 일은 그리 많지 않았다. 나는 발이 닿는 대로 걷고 또 걸었다. 그녀의 흔적을 쫓아 군중 사이에 스며들었다가 내쳐지길 반복하며. 끝은 나에게 살며시 다가올 듯하면서도 약 올리듯 내가 따라 잡았다싶으면 저만치 멀어져 있었다.

한번 시궁창으로 떨어지면 쉽게 기어나올 수 없는 지경에 이르러 버린 시궁쥐는 매일같이 좁은 구멍 틈새로 어둠이 물들기만을 기다리고 있었다. 그리고 밤이 시궁쥐의 눈만큼이나 까맣게 변하면, 그때서야 시궁쥐는 움직이기 시작했다.

건물 사이의 좁은 골목 틈에 쭈그려 앉아 어떻게든 잠들어보려 노력 중이었다. 앉은 채 그 자리에서 자는 것은 무리라고 한참 뒤에야 판결을 내리고 있을 때, 멀리서 익숙한 콧노래를 부르며 크로스 백을 멘 그녀가 내 시야를 스쳐갔다.

나는 생각할 것도 없이 내가 이불처럼 깔고 앉았던 깨진 술병과 유리 파편 중 아무거나 집어 들어 그녀에게 달려갔다. 그녀는 몇 주 만에 나타난 너저분한 내 모습과 유리 파편에 찔려 피가 배어나오는 내 모습을 보며 경악했다.

"맙소사, 리! 무슨 일이 있었던 거야 대체?"

호들갑떠는 그녀 앞에 선 나는 담담했다.

"많은 일이 있었지, 아주 많이. 너무 많아서 네게도 생생히 알려 주고 싶을 지경이야, 릴리."

나는 갈라지는 목소리로 노래하듯 그녀에게 말했다.

"왜 나를 찾아오지 않았어? 모두 네가 돌아오기만을 기다리고 있어. 제발, 내게만이라도 무슨 일인지 털어놔."

"...질문이 많은 건 알겠는데 일일이 대답해 줄 힘이 없나. 나 좀 안아 줄래?"

나는 조심스레 팔을 벌린 그녀의 품으로 비집고 들어가 쓰러지듯 안겨 그녀의 귀에 속삭였다.

"그동안 정말 많은 일이 있었고 내가 알아낸 것이 단 한 가지가 있어. 그들은 널 속이고 있어."

"리…… 무슨 소리를 하는 거야? 그들이라니?"

"그리고 너마저도."

그녀는 믿을 수 없다는 듯 자신의 복부를 붉게 물들여가는 유리파편을 내려다봤다.

"……너, 무슨…… 어떻게…….."

그녀는 혼란스러운 표정으로 나를 보며 말할 때마다 흘러나오는 피를 어떻게든 막아보려 부질없이 손으로 상처를 잡으며 버거운 듯 말했다.

"아무렴 어때. 어쨌든 누구는 진짜로 살아남아야 했어. 미안, 릴리."

그 말을 마지막으로 나는 쓰러진 그녀를 뒤로 한 채 골목을 빠져나왔다. 나는 다시 한 번 내가 사랑하던 사람을 꼭 닮은 사람에게서 꽃을 피웠다.

#16

전혀 느껴지지 않았다.

그들이 존재했다는 느낌이.

내가 그 존재를 지웠다는 느낌이.

끈적하게 엉겨 붙은 아직도 지워지지 않은 핏자국에서 풍겨오는 비릿한 냄새로부터 도망치고 싶었다.

싫어, 싫지만.

이게 지금 내 모습이라면 나는.

부정할 수가, 없잖아.

#17

내가 아는 사람들과 최대한 마주치기 싫어 무작정 발길 닿는 곳으로, 이왕이면 마을 밖으로 나가고 싶었지만 항상 같은 길만 걷던 내 발은 멀리 가지 못하고 맴돌았다. 밤거리는 살을 에는 듯한 칼바람 때문인지 그 칼바람에 실려 오는 미세한 떨림 때문인지 알 길이 없었지만 사람의 그림자는커녕 개미 한 마리조차 찾지 못할 정도로 한적했다.

덕분에 여유롭게 밤거리를 거닐 수 있었다. 어떤 이유에서인지 작은 가게 옆에 붙어 있는, 다른 것들보다 키가 작은 가로등에 기대어 잠깐 쉬고 있었다. 밤공기가 입 안으로 들어와 입김이 싸하게 퍼졌다.

문득 시선이 느껴지는 쪽으로 고개를 돌리니 흔들리는 동공을 가지고 피보다 짙은 입술이 찢어지도록 웃고 있는 여자가 나를 보고 있었다. 나는 그녀에게 연민과 한심함이 섞인 눈빛을 보냈다. 물론 그녀도 마찬가지였다. 불이 꺼진 가게 안과 초라한 내 모습을 비추는 쇼윈도가 원망스러웠지만 내가 할 수 있는 일은 그저 등을 돌리는 것이었다. 저건 내가 아니야. 아직까지는.

애써 못 본 척, 가게를 등지고 한참을 깜빡이는 가로등 아래에 서 있다가 초라한 나를 마주한 순간의 서러움을, 나를 부정해야 하는 내 자신을, 내가 얻지 못한 진짜의 여유 때문에 눈물을 흘렸다.

#18

"녀는…… 아직 정신이…… 돌아……."
"……는 가망이……."
날 흡수한 어둠 속 한줌의 빛과 함께 나를 짓누르는 알 수 없는 말들. 나는 무거운 몸을 움직이지도, 대꾸도 하지 못한 채 듣고만 있었다.
"……도…… 가짜……."
"가족…… 없……."
"약을 좀 더……."
치지직,
오래된 스피커처럼 내 귀에는 윙윙거리는 그 소리만이 울려 퍼졌다.
"투여해."

#19

거리는 웬일인지 사람들이 꽤 많이 보였다. 삼삼오오 모여 지나가는 그들의 틈에 섞여 있기엔 어색하게 느껴져 자리를 피했다. 사람들 틈에 있는 것이 어색하게 느껴질 정도로 내가 사람의 온기를 느낀 지 오래되었던가. 마지막으로 느껴본 릴리의 품에서 느낀, 이제는 식어버렸을 온기를 떠올리며 나는 얄팍한 옷의 틈으로 새어 들어오는 한기에 몸을 움츠리며 길을 거닐었다.

한참을 같은 가로수길만 뱅글뱅글 돌다가 사람들이 조금 줄었다 싶은 때에야 다시 돌아왔다. 이제는 내 집과도 같은 좁은 골목 틈에 겨우 몸을 끼워 넣어 쭈그려 앉아 내 주먹도 겨우 들어갈 듯한 작은 쥐구멍을 톡톡 두드렸다.

그러자 익숙한 회갈색의 덩치 큰 쥐가 나왔다.

"안녕, 이라고 말해도 신경질부터 부리겠지 넌. 미안해, 잠을 방해해서."

"알면 사라져."

"……이 모든 미친 일들을 어떻게 해야 끝낼 수 있을까?"

나는 그의 말을 무시하듯 넘긴 채 말했다. 그는 개의치 않는 듯, 혹은 귀찮은 듯 벽에 그 작은 몸집을 기대어 나를 올려다봤다.

"그건 온전히 네 몫이지. 네가 현실을 직시할 때쯤에야 끝이 나겠지."

나는 잠시 할 말을 생각하느라 입을 다물고 있었다.

"이 모든 게 나 때문에 생긴 일이라고 말하고 싶은 거야? 너와 대화하고 있는 내가 이상한 거야? 모르겠어, 어디서부터 어떤 게 이상해진 건지 이젠 정말 모르겠다고."

"그걸 모르니 이상하다는 거야, 이 아가씨야. 글쎄…… 네가 그렇게 생각한다면 나도 정상은 아닌 거겠지."

그는 무뚝뚝하게 대답하며 하품을 하고는 쥐구멍으로 사라졌다.

나는 또다시 혼자 남았다.

찬바람만이 들락거리는 쥐구멍을 두드리며 쥐를 다시 불러보려다가 생각을 고쳤다.

내가 세상모르고 잠들어 있을 때도 아침은 조용히 다가왔다.

밤에만 활동하는 내가 이렇게 이른, 내게는 너무도 낯선 이 시간에 깨어난 이유는 낯설지 않은 두 그림자 때문이었다.

"너는 더 나아진 게 없구나."

그녀는 나락으로 떨어진 나를 한심한 듯 쳐다보고 있었다.

이른 아침 차가운 바람만이 한적한 거리를 메웠다.

내가 올려다본.

나를 내려다본.

그 눈빛 속에서 우린 서로 뭘 읽었을까.

찬바람을 타고 온 말은 나를 보이지 않는 칼로 에워싸는 듯했다.

"……나를 더 비참하게 만들 셈이야?"

"네가 비참하다고 생각해? 너 때문에 내가 더 비참해졌어. 네 모습을 봐, 아무도 찾지 않는 거리에서 헤매는, 망가져버린 추악한 모습이라니."

나는 아무 말도 없이 그녀를 노려봤다.

"뭐 네 한심한 행실들을 읊으려면 시간이 꽤 걸릴 테니 각설하고. 오늘은 널 보고 싶어 하는 사람들이 있어서 온 거야."

나는 입술을 깨물었다. 그러고는 눈앞에 펼쳐진 믿기지 않는 상황에 헛웃음을 터뜨렸다.

"나참, 이젠 꿈자리마저 사납군."

"리플리."

공격적으로 한쪽 입꼬리를 거의 자동적으로 올린 나를 걱정스러운 목소리로 내려다보듯 말하는 그는 나와 눈높이를 맞추려는 듯 불편하게 쭈그려 앉았다.

"당신이 말했던 것들은 전부 이 날만을 위한 것이었나요? 날 가지고 노느라 재미는 보셨나요?"

"이젠 이 유치한 꿈에서 벗어날 때도 되었잖니. 언제까지 너는 어린 애로만 있을 테냐."

"이제 와서 왜 이걸 모두 내 탓으로 치부하는 거죠? 아빠가 말했잖아요, 누군가는 진짜로 남을 거라고."

나는 아빠와 나를 빼닮은 진짜가 같이 있는 것을 보고 그가 누구를 진짜 딸로 생각하는지 물을 필요도 없다고 생각하며 가슴 한구석이 쓰렸지만 내색하지는 않았다.

"……나는 이미 없는 사람이야. 네가 어떻게 나를 기억하는지는 모르겠지만. 나는 이 세상에 없는 사람이다, 애야. 이 아이도, 네 친구도."

그는 걱정스럽게 말하며 날 닮은 진짜와 그의 뒤에서 계속 나를 쭈뼛거리며 바라보는 릴리를 가리켰다.

나는 아무 말도 하지 않고 릴리에게, 네가 어떻게 여기 있을 수 있냐는 듯한 추궁하는 눈빛만을 보냈다.

"아무도 내게 생각할 시간을 주지 않는 거야?"

나는 이제 완전히 양쪽 입꼬리를 올리고 있었지만 눈에서는 금방이라도 눈물이 떨어질 것만 같았다.

"'우린' 네게 얼마든지 시간을 내어줄 수 있지만... 정작 네게 주어진 시간이 없는 듯하구나. 리플리."

"그럼 말해 줘요. 누가 진짜죠? 저기 서 있는 '나'는 누구고 왜 나는 진짜가 될 수 없는지. 설명할 수 없다면, 그래도 내가 가짜라면. 나는 방법이 없어요."

나는 그녀에게 달려들어 목을 졸랐다. 엎치락뒤치락 엉겨 붙은 우리는 쌍둥이 같았다.

그녀는 내게 아무런 공격도 하지 않았다. 오히려 그 점이 더 얄미워져서 그녀를 마구, 괴롭혔다. 여태껏 받은 서러움이 모두 씻겨져 나가도록.

"이제 그만해, 리플리! 너는 정상이 아냐!"

"그들은 가짜였어요! 날 속였어, 모두 날 속였다고!"

"깨어나!"

그는 나를 밀쳤다. 그 바람에 나는 쓰러지며 눈물이 번져 흐릿한 눈앞으로 뭔가 스쳐지나가는 듯했다.

뒤통수에서 따뜻한 무언가가 퍼지며 깨지는 소리가 들렸다가, 한참후 조용한 말소리가 조금씩 들려왔다.

왜 내 편은 아무도 없을까. 저들이 진짜라서? 내가 가짜라서? 나는 미동도 없이 나를 내려다보는 나에게 원망스러운 눈길을 보내고는 눈을 감았다.

내가 진…… 짜야…….

?

딱딱하게 굳은 듯한 입술이 무겁게만 느껴졌다. 아직 마취가 덜 풀렸나.

"당신은 내 편인 거죠? 아저씨."

"전 아저씨가 아닙니다. 당신을 치료하는 심리학자죠."

"……그럼 진짜 내 편은 없어……?"

"한 번 더 해야 해요. 다시 최면에 들어갑니다.."

숫자를 세는 그의 조용하고 묵직한 목소리가 점점 나를 짓눌렀다.

"자, 뭐가 보이죠?"

나는 간신히 입술만 달싹였다. 조금씩 어둠속을 뚫고 나에게 다가오는 형체가 있었다.

"……칼을…… 들고…… 나를 보고 있는……."

내가.

에필로그

움직일 수 없었다.

나를 내려다보는 진짜 '나' 의 눈빛에는 어떠한 흔들림도 없었다.

아……

나는 결국 이런 결말인건가…….

나는 절대 '진짜' 가 될 수는 없는 거야?

나는 오열했다.

이럴 거면 난 차라리……!

맥박이 강하게 요동쳤다. 눈에 보이는 무엇이라도 해야만 했다.

무모하다는 것을 알면서도, 나는 주먹을 꽉 쥐고 그녀에게로 내려쳤다.

뼈마디가 시큰하다고 느낀 그 순간,

거울은 산산조각이 났다.

뜀박질이라도 한 듯 숨을 가쁘게 몰아 내쉬었다. 모든 것이 끝났다.

하지만 아직도 나는 '가짜' 인 그대로였다.

어째서. 나는 아직도 가짜인 거야.

나는 노을이 퍼진 하늘을 투명하게 보여주고 있는 창문을 열고 창틀에 걸터앉았다. 아, 역시 본질은 변하지 않는다는 말인가.

다음에는, 내가 '진짜' 이기를.

나는 바람을 가르며 창밖으로 날았다.

.

"거 참. 돌아버리겠네."

"아무리 어르고 달래고 심리치료를 해도 소용 없었습니다. 그녀는 이미 17살쯤에 자신의 성장이 멈췄다고 믿고 있습니다. 계속 자신이 가짜라느니 이해할 수 없는 말만 늘어놓더군요."

"……가족은?"

"없습니다. 전원 살해당한 것 같습니다."

"그러면 소문 더 퍼지기 전에 조용히 묻어."

남자는 조용히, 엄숙하게 말했다.

"이 병은 아직도 밝혀지지 않은 정신병입니다. 이 자료는 어떻게 할까요?"

"적당히 이야기를 지어내. 우리가 새 증후군을 발견했다고. 명칭은.. '리플리 증후군'이라고."

그는 남자에게 정중히 인사하며 말했다.

"알겠습니다."

〈끝〉

작가 후기

　안녕하세요, 작년에 책을 낸 뒤 얼마 지나지도 않은 것 같은데 벌써 새 책을 내게 되었네요. 주변 사람들의 격려와 독촉(?) 덕분이겠죠. 이번에 제가 소재로 활용한 '리플리 증후군'은 실제로 존재하는 증상입니다. 자신이 보는 현실세계를 가짜라며 부정하고 자신이 믿는 것만이 진짜라고 생각하는 안타까운 증후군이죠. 혹시 여러분도 자신만의 세계에만 빠져 있는 건 아니겠죠? 사실 이번에도 작년처럼 제 변덕(마음에 들지 않음&내용이 안 이어짐) 때문에 급히 다른 주제로 바꿨더니 내용이 엉망진창이네요. 양해해 주시면 감사하겠습니다. 이미 다 읽으셨겠지만요.

　책쓰기를 하며 많은 친구들을 만나고 많은 것들을 배운 느낌이네요. 힘들지만 책을 완결짓고 나면 뿌듯한 기분 하나만큼은 자랑거리 못지않죠. 돌멩이 속 원석을 찾아낼 수 있게 도와주신 주변 사람들. 특히 우리 책펼아를 이끌어 주시고 제게 빨리 서두르라며 완성의 기운을 불어넣어주신 김효선 선생님께 올해도 감사인사를 전합니다. 중학교에서 내는 마지막 책이지만 아마 고등학교에서도 책을 낼 수 있을 거라 생각합니다. 그때도 지금의 책펼아 멤버들이 있을지 모르겠네요. 이제 마지막인 책펼아 멤버들에게 박수를 보냅니다. 수고했어!

- 남유리

두근두근
콘테스트

이원엽

[축하드립니다. 짠짠 남은 생존자 100명 중 한 분을 추첨해, 돌아가기 전에 소감과 어떻게 살아남으셨는지 기록하실 수 있는 마지막 이벤트에 당첨되셨습니다. 물론 기존의 세계로 돌아가실 때 모든 기억을 잃으시겠지만 여러분이 세계 어딘가 무작위로 떨어졌을 때 운이 좋으시다면, 이것을 찾아 본 순간, 그동안의 기억이 다시 돌아올 것입니다. 그럼 인터뷰. 시작하겠습니다.]

"썩을."
나는 욕지거리를 내뱉었지만 반항 없이 마이크를 내미는 그가 인도한 곳으로 따라갔다.

콘테스트 시작

[지금부터 시작하시면 됩니다.]

그가 마이크를 건네자 마이크를 받은 나는 생각과는 달리 말을 청산유수로 쏟아내기 시작했다.

물론 아까와는 달리 예의 있는 말투로.

"그게 먼저, 시작부터 말씀드릴게요."

'젠장 대체 이게 뭐야.'

[저는 이 일이 시작되던 날, 산에 갔습니다. 왜 갔냐고 물으시면 죽으러 갔다고 대답할 수 있겠죠.

지금 시간이…… 몇 달? -아 시간 개념이 없이 살았으니 잘 모르겠지만- 일 년이 지난 것은 아닌 것 같으니 그때 나이나 지금 나이나 같겠죠? 16살. 맞아요. 16살.

어쨌든 제가 중학교 3학년 1학기 중순쯤에 밧줄 하나랑 삽 하나 들고 우리 마을에서 가장 큰 산을 탔죠. 자살하러 가는 이유가 뭐였냐고요? 일단 들어보세요. 이야기 하면서 다 나오니까.

자살을 집에서 하기엔 그냥 싫었어요. 딱히 이유가 없는 것은 아니었고, 그냥 딱 싫다고 느낌이 오는 것들이 있잖아요? 그런 거예요, 그냥 싫어서 아까 말한 것처럼 삽 하나 밧줄 튼튼한 걸로 하나 들고 뛰쳐나왔죠, 사실 집 나오면서 생각난 곳이 한 곳 있기에 삽도 들고 온 것이었어요. 저의 마을에 있는 산중에 500년 정도 된 나무가 있었다고 할아버지께서 돌아가시기 전에 말씀하셨죠. 물론 어릴 때도 몇 번 가보곤 한 곳이었어요. 그 주위에는 벚꽃이 많이 피었거든요. 6살 이후로 다신 가본 적이 없는 곳이었는데 10년 후, 제가 다시 그 산을 오르려고 하니 운동 따위는 하지 않아서인지 힘들더라고요. 그 산.

　그래도 '이게 마지막이다.' 라는 생각으로 무작정 올라갔죠. 정신차려 보니 그 나무에 도착했고 주위를 둘러볼 여유가 생겼어요. 어릴 때지만 지금도 기억날 정도로 그 나무 뒤로 보이는 우리 마을 장관은 멋졌어요. 서울? 그곳이랑은 달라요. 뭔가 탁 트인다? 서울 야경은 −13살이었나? 아, 아니다. 초등학교 수학여행 때 그냥 서울로 갔었거든요. 그때 야경을 보긴 했는데− 저희 마을과는 달랐어요.

　어쨌든 넋 놓고 저희 마을을 찬찬히 보고 있다가 그만 집으로 내려올 뻔했었죠. 까먹은 거예요. 왜 왔는지 목적을 잃어버렸던 거죠. 하지만 다시 목적을 깨닫고 지체할 시간도 없이 바로 행동을 시작했습니다.

　여기서 문제가 하나 생겼어요. 삽은 들고 왔어도 나무에 올라갈 사다리라던가 의자를 못 들고 왔던 거예요. 제가 키가 작지는 않지만 수백년을 산 나무에 비하자면 세발의 피 정도였죠. 그때 다시 집에 돌아가서 의자를 가져 오자니, 이젠 엄마가 돌아와 저녁을 만들고 계실 시간이었고, 의자를 가져 나가다가 들키기라도 한다면 오해라던가 여러 가지로 골치 아파지기에 하는 수 없이 나무를 타기 시작했어요. 나무의 약간 파여져 있는 부분을 잡고 당기고 발을 나무에 딛고 다시 그 행동을 반복하다보니 어느 정도의 높이에 있는 나뭇가지에 오를 수 있었습니다. 굵고 단단하기도 해서 저 정도의 무게는 버틸 수 있을 것 같았어요. 사람은 자살을 할 때 많은 후회를 한다는데 실패라도 한다면 제가 어떤 생각을 할지도 모르니 여느 때보다 더욱 신중에 신중을 가했죠. 텔레비전과 책, 인터넷 등등 여러 곳에서 배운 밧줄을 단단하게 묶는 법부터 확실하게 죽는 방법까지 인터넷에서도 찾다 보니 자살을 하고 싶은 사람들이 모인 카페가 있었어요. 다른 편한 방법도 있었지만 돈이 없어 이런 방법을 택하긴 했지만 이 방법이 가장 간단한 방법이기도 했어요.

　어쨌든 밧줄을 다 묶은 후 내려왔죠. 아까까지 의자나 사다리가 없어서 나무 위로 올라간 것이었는데 내려오니까 높이 있는 밧줄을 보며 어뜧게 다시 올라가나 후회도 많이 했어요. 그 나무 주변에는 의자처럼 받칠 만한 것이 없었기에 괜한 곳에 화풀이도 해보았지만 그냥 생각 없이 내려왔던 내가 싫었어요. '오늘은 안 되는구나' 하고 생각하고 나무와 조금 떨어진 큰 바위 위에 올라 앉아 멍하니 있었어요. 지금 집에 들어가 봤자 학원에 있을 제가 집에 들어온다는 것은 말도 안 되는 일이었고 학원을 안 갔다고 혼나기도 싫었기에 학원 끝나는 시간까지 여기서 있다가 집에 들어갈 생각이었죠.

바위 위에 쪼그리고 앉아 얼마의 시간이 갔는지도 모르지만 해가 뉘엿뉘엿 지고 있는 것을 보자니 슬슬 내려갈 시간이 되었다는 것을 느꼈어요.

바지를 털고 굳은 몸을 약간 풀어주면서 내려갈 준비를 했는데 그새 해가 산 아래로 떨어졌어요.

내려가는 길은 여기서 약간 떨어져 있기에(나무까지의 길은 원래는 없었는데 그냥 사람들이 많이 지나가면서 자연스레 그곳에는 풀이 안 자라게 되고 길이 만들어진 거죠. 그곳을 따라 가면 나무가 있습니다.) 설렁설렁 걸어가고 있는데 갑자기 사방이 밝아졌어요. 북극인가 남극인가 그런 곳에 있는 백야현상? 그런 것처럼 사방이 밝았어요. 너무 눈이 부셔서 주위를 알아볼 새도 없었어요.

보고 있자니 눈이 아파서 빛이 꺼질 때까지 감고 있었는데, 2분(?) 정도 지나자 갑자기 어두워진 부분이 있는 것 같아 눈을 뜨니 하나의 검은색 빛이 떨어지고 있었어요. 그렇게 크진 않았고 빛의 크기는 대충 멀리서 봐서 그런지 축구공만 했어요. 그게 해가 떨어지는 곳으로 떨어지더니 순식간에 주위가 어두워진 거죠. 원자폭탄이 땅과 부딪히는 소리가 난 것처럼 굉음이 들렸고 버섯구름을 본 이후로 충격파라고 해야 하나? 그걸 맞고 기절했어요. 그 시작이었던 날은 이게 끝이에요. 아 왜 죽으려고 했는지 이야기 안 했다고요? 좀 기다려 봐요. 이제 시작인 걸.]

하나의 게임

"콜록, 콜록. 컥컥, 콜록"

도대체 무엇인지는 모르겠지만 엄청난 충격에 기절한 것 같은 데…….

"이게 뭐야!!"

주위는 정말 전쟁이 일어난 듯이 황폐했다. 모든 식물은 죽어나갔고 땅은 생기를 잃어보였다. 이런 것에 관심이 없는 나조차도 그렇게 보였다.

"뭐, 뭐야."

당황한 건지 어이가 없는 건지는 잘 모르겠지만 주위를 둘러보고 아무 말이 안 나왔다.

숨이 턱턱 막혔고, 뭘 해야 할지 생각이 나지 않았다.

"집……."

그러다 문득 생각난 곳이 집이었다. 들어가면 엄마가 나에게 인사를 하고 조금 있으면 아버지가 오시는 집.

땅을 구르다 다친 생채기가 아픈지도 모른 채 무작정 일어나 걸었다.

황갈색으로 변해버린 산을 내려가며 머릿속에서는 집밖에 생각나지 않았다. 지금이라도 집에 간다면 따끈한 방바닥과 밥이 부모님과 함께 날 기다리고 있을 거라고 생각했다. 아니, 그렇게 믿었다.

무작정 걷다보니 기억 상 집이 있는 위치에 왔다. 그런데 집이 없다. 우리 집을 포함한, 아무리 쳐도 부서지지 않을 것만 같았던 하늘 무서운지 모르는 아파트가 송두리째 사라졌다.

그제야 주위를 둘러보았다. 내 집이 있던 아파트처럼 모든 것이 사라졌다.

허무했다.

집에 들어가 하는 행동을 황폐한 땅위에서 해보았다. 문을 열고 들어가고 닫고, 신발을 벗어 가지런히 놓고 먼저 가방을 내 방에다가 풀어던진 후에 의자에 앉아 컴퓨터를 켜는 모습을 그대로 해보았다. 이렇게 하면 엄마가 와서 '우리 아들 왔네.' 라고 하실 것 같았다.

그렇지만 오지 않았다. 컴퓨터도 없었다. 의자도 없었고, 가방도, 현관도 없었다. 오직 내가 산에 올라갔을 때 신은 신발만이 현관이 있던 자리에 놓여 있었다.

그걸 보고는 눈물이 흘렀다. 주위에 아무도 없다는 것을 인지하고 '외로움'과 부모님을 볼 수 없어지자 볼 수 있었을 때 잘할 걸이라는 '후회'가 눈물에 담겨 내려왔다.

그냥 가만히 있고 싶었다. 가만히……. 모든 것을 내려놓고 싶었던 그때 눈에 들어온 것은 깨진 유리 조각이었다.

바들바들 떨리는 손으로 그것을 집어 목에다가 약간 찔렀는데 유리 조각은 차가웠고 피가 흐르기 시작했다. 이미 온몸은 피범벅이라 피가 나도 겉모습엔 변함이 없었다.

이제 푹 하고 찌르면 나도 엄마랑 아빠가 먼저 가신 곳으로 갈 수 있을 텐데…….

머릿속에서는 찔러, 찔러 하고 외쳤지만 내 손은 뇌의 말을 듣지 않기로 한 것인지 미동이 없었다.

손이 나를 죽이기 싫어하니 나 또한 죽기 싫어졌다. 그리고 지금 죽기엔 뭔가 해야만 한다는 생각이 들었다. 살아야 된다고, 뭐든 하면 모든 것이 되돌아 올 것이라고, 믿기지는 않았지만 그냥 그렇게 믿었다. 그냥.

살아야 한다고 생각하니, 먼저 배가 고팠다. 점심 이후로 먹은 것이 없었다.

거의 모든 집이 사라져 버리니 먹을 것을 찾는 것도 힘들었다. 그래도 계속해서 움직여봤다.

힘이 다 하는 대로 갈 수 있는 곳은 다 가 볼 예정이었다. 힘들어도 걸었다. 다리에 감각이 없을 정도로 걷다보니 반쯤 부서진 편의점이 보였다. 편의점이니 창고도 있고 창고에는 먹을 것도 있겠지. 라는 생각으로 조금 더 빨리 다리를 움직여 가보았다.

반쯤 폭파돼서 그런지 바닥에 과자나 음료수, 빵들이 널브러져 있었다.

산에서부터 가지고 있던 가방에 먹을 것들을 하나하나 최대한으로 넣고 몇 개는 먹은 후 몇 개는 손으로도 들었다.

먹을거리가 생기니 또다시 해야 할 것이 없었다. 사람은 없고 이 죽은 대륙에서 나 혼자라는 생각이 드니 막막함이 밀려왔다.

그때 지지직거리는 소리가 들리더니 노을 진 하늘에서 텔레비전 화면처럼 생긴 곳에서 주파수 맞추는 것처럼 무언가가 떠오르기 시작했다.

[아아, 들리나? 이거 정확하게 한 것 맞아? 아아. 음, 된 것 같다. 들리나? 그런 폭파 속에서 살아남은 인간들?]

"뭐야!"

갑자기 나온 이상 현상에 나는 할 말을 잃었지만 그 화면에 나오는 어린 소년은 마이크를 들고 계속해서 말을 이어 나갔다.

[나로 말하자면 이 행성의 관리인 내셔. 먼저 이 폭파의 궁금증을 풀어주러 왔는데 이건 음. 내가 한 거야. 왜 그랬냐고 물어볼 것 같은데 너희 말이야 다른 행성에 비해서 수준이 너무 떨어진 거 아니야? 내가 열나서 말이지. 그래서 너희들 다 없애고 다른 생물이 여길 지배하는 건 어떤가 싶어서 말이지. 그렇게 하려면 여기 있던 문명들이 다 사라져야 하는데 다 없애는 쉬운 방법은 폭파 밖에 없지. 뭐, 그래서 한 건

데 그 폭파 속에서 살아남은 녀석들이 있더라고. 바로 너희들 말이야. 나름 야심차게 만든 건데. 그래서 호기심이 생겼지. 너희들 내가 지금부터 이 보석을 이 대륙 어딘가에 놓아 둘 테니 이걸 찾으면 찾은 이의 소원 하나 들어줄게. 아, 물론 나는 관대하니까 폭파 선으로 시간도 돌려놓고, 이거 기억하기도 싫으니 기억도 다 사라지게 해줄게, 어때? 나너무 관대하지 않아? 뭐 폭파시킨 것도 심심해서이니 이 정도면 죽기 살기로 찾을 테고 그걸 지켜보는 것만한 재미가 또 없지 암. 그럼 열심히 해봐. 난 간다.]

저걸 보자니 더 이상 할 말이 없었다. 어이가 없기도 했고 말할 기운도 없었기 때문이었다.

"뭔지는 몰라도 미친 녀석이구면, 이런 때에 저런 장난이나 하고."

무덤덤하게 말하기는 했지만 저 아이가 말한 것을 믿기가 싫었다.

그저 재미를 위해서 60억 이상의 인류를 없애버리다니 허무맹랑했다. 지금은 졸렸고 그냥 자기로 했다. 그냥 그 자리에서 누워 잠을 청했다.

몇 시간이나 잔 건지는 모르겠지만 햇빛으로 인해 눈이 아파져서 잠을 깼고 잠을 깨서 보았던 것은 잠을 자기 전과 똑같은 풍경이었다.

"하아……."

오늘부터 뭔가 해보려고 생각해 보았다. 도대체 이 상황에서 뭘 하면 좋을까. 몇 십분 고민하다 문득 어제 그 어린 아이가 말한 것이 생각났다.

[그 폭파 속에서 살아남은 녀석들이 있더라고, 너희들 말이야.]

이 부분. 분명히 살아남은 '녀석들' 이라고 했다. 그 말은 이러한 폭파 중에서도 살아남은 '사람들이 있다' 는 것이었다.

나는 사람들을 찾아보기로 마음을 먹었고 일어나서 무작정 걸었다. 사람들을 만나기 위해.

걷고, 또 걷고 때로는 뛰고 하다 보니 바다가 보였다. 예전 내 기억 속 내가 살던 마을에서는 주변이 온통 산이어서 바다를 보기가 쉽지 않은데 얼마 걷지도 않아 바다가 보인다는 것은 말도 안 되는 일이었다.

"잠깐, 이렇게 되면 아……."

되지도 않는 머리도 굴려가면서 생각해낸 것은 그 폭파 속에서 일부분의 땅들이 사라졌다는 것이었다.

"미치겠다. 왜 이런 일이 일어난 거지."

그만하고 싶었지만 그렇다고 그만할 수는 없었다. 무언가 나에게 계속해서 희망을 주는 것 같았다. 그때였다. 나 이외의 사람 목소리가 들렸던 것은.

사람

"저기요?"

"네… 네넷?"

너무 힘이 들어서 무심코 대답했는데 2초 정도 생각해보니 사람이었다. 사람! 나 이외의 사람! 그것도 말이 통하는 사람!

"배가 고파서, 그러는데 먹을 것 좀 주실 수 있을까요?"

자세히 보니 한국 사람이 아니었다. 금발에 단발머리를 하고 파란 눈동자에 키는 나보다 약간 작으며 며칠간 굶었던 것인지 빈약해 보였다.

"아, 드려야죠. 빵이라도 괜찮으세요? 김, 김밥도 있어요. 삼각 김밥, 줄줄이 김밥. 아, 마실 것도 있는데 시원하진 않지만 마실 정도는 될 거예요. 또……."

"아닙니다. 그냥 빵이라도 주세요. 배가 무지 고픕니다."

정말 몇 년 만에 보는 사람처럼 흥분한 나는 그 기분을 주체하지 못했고 또 빈약해 보이는 그녀를 도와주고 싶었다.

그녀의 손에는 너덜너덜해진 외국인들을 위한 한국사진이 들려 있었는데 모르는 말이 있으면 내 앞에서 그것을 보며 말을 서투르게 했다.

"먹으세요. 너무 아파 보여요."

"감사합니다."

덜덜 떨리는 손으로 포장된 빵을 받아든 그녀는 힘없는 손으로 포장지를 뜯고는 크림빵을 마구 먹어치우기 시작했다.

크림이 묻든 말든 빵가루가 떨어지든 말든 자기의 모습에 아랑곳 않고 빵을 흡입했다.

"콜록, 콜록, 컥컥"

빵을 먹다 목이 멨는지 가슴을 탕탕 치기 시작했고 그것을 본 나는 얼른 이온음료 하나를 따서 그녀에게 주었다.

그녀는 한 손에 빵을 들고 다른 한 손으로 음료를 들어 음료를 마시기 시작했고 이내 진정이 됐는지 남은 빵을 다시 먹었다.

그렇게 빵 하나와 음료 하나를 다 먹어치운 후 그 자리에 앉아 쉬기 시작했고, 딱히 할 것도 없는 나는 그녀의 앞에 앉아 그녀를 바라보았다.

"고맙습니다."

"아니에요. 그런데 이런 곳에는 어떻게?"

"네, 그게……."

그녀의 이름은 도르시, 나이는 15살로 평소 좋아하는 한국에 가보고 싶기도 했고 마침 한국의 한 학교와 도르시가 다니는 학교와 교류학습을 하기로 하여 그 과정에 신청하였고 그대로 한국에 왔다고 한다. 일주일 정도 한국에 있을 예정이었는데 돌아가는 날 그 폭파가 일어났고 겨우 살아남아 이리저리 방황하다가 가지고 있던 먹을 것들도 다 먹고 배가 고파 이제 쓰러지기 일보 직전에 나를 만났던 것이었다.

도르시에겐 이 상황이 어떨지는 몰라도 나에게는 크나큰 행운이었다.

정말로 사막을 거닐다 만난 단비처럼 도로시는 희망을 주는 존재였다.

"그런데 당신의 이름은 무엇입니까?"

사전을 뒤적거리며 나에게 이름이 무엇이냐고 물은 도르시에게 내 이름을 가르쳐 주었다.

"제 이름은 문무, 이문무, 뜻은 그렇게 좋지 않아요. '사람이 만든 것을 없앤다' 나 뭐라나."

"아, 그렇군요. 제 이름의 뜻은 '신이 보낸 선물' 이라고 합니다."

"신이 보낸 선물이라……. 좋네요."

도르시와 이야기를 하다 보니 시간이 얼마나 흘렀는지 몰랐다. 그냥 앉아서 얘기 했고, 주위가 조금 어둑해지자 편의점에서 가져온 라이터로 주위에 있는 부서진 나뭇가지들을 모아 불을 피웠고 불에 몸을 녹여 밤을 지새웠다.

"도르시, 그런데, 그거 봤어요? 이틀 전이었나? 이젠 날짜 감각도 없어지네, 허공에 나타났던 그 영상 비슷한 거."

도르시는 사전을 찾아보더니 이내 말을 하기 시작했다.

"봤습니다. 영어로 들려서 쉽게 이해할 수는 있었지만 믿기지가 않습니다."

아마 그 영상은 보는 사람의 언어에 따라 다르게 들렸던 모양이었다.

"봤다니 다행인데, 어떻게 생각해요? 그거."

"이상하다고 생각합니다."

"역시……. 그럼 어때요? 우리 그 보석 찾으러 갈래요?"

도르시나 나나 이 허무한 곳에서 할 것이 없었다. 그렇지만 이렇게 가만히 있다 보면 또다시 처음 겪었던 것을 또 겪게 될 것이기에 일부러라도 목적을 만들어야만 했다.

"그럽시다. 저도 똑같은 생각입니다."

"아, 그럼 도르시, 일단 먼저 제가 한국어를 가르쳐 드릴게요. 더 이상 사전 안 봐도 될 정도로. 그렇게 한글 다 깨우치면 저한테도 영어 가르쳐 줘요? 알겠죠?"

"네."

도르시는 내가 말한 것을 바로바로 사전에서 찾아 직역하며 말을 알아들었고, 나는 곧바로 내일 도르시에게 한글을 어떻게 가르쳐야 될지 고민하며 잠을 잤다.

"일어나세요."

"음, 5분만."

아직 잠을 더 자고 싶었지만 끈질긴 도르시의 알람에 어쩔 수 없이 일어났다.

도르시나 나나 씻을 수 없었기에 머리에는 기름이 가득했고 눈곱도 보였지만 지금은 신경 쓰지 않았다.

"도르시?"

도르시의 눈에는 생기가 가득했는데 무언가 찾았나 싶어 물어보았지만 그것도 아니었다. 이유가 무엇인지 묻자 도르시가,

"한글을 가르쳐 주시기로 했지 않습니까."

그게 이유라니 도르시도 참 한글을 배우고 싶었던 모양이었다.

"알았어. 일단 도르시, 한글은 가면서 천천히 배워도 되니까 오늘은 식량을 찾아봐요, 가져왔던 것이 거의 떨어질 위기에 처했어요."

처음 볼 때 너무나도 빈약해 보이던 도르시였기에 얼마 먹지 못했을 거라 식량을 마음대로 먹으라고 했던 게 화근이었다.

도르시는 보란 듯이 게걸스럽게 먹기 시작했고 배낭에 들어있던 음식들은 점차 사라지기 시작했다.

중간부터 막아서 다행이었지 그러지 않으면 지금쯤 배가 고파 죽

었을지도 모르는 상황이었다.

"어디로 가면 됩니까?"

"나야 모르지. 그냥 이리저리 걷다보면 나올지도 몰라요. 일단은 내가 식량을 가져온 편의점 쪽으로 가긴 할 건데 거기에 먹을 것이 없으면 우린 며칠을 굶어야 될지도."

"빨리 움직입시다."

또 다시 며칠을 굶어야 된다는 생각이 도르시를 움직였을까 만난 지는 얼마 되지 않았지만 여태 본 도르시의 행동 중에 가장 빠르고 날렵했다.

먼저 내가 식량을 가져온 편의점 쪽으로 가면서 도르시에게 한글의 기초부터 가르쳐 주었다.

얼마 되지 않는 나의 영어 실력으로 보충해 주며 내가 아는 것을 총동원해 한글을 가르쳐 주었고 도르시는 약간의 말 정도는 사전을 찾아보지 않아도 되기 시작했다.

"그러니까 여기서는 윗사람에게 대하는 말투인데⋯⋯. 어, 저기 저 편의점이야, 내가 먹을 것을 담아서 온 그곳."

그 말을 듣자마자 도르시는 뛰쳐나갔고 타일 위에서 몇 번 두리번거리더니 다시 나에게 왔다.

"뭐가 있다는 거야?"

조금 더 나은 말을 하게 되면서 말을 놓기로 했고, 도르시는 쉽게 적응했다.

그런데 저 말은 아무것도 없다는 건데⋯⋯?

"뭐?"

당황스럽지만 침착하게 그 편의점으로 달려가 보았다.

그런데 진짜 없었다. 내가 들고 온 것을 제외하고도 포장되어 있는 빵들이라던가 김밥 등이 여기에 있어야만 했다.

하지만 없다는 것은?

"도르시……. 여기 우리 말고도 또 다른 사람이 있어."

이 주변에 다른 이가 있다는 소리가 된다.

"밥은?"

"그게 중요한 것이 아냐. 지금 이 주변에 사람이 있다는 것은 우리보다 이곳 지리를 잘 안다는 소리야, 아직 식량이 남아 있으니까 그 사람을 찾아보자!"

그러면서 도르시에게 빵 하나를 주었고 나 또한 어제 먹다 남은 김밥 반줄을 마저 먹었다.

편의점에 남은 것 중 그나마 필요해 보이는 것만 챙기고 편의점 근방을 다 돌아 다녀보았다.

주위에는 그래도 튼튼한 건물들 몇몇이 약간 위태위태하게 버티고, 나머지는 전부 재가 되어버려 텅텅 비어있었다.

혹시 모르니 건물들도 들어가서 찾아보기도 했고, 약간 남아 있는 숲을 찾아 그곳도 돌아다녀 보기도 했다.

"없어. 설마 이곳을 떠난 건가?"

그렇다면 허사다. 아니, 그것까지 생각하지도 않고 움직인 내 잘못이 더 큰 것 같기도 했다.

"문무, 밤이야."

그냥 날 믿고 따라 와준 도르시가 하늘을 보더니 나에게 말을 걸었고 도르시의 말에 나도 위를 쳐다봤더니 어느새 밤이 되었다.

오늘도 뭔가 성과를 내야 한다는 생각으로 움직였는데, 아무것도 이룬 것이 없기에 더욱 잠이 잘 들지 않았다.

지난밤들처럼 대충 주변을 털고 가방을 베개로 쓰는 등 잘 준비를 했고 이제 막 잠을 청하기 시작했을 때였다.

"이봐!"

"으악!"

"아악!"

기차가 바로 옆에서 굴러가는 소리처럼 엄청나게 큰 목소리가 잠을 다 깨워버렸고, 너무나도 큰소리였기에 나와 도르시는 소리를 지르며 바로 벌떡 일어났다.

"이제 조용히 하고, 이리로 와. 어서!"

우리를 깨운 남성은 입술 위에 검지만 세우며 우리를 조용히 시켰고, 어디론가 끌고 가는 듯이 인도했다.

그를 따라가면서 주변을 둘러보았는데, 아침에 보았던 위태위태해 보이는 건물들이 있었고 그는 그중 한 건물을 슥 보더니 지체 없이 들어가기 시작했고 우리도 서둘러 따라 들어갔다.

건물 안은 역시나 어두웠는데 부서지기 이전에는 회사나 그런 것들이었는지 컴퓨터가 무수히 많았다.

"지금부터 가급적 말은 하지 않는데, 필요한 할 말이 있다면 아주 작은 소리로 물어라. 절대 불은 켜지 말고 가만히 있어."

그의 말에 나는 정말 작은 소리로 말을 하였다.

"당신은 누구죠?"

"난 김근식. 이 회사에 다니던 사람이지. 그냥 아저씨라고 불러. 그러는 너희들은 누구냐?"

"전 이문무고."

"전 도르시에요."

보이지 않았지만 근식 아저씨의 목소리에는 어른의 느낌이 났고, 그것은 카리스마를 담고 있어 절로 그를 따르게 되었다.

"그나저나, 너희들. 이런 곳에 어떻게 왔니?"

"걸어서 왔죠, 저는……."

이때까지 있었던 일을 아저씨에게 말을 했고, 아저씨는 듣다가 문득 궁금한 것이 생겼는지 바로 묻기 시작했다.

"잠깐, 잠깐. 너희들 그럼 천사들. 천사들은 한 번도 본 적이 없어?"

"천사들이라니요? 아, 저번에 하늘에 나온 그 영상 말고는 아무것도.”

“이럴 수가. 아직 천사들을 만나지 않았다니 정말 행운아들이로구
나.”

아저씨는 놀라움을 감추지 못했다. 그렇더라도 작게 말하는 깃은 어
전했다.

“그럼 먼저 내가 ‘천사들’이 무엇인지 말해 주지. 천사들이란 그 일
이 일어나자 생겨났던 것들이야. 말 그대로 천사지. 생긴 것은 인체에
흰색 쫄쫄이를 입은 것 같고, 얼굴은 그냥 흰색 동그라미야. 날개도 있
지, 2쌍. 크기는 제각각 달라, 작은 것일수록 약하지 벌레만 한 것이 있
다면 사람만한 것도 있고, 63빌딩만한 것도 있어. 물론 다 만나 보진
못했지만. 여기서 중요한 것은 이것들은 사람을 잡아. 저번에 나온 그
영상에서 나온 녀석 짓이 분명한데 역시나 쉽게 모든 것을 다시 되돌려
주지는 않겠지. 이렇게 천사들을 풀어놓아서 조금 더 재미를 보고 싶은
거겠지. 아, 천사들은 밤에만 돌아다녀. 저번에 동료들이랑 어린아이
크기 정도의 천사를 포박해서 낮에 놓아두니까 녹더라고. 아이스크림
녹듯.”

“동료들은 어디 있죠?”

“후우……. 이틀 전에 죽었어. 잠을 자는 도중 습격을 당했지. 나만한
크기의 천사였는데 어른 5명에서 그 하나를 못 잡던 것이었지. 난 겨우
도망쳤지만……. 그 영상에 나오던 그 꼬마에게는 이곳이 체스 판이나
다름없어. 마음만 먹으면 언제든 죽일 수 있는 상대 없는 체스 판.”

아저씨의 목소리는 여전히 낮았지만 아저씨가 흥분했다는 것을 알
수 있을 정도로 그 낮은 목소리에 억양이 계속해서 달라졌다.

“후, 하, 후, 하.”

흥분을 가라앉히고 있는 건지 아저씨는 몇 초 동안 심호흡을 했고 심
호흡이 끝나자마자 우리에게 다시 질문을 건네었다.

“너희들 지금 식량은 있니?”

"아니요, 저번엔 그나마 남아 있던 편의점에서 음식을 몇 개 들고 와서 먹었지만 도르시를 만나고 나서 다 떨어져서 오늘 찾으러 나온 거예요."

"편의점이면 여기서 약간 떨어져 있는 타일이 아직 붙어 있는 곳을 말하는 거니?"

"네."

"아, 이럴 수가……."

아저씨는 머리가 지끈거리는지 자신의 이마를 만지작거렸고 그동안 나는 지금까지 조용했던 도르시를 보았는데 도르시는 대충 자리를 잡고 잠을 자고 있었다.

'피곤하긴 하겠지.'

이 일은 이제 중학교 3학년인 나와 중학교 2학년 정도의 여자아이가 감당할 수 있는 일이 아니기에 차라리 도르시처럼 마음 편하게 있는 것이 더욱 옳았을지도 몰랐다.

하지만 나는 무언가 하지 않으면 정말 죽어버릴 것 같았고 도르시가 마음 편하게 있는 것을 보면 대리만족일지는 몰라도 나 또한 편했다.

마치 소년가장이 된 느낌이었지만.

"좋아, 이제는 자고, 내일, 내일 말해 줄게. 머리가 너무 아프구나."

약간의 정리가 되었는지 아저씨는 그 말을 한 채 도르시처럼 자리를 잡고 바로 잠을 자버렸다.

그걸 본 나도 뒤따라 자긴 했지만 잠은 그렇게 금방 오지 않았다.

누가 깨운 것은 아니지만 햇살이 너무 강했기에 눈이 저절로 떠졌고 눈을 떴을 때에는 도르시도 아저씨도 이미 잠에서 깨어나 같이 스트레칭을 하고 있었다.

"오, 문무 일어났냐?"

다리를 양옆으로 벌려 오른쪽으로 상체를 숙이고 있던 아저씨가 내가 일어난 것을 보더니 그 상태에서 반갑게 맞아주었다.

"예, 그런데 아침부터 웬 스트레칭이에요?"

"너도 이 나이 먹어봐라. 이거라도 안 하면 그날 몸이 안 따라줘. 건강을 위해 하는 거지."

"예에."

곧 스트레칭을 끝낸 아저씨는 어젯밤처럼 분위를 잡고 앉아 하다만 이야기를 계속해서 해주었다.

"잘 들어, 문무. 네가 음식을 가져온 그 편의점은 이곳에 있는 천사들의 본거지야. 그나마 가까운 곳 중 식량이 많은 곳은 거기뿐이라는 소리지."

"천사는 사람을 먹는다면서요. 그런데 우리가 만든 음식이 왜 필요하죠? 아니, 그들도 밥이 필요한가요?"

"믿기지는 않겠지만 그들도 생물이야. 배가 고프면 무언가 먹어야 하지만 그들도 돌이나 흙 등을 먹을 수가 없고 사람은 보이지도 않으니 그나마 남아 있는 우리들의 식량을 먹는 거지. 하지만 그들은 많은 식량이 필요 없어. 물 한 모금이면 오랫동안 버틸 수 있는 모양이야. 대신 힘이 나질 않지만."

"아저씨는 그걸 어떻게 알죠? 이제 3~4일이 지난 것뿐이라고요. 이틀 전에 동료들이 죽었고, 그렇다면 하루 밖에 없었다는 건데 그 하루로 모든 것을 알 수 있나요?"

"아냐. 그냥 대부분은 가설일 뿐이야. 그게 맞는다는 가설 하에 움직이는 거지. 하지만 이젠 가설은 안 세운다. 가설은 위험만 더욱 늘릴 뿐이야."

아저씨의 눈에는 약간 서러움이 담겨 있는 듯했다.

"그런데 제가 처음 음식을 가져갔을 때에나 어제 아저씨를 찾는다고 밤까지 돌아다녔거나, 그 전날 잠이 들었을 때에도 천사들은 아예 보이지 않았어요."

"음식을 가져갔을 때에는 아침이었지? 그건 이상하지는 않다만, 밤에 돌아다닐 때나 한가운데에서 잠이 들었을 때에는 이상하구나. 어째서 너희들에게는 천사들이 안 보이는 거지?"

"저도 모르겠어요."

천사라는 것이 있다는 것도 어제 알았는데 왜 없는지 어떻게 알겠는가.

"아저씨, 곧 죽어요."

저 말은 내 입에서 나온 것이 아니었다.

도르시가 외친 것이었는데 도르시는 손에 자신의 얼굴만한 커다란 그림책을 들고 있었다.

"여기 이거 아저씨 맞죠?"

"응?"

저 책에서 아저씨는 무슨 말인가. 그림책에 아저씨라니 도대체 무슨 말인가.

아저씨랑 같이 그 그림책에서 도르시가 가리킨 부분을 보니 한 아저씨처럼 보이는 부분이 있었다.

"그리고 여기."

이번엔 글씨 부분을 보았는데 지금 아저씨의 생김새에 대해 적혀 있었다.

"뭔지는 모르겠지만 정말 나로구나. 동일 인물일지는 몰라도 일단은 나같구나."

신기했다.

그 다음에 도르시는 앞쪽으로 다른 페이지를 넘겨 한 남자아이와 그 남자아이에 대해 알려주는 구절을 가리켰고 그것을 보았는데.

"나잖아?"

제일 처음 부분에 나오는 소년은 나와 똑같이 생긴 아이였고, 도르시는 약간 넘겨 한 소녀와 그녀의 인상착의에 대해 읽었고 그 소녀는 도르시였다.

"이 책은 대체 뭐지?"

"도르시 그 책 언제부터 있었니?"

"한국에 왔을 때 떨어져 있었어요. 아무리 찾아도 주인이 나타나질 않아서 들고 다녔어요."

"도르시, 잠깐만 줘."

나는 책을 받아 읽었고 그 책은 동화라기엔 뭔가 이상했다.

[유루유루 콘테스트 출품작]
멸망! 그들의 생존기
- 저자 내셔

한 소년이 있었어요.

그는 평범했지만 그만의 능력이 있었죠.

흔히 인간들 사이에서는 마이너스의 손이라고 하는 것 같던데, 그의 능력은 인간들이 만든 문명을 없애는 능력이었어요.

물론 신이 내린 능력이죠.

사실 천사들도 연료를 인간들처럼 먹는 걸로 사용하긴 하지만 걔네들도 인간의 문명 속에서 태어나게 한 녀석들이라 그의 손에 닿으면 어떻게 될지 몰라요.

그래서 천사들은 그를 본능적으로 무서워해요.

어쨌든 그 소년은 불행했어요.

그 능력 때문에 모든 일이 잘 되지 않았죠.

소년은 자신의 손을 미워했어요.

입으로 뜯기도 해보고 일부러 상처를 만들기도 했어요.

그래도 그 능력은 사라지지 않았어요.

신은 그 소년이 죽으려는 순간 멸망을 시키기로 했어요. 이유는 그 누구도 모르지만 멸망시키기로 했어요.

가장 간편하고 손쉬운 망령을 떨어뜨리기로 했죠.

망령은 신들의 세계에서 흔히 이야기하는 폭탄의 종류 중 하나였어요.

하지만 인간들은 강했어요.

망령이 떨어져도 살아 있는 인간들이 있었죠.

신은 궁금했어요.

인간이란 생물은 자신의 생각보다 질긴 생물들이었죠.

그래서 신은 하나의 기회를 주고자 했어요.

신은 곧바로 파프리카 tv를 켜서 방송을 시작했어요.

인간들은 모르겠지만 신들의 세계에서는 최고의 인기 사이트였어요.

신이 방송을 끝낸 후 인간들은 당황했지만 곧바로 행동에 옮겼어요.

그들의 조직력은 상당했어요.

그렇게 가장 빨리 행동하는 인간들말고 이 이야기의 주인공인 소년에게 한 소녀가 다가갔어요.

소녀는 소년과 달리 인간들이 말하는 동양의 아이가 아닌 서양의 아이였어요.

금색의 단발머리에 파란 눈동자를 가진 소녀는 배가 몹시 고파 소년에게 음식을 달라고 요청했고, 소년은 흔쾌히 자신이 가지고 있는 음식을 주고, 친절을 베풀었어요. 소년과 소녀는 친구가 되었어요.

그들은 다른 인간들처럼 세상을 구한다거나 그런 야망은 있지만 행동을 빠르게 취하진 않았어요.

소년과 소녀는 하룻밤을 지내고 다음날 배가 고파졌어요.

소년과 소녀는 식량을 구하고자 여행을 떠났고 소년이 망령이 터지고 처음으로 식량을 얻은 곳으로 가보았지만 그곳에는 식량이 없었어요.

소년은 생각을 했죠.

"이곳에는 우리 말고 다른 사람이 있어."

소년은 소녀를 데리고 이곳저곳 다른 사람을 찾아다녔어요.

숲, 빌딩, 그곳 근처 모든 곳을 찾았지만 사람을 찾지 못했어요.

그렇게 소년과 소녀는 허탈함이 가득한 채 밤이 되자 잘 준비를 했어요.

잠이 들려는 순간!

소년과 소녀에게 조용하지만 따를 수밖에 없는 목소리가 들렸어요.

"조용히 하고 이리로 오거라."

소년과 소녀는 목소리의 주인이 있는 쪽으로 걸어갔어요.

목소리의 주인은 자신이 있던 건물로 소년과 소녀를 안내했고 소년과 소녀는 망설임 없이 들어갔어요.

목소리의 주인은 밤에 해야 할 몇몇 주의점을 알려주었고 소년과 소녀는 궁금한 것을 물었어요.

다행히 목소리의 주인은 착한 아저씨라 자신이 알고 있던 모든 것을 소년과 소녀에게 알려주었지요.

하지만 남은 인간이 그렇게 많이 남아 있지 않아 모든 인간을 다 지켜볼 수 있었던 신은 아저씨가 미웠어요.

나름 지켜보던 소년에게 너무나도 많은 소식을 가르쳐줬기 때문이었어요.

그래서 신은 아저씨를 죽이기로 했어요.

"이 다음에는 흰색 종이뿐이에요."

아저씨에게 뒷장을 펄럭펄럭 거리며 뭔가 대답이 나오기를 기다렸다.

"후……. 정말 이 그림책이 사실이라면 난 오늘밤 죽겠구나."

잠깐 아저씨의 눈은 어두웠지만 그새 다시 평온해졌다.

"어쩌면 좋죠?"

"음……."

아저씨는 생각에 잠긴 듯 했다.

그것도 잠시 아저씨가 눈을 뜨더니 뭔가 깨우친 듯 그림책을 다시 보더니 희망에 가득 차 보였다.

"그래 이거지!"

"뭐가요?"

"천사들을 상대할 수 있는 방법!"

성인 하나 크기의 천사에게 남자 성인 5명이 덤벼도 상대가 되지 않았었는데 어떻게 이 인원으로 상대할 수 있을까.

"도대체 어떤 거죠?"

"잘 봐. 이건 천사를 상대할 수도 나도 살 수 있는 가능성이 있는데, 여기 그림책에 보면 네 손이 마이너스의 손이라고 나오지? 일단 여기 컴퓨터에 손을 대봐."

아저씨의 말대로 바로 옆에 있던 모니터에 손을 대어 보았다.

팟츠즈

컴퓨터가 요상한 소리를 내며 전기가 없음에도 불구하고 켜지기 시작했다.

"대충 예상이 맞아 떨어지는 것 같다."

컴퓨터에서 손을 떼자 무슨 일이 있었냐는 듯 원래대로 작동 자체가 되지 않았다.

"네 손이 마이너스의 손이긴 하지만 지금 문명이고 뭐고 다 사라졌기에 남아 있는 문명, 즉 컴퓨터 등 이런 것들을 만지면 다시 되살아나는 것 같아. 그런데 이 그림책에서 이 부분을 보면."

나와 도르시는 아저씨가 가리킨 부분을 보았고 그곳에는.

인간의 문명 속에서 태어난 녀석들이라 그의 손에 닿게 되면 어떻게 될지 몰라요. 그래서 천사들은 그를 본능적으로 무서워해요.

"이거지."

"예?"

아직 이해를 못하겠다.

"아직 이해를 잘못한 것 같은데 여기 그림책 말대로라면 천사들은 우리가 문명을 만드는 과정에서 나왔고 네 손은 인간이 만든 문명을 파괴할 수 있는 힘을 지녔으니 아마 가설이지만 네 손에 천사들이 닿으면 죽지 않을까라는 생각이 든다."

가설이긴 하지만 아저씨의 말을 듣고 보니 다 일리가 있는 말이었다. 그나저나 한동안 잊고 있었는데 이 말을 듣다보니 생각이 났다.

'아……. 내가 죽고 싶어 했던 이유.'

이유

사실 내가 죽고 싶었던 이유도 다 이 손 때문이었다.

유치원 때까지는 어리다는 이유로 모든 것이 괜찮았다.

이 손으로 텔레비전을 만지다 텔레비전이 고장나도 기계 오작동이라 생각을 했고, 컴퓨터, 휴대폰 등등 모든 것이 그냥 기계가 이상하다라고만 생각했다.

조심스럽게 살아가던 도중.

일이 하나 터졌던 때는 중학교 2학년 때 수학여행을 갔을 때였다.

수학여행의 목적지는 제주도였고 제주도로 가기 위한 교통수단으로 학교에서는 비행기를 택하였다.

물론 나와 부모님은 나의 비밀을 알고 있었기에 나를 보내지 않으려고 하셨지만 담임선생님에게 1시간 동안 설득을 당해 어쩔 수 없이 가게 되었다.

지금까지 모든 여행을 가지 못했기도 했고 부모님도 그것이 미안했는지 담임선생님에게 설득을 당한 이후로 방법을 찾아다녔다.

장갑을 끼고 집에 있는 휴대폰을 만져보았고 다행히도 옷이나 이런 것들은 심하게 없어지거나 그러지 않았기에 장갑도 무사했고 그 덕에 휴대폰도 자유롭게 만질 수 있었다.

지금까지 장갑을 끼지 않았던 이유는, 부모님이 내가 초등학교 입학 때 용한 점쟁이를 찾아가 이러는 이유를 물었고 점쟁이는 그것이 신의 저주라고 말해 주었기 때문이다.

그 덕에 초등학교 입학하기 며칠 전에 여러 방법을 해보다가 장갑을 끼자마자 장갑이 타올라 손이 부상을 당할 뻔했기에, 어떤 물건이든 손에 잘 닿지 않도록 그 후부터 8년을 조심스럽게 살았고 이번에 혹시나 싶어 다시 장갑을 꼈던 건데 정말이지 다행이었다.

어쨌든 그 장갑을 끼고 수학여행 당일 날 아침에 모여 비행기를 타러 가면서 장갑을 끼고 이때까지 못했던 휴대폰 등을 신나게 만졌다.

그래도 혹시 몰라 버스에 손이 닿지 않도록 신경을 기울였고 다행히도 공항까지는 아무런 일도 나지 않았다.

문제는 여기서부터였다.

일단은 비행기를 타고 비행기가 중간까지 날아갈 때에는 괜찮았다. 중간에 비행기 안에서 화장실이 너무 가고 싶은 나머지 화장실을 갔고 그곳에 일단 볼일을 본 후 장갑을 보았는데 이상한 찝찝한 것이 묻어 있어 장갑을 씻으려고 한 것이 화근이었다.

내가 알게 모르게 장갑을 씻는 동안 비행기 벽 이곳저곳에 휘청휘청 거리다가 장갑도 끼지 않은 채 손을 대었고 그후로는……

비행기가 바로 추락 위기에 빠졌던 것이었다.

비행기 안은 순식간에 아수라장이 되었고 우리 학교가 탑승한 비행기는 비행기 중에서도 꽤나 큰 축에 속하는 비행기였기에 그날 안전한 대처로 죽은 이는 없었지만 며칠 동안 크나큰 이슈가 된 사건이었다.

물론 다친 사람들도 있었는데 그들의 친구, 아들, 딸, 아내 등등. 그들의 모습은 아직도 나에게는 악몽으로 나타났고 그 꿈이 나올 때마다 계속해서 사죄를 했다.

그렇지만 꿈은 계속해서 날 괴롭혔고 난 그것으로부터 벗어나기 위해 극단적인 방법인 죽음을 선택한 것이었다.

그런데 내 죽음까지도 다른 사람들에게 피해를 주었다니 정말 난 어떻게 해야 할지 정말이지 모르겠다.

하필이면 내가 죽을 때를 맞추어서 지구가 멸망을 할 줄이야.

이것도 그 그림책이 사실이라는 가정하에 말하는 것이었지만 일단 그렇게 생각을 하고 그것이 사실이라고 확정짓다 보니 알게 모르게 죄책감만 가득해져 갔다.

"문무."

"어······."

"문무!"

"어, 어어, 으어?"

"침 나와."

"엉? 으어, 츄릅."

그 생각을 하다 보니 잠시 멍 때린 것처럼 보였던 것 같았다.

그렇다고 침까지 흘리다니······.

"어쨌든 말이야. 네 손은 천사를 죽일 수 있는 그런 손이다. 이 말씀이지."

"오."

짝짝짝짝

아저씨가 멋있는 척을 하며 말을 하자 도르시가 그에 응하는 듯 박수를 쳐주었다.

"그럼 한번 대비를 해보지. 자!"

그러면서 아저씨가 나에게 달려왔다.

"이야앗!"

"뭐예욧!"

당황한 건지 나는 바로 아저씨의 뺨을 때려버렸고 아저씨는 그 반동으로 옆으로 밀려나 바닥을 뒹굴거렸다.

"아으으……."

"괜찮아요? 그러니까 갑자기 왜 달려들어서……."

"그래 오늘 밤에 부탁한다. 문무. 아니 왕자님! 나 아직 죽기엔 못해본 것들이 많다고! 빨리 세상을 되돌려서 아내랑 아들이랑 조금 더 가족에게 헌신하면서 살 거야!"

지금 아저씨는 그 누구보다도 어린이 같았지만 이보다 더 어른스러울 수는 없었을 것이다.

한동안 아저씨랑 대련을 하고 여기 있는 것들로 중무장을 한 다음에 밤이 되길 기다렸다.

기다리고 기다리다 보니 해가 뉘엿뉘엿 지고 있었고 해가 지려는 순간, 전기가 없는 이 세상에 바로 어둠이 쫙 깔리기 시작했다.

"좋아, 올 것이다."

긴장을 하고 장비를 쓰다듬으면서 사방에 신경을 기울였다.

푸드득.

"온다!"

텅텅텅텅텅

쨍그랑!

정말 사방에서 천사들이 오기 시작했다.

계단을 뛰어 올라오는 천사도 있었고 유리창을 깨고 오는 천사도 있었고 벽을 뚫는 천사도 있었다.

크기도 정말 아저씨가 말한 대로 여러 가지였고 벽을 뚫고 오는 천사들은 대부분 2미터 이상쯤 되어 보였다.

"이리로!"

천사들이 들어오는 과정에서 우리가 있던 층은 거의 폭파 지경이라

위의 층이 무너지고 있었고 아저씨는 그것을 목격, 바로 천사들의 틈을 파고 들어 우리를 건물 밖으로 내보냈다.

"좋아. 여기가 마지막 스테이지인가."

나오면서 유리 조각에 생채기가 여럿 났지만 천사노 우리도 신경 쓰지 않았다.

"가자!"

오늘의 최대 목적은 아저씨를 지키는 것이었다.

아저씨가 자신이 살기 위해 우리를 이용하고 있다는 것을 알고는 있지만 그래도 잠을 자고 대화를 할 때에는 그 누구보다도 아버지 같았다.

키에에에엑!

천사들은 다들 하나 같이 자신의 크기에 맞추어 빨간 낫을 들고 있었고 나를 떼어놓기 위함이었는지 귀이한 소리를 내뱉고 있었지만 그렇게 쉽사리 덤벼들지는 않았다.

대치가 반복되자, 못 참던 나만한 크기의 천사 하나가 낫을 들고 아저씨 쪽으로 날아갔다.

키에에엑!

"안 돼!"

날아가던 천사의 팔을 붙잡았고 천사는 내 손에 닿은 부분부터 서서히 녹아가기 시작했다.

"우욱."

"웩."

16살과 15살이 감당하기에는 너무나 잔혹한 광경이었지만 나는 어쩔 수 없이 계속해서 그 천사의 팔을 잡고 있었다.

몇 초 지나지 않아 그 천사는 녹았고 다른 천사들은 그것에 분노하는 듯 했다.

"뭐! 덤벼! 너희들도 이 꼴 나고 싶으면 덤비라고!"

한 사람을 죽이면 그 다음은 쉽다고 하던가.

천사 하나를 죽이니 이젠 눈에 보이는 것이 없었다.

끼엑. 끼엑.

그중에서 가장 큰놈이 자신의 낫을 바닥에 쿵하고 내려찍더니 그것이 신호였는지 모든 천사가 덤비기 시작했다.

"아 씨!"

괜히 욕지거리가 나왔지만 차분하게 침착해 지려고 애썼고 하나하나 천천히 천사를 없애기 시작했다.

작은 것들은 빨리 녹기도 했고, 큰 것들은 고통도 이겨내며 아저씨에게 달려들었지만 도르시가 연약한 몸으로 가까스로 막기도 했고 아저씨 스스로 막기도 했다.

끼에에에엑!

보다 못했는지 가장 큰 녀석이 낫을 들고는 날았다.

다른 놈들과는 다른 스피드 때문에 놀랐지만 가까스로 그의 발을 잡았다.

키에에에에!

그는 입으로는 고통을 표출하고 있었지만 그것에 아랑곳하지 않고 더욱 빨리 아저씨를 향해 날아갔다.

아저씨에게 다다른 천사는 낫을 크게 휘둘렀고 아저씨가 위기에 처했다.

아저씨가 죽는다.

사람이 죽는다.

사람이… 죽어?

"으아, 아아아!"

손에 힘을 더욱 쥐었다. 손에 감각이 없을 정도로 이판사판으로 쥐었다. 뭐든 의식하지 않았다. 그냥 지금 내 눈앞에 보이는 이것저것을 꽉 쥐었다.

그래도 모자랐다.

이 녀석의 낫을 휘두르는 속도는 더욱 빨라졌다.

이제 끝이다. 라고 생각한 순간!

텅!

주르륵.

도르시가 들고 있던 모니터로 그 공격을 막았다.

그렇지만 천사들을 약간만 비틀리게 한 것이었고 그로 인해 도르시는 몸이 낙엽처럼 뒤로 밀려났다.

"아아……."

이 녀석은 그것에 아랑곳하지 않고 계속해서 낫을 휘둘렀다.

푹.

푸슈숫

"끄아악……. 문무……. 살아서, 살아서 세상을 되돌려줘……. 나 다시 가족이랑 살고 싶어……."

아저씨의 몸에서 피가 분수처럼 튀었다.

즉사다.

그래도 이 녀석은 확인사살을 하려는 것인지 낫을 더욱 힘차게 휘둘렀다.

촤아악

촤아악

낫질 한번, 한번, 할 때마다 피가 튀었다.

얼굴에 묻은 피가 매우 뜨거웠다.

"아아."

이때까지 흘렀던 피보다 더 뜨거웠던 것 같았다.

갑자기 머리가 핑 돌았다. 아무 생각도 나지 않았다.

어른들이 술 먹고 필름이 끊겼다는 말을 하듯이 그 때부터 생각이 나지 않았다.

그냥 본능에 따랐던 것 같았다.

정신을 차려보니 아침이었고 옆에는 도르시와 약간 떨어진 곳에 아저씨의 시체가 놓여 있었다.

낫으로 걸레가 된 시체.

도르시는 일단 잠을 자는 것 같아 놓아두고 아저씨를 묻어 주기로 했다.

손으로 흙을 파보았지만 땅이 파지지 않았고 옆에 있는 돌조각을 주워 먼저 땅을 약간 파낸 후 고운 흙을 더 파서 아저씨를 들어 그곳에 눕혔다.

더럽다거나 이런 생각은 나지 않았다.

조심스럽게 아저씨를 묻었고 방금 파내었던 고운 흙을 가져와 그 위를 덮었다. 그리고 천사들이 가지고 있던 낫 중에서 나무 막대기 부분을 부수어 십자가 형태를 만든 후 꼭대기에 걸었다.

명복을 빌어주고 또 빌었고 지켜주지 못해 미안하다고도 전했다.

그리고 꽃이 없어 더 미안하다고 절도 두 번 했다.

이젠 떠날 시간이었다.

도르시를 깨워 다른 곳으로 움직였다.

세상을. 우리가 살고 있던 세상을 원래대로 만들 것이다.

아저씨가 살아 있던 세상. 그 세상이 지금은 없다.

하지만 다시 돌아올 것이다.

그렇게 믿고 제일 첫날 그 꼬맹이가 말한 보석을 찾으러 떠났다.

그림책

"이야기가 늘었어."

아저씨와 헤어지기 전 아저씨가 받으라며 그동안 가지고 있던 식량을 우리에게 주었는데 우리는 그것으로 배를 채우며 살아가던 도중 도르시가 그림책을 보더니 말을 하였다.

"응?"

"봐봐."

신의 뜻대로 아저씨는 죽었다.

하지만 천사들의 희생도 만만치 않았다.

그래도 신은 그것도 일종의 유희였는지 재미있어했고, 이번에 신은 소녀를 어떻게 하면 소년이 어떤 표정을 지을지 생각하고 있었다.

비교적 짧은 글이었지만 그 안에 있는 내용은 심상치 않았다.

필시 이 내용은 도르시를 어떻게 한다는 내용이었다.

저번처럼 천사들이 공격할지도 몰랐다.

아니면 도르시를 납치해 가서 고문을 할지도 몰랐다.

그런 생각들을 해보고 도르시를 보자니 앞길이 막막했다.

나 때문에 도르시까지 잃을 수는 없었다.

스스슥.

내가 그 내용을 보며 고민하는 동안 도르시는 그 그림책에 무언가를 쓰고 있었다.

"도르시 뭐해?"

"그림 그려, 내용이랑."

도르시는 그 건물에서 가져온 펜으로 그림책의 흰색부분에 나와 자신, 맛있어 보이는 라면을 그리고 글은.

소년과 소녀는 배가 몹시 고팠어요.

그때! 소년과 소녀 앞에는 라면이 생겼어요.

소년과 소녀는 앞에 놓인 라면을 맛있게 먹었어요.

3가지 색으로 색칠까지 끝내자 우리 앞에는 말도 안 되게 도르시가 그린 대로 식탁 위에 라면이 생기기 시작했고 우리는 기뻐하며 라면을 먹었다.

라면을 먹는 동안 도르시가 그린 내용은 사라졌고 그 부분은 다시 흰 종이가 되었다.

라면을 다 먹자 무언가 몽롱한 기운이 사라졌고 정신이 바짝 들었다.

"이거 대단한 발견인데?"

도르시는 그새 이걸 이용할 생각까지 해내었다.

"도르시 내가 말한 대로 그리고 글도 적어줘, 내가 지금 펜을 잡다간 펜이 터질 거야."

도르시도 그 그림책을 보았기에 충분히 내 말을 이해했고, 내가 말한 것을 땅에다가 적은 후 나름 재해석 하여 그림책에 적기 시작했다.

그림은 아저씨가 웃으며 우리와 함께 길을 걸어가고 있는 모습이었는데 내용은.

아저씨는 죽지 않았어요. 아저씨는 소년과 소녀와 함께 계속해서 여행을 하고 있답니다.

온점까지 찍자 약간 이상한 빛이 그림책에 돌더니 갑자기 펑하고 소리가 나면서 그림책에 작은 검은색의 뭉개구름이 피어났다.

아무래도 생명에 관해서는 안 되는 모양이었다.

"흠 도르시, 이걸 해주겠어?"

그림에는 내가 자다가 깬 모습을 그렸고 내용에는

지금까지 모든 일이 소년의 꿈속에서 일어난 일이었어요. 소년이 살던 세상에는 아무런 일도 일어나지 않았어요.

이렇게 적자 아까처럼 이상한 빛이 돌더니 또 펑하고 소리가 나면서 검은색 뭉개구름이 피어올랐다.

"이런 것들은 안 되고 죽지 않은 것에 한해서 소환정도는 가능 한가봐, 약간 애매하네."

소환을 할 수 있는 기준이 너무나 애매했다.

지금은 사라졌을 라면은 다 끓여져서 나왔지만 아저씨나 세상을 바꾸는 일은 되지 않았다.

"도르시 그럼 이걸 해보자."

이번엔 우리 앞에 있던 새싹이 자라 꽃이 되는 것을 그렸다.

소년과 소녀 앞에 있던 새싹은 그들에게 희망을 주기위해, 자신을 성
장시켰어요.

그러자 바로 앞에 있던 새싹이 도르시의 그림처럼 꽃을 피우기 시작했다.

"이상해……."

그렇지만 지금 이 손의 저주를 풀 생각은 없었다.

이 저주라는 것을 풀었다간 더 이상 세상을 되돌릴 방법이 없기 때문이다.

"도르시 그러면 이번에는 재해석 하지 말고 내가 말한걸 바로 적어줘, 그림은 아까 우리 라면 그림으로."

도르시는 고개를 끄떡거린 후에 먼저 그림을 그렸는데 아까와 똑같이 그림을 그렸고 내용은 내가 말한 것을 그대로 받아 적었다.

라면이 나타났어요.

내용까지 다 적자 책에 이상한 빛이 또다시 한 번 빙글 돌더니 이번에도 역시나 검은색 뭉게구름을 피워냈다.

'역시 죽은 생물을 다시 살려내는 것은 안 되지만 그 이외의 것은 동화 내용에 맞기만 한다면 상관없이 나온다는 소린가. 아니 이것도 신의 능력인가?'

재미만을 추구하는 신이 이것을 우리에게 할 수 있게 만들어 준 것은 오롯이 자기의 재미를 위해서리라.

'잠깐 그렇다면?'

생각을 하다 보니 앞의 내용을 바꿀 수는 없을까라고 생각을 해보았다.

"도르시 그럼 이 펜으로 앞의 내용을 바꾸어 보자. 음 제일 첫 장에서 한 소년과 한 소녀가 있었어요. 라고."

만약 된다면 내 자신을 파괴하는 일이 될 것이지만 지금 그 어떤 것도 이 그림책에 대한 도전을 막을 수는 없었다.

스윽.

텅!

"아야!"

도르시가 제일 첫 장에 펜을 가져다대니 전기가 돌아다니는 듯이 도르시의 손과 펜을 튕겨냈고 도르시는 다칠 뻔 했던 손을 잡으며 쓰다듬고 있었다.

"앞의 내용을 바꿀 수는 없는 건가……. 그나저나 도르시 괜찮아?"

"응."

펜부터 튕겼기에 빨리 뺄 수 있어서 다행이었지 아니었으면 손 하나가 날아갈 뻔한 순간이었다.

"이제 괜찮을 거야. 음, 무슨 일이 있어도 지켜야지."

"음…… 고마워."

그러면서 웃는 도르시를 보자니 정말로 무슨 일이 일어날까 걱정이 되었다.

"일단은 식량이 다 떨어져가니까 식량을 구하자. 도르시 너! 내가 잘 때 몰래 먹지 말라고 했지?"

"아니야, 안 먹었어."

"굶기 싫으면 이제 조금씩 먹고 빨리 먹을 것을 찾아야해, 아직 그림책에 대해서 잘 모르니까 많이 쓰면 안 되고."

"응……"

그 동안 이런저런 일에 신경만 쓰다 보니 도르시에 대해 신경을 써주지 못했었다.

편견일지는 모르겠으나 도르시의 몸은 너무나 아파보일 정도로 말랐고 여자기에 더욱 챙겨줘야 했는데 그러지 못해 도르시에게 미안한 감정이 많았다.

'잠깐, 이거……. 아빠 같잖아!'

연인이라는 소리를 못 들을지언정 아빠와 딸 같다니 이게 무슨 소리인가.

그래도 뭔가 고민이 있어 보이는 듯한 모습을 보니 고민이 뭔지 들어주고 도와주고 싶어졌다.

"도르시. 무슨 일 있어? 요새 표정이 안 좋네."

그냥 대놓고 물어보기로 결심했다.

"아, 아니야. 숨기긴 무슨……."

"오, 뭔가 있는 것 같은데?"

"아니라니까!"

이렇게 화내는 모습은 처음 봤다.

"알았어, 안 할게."

그렇게 하루를 웃고 떠들다 보니 어느새 밤이 되었고 밤이 되자 우리는 웃음기를 거두고 긴장을 하기 시작했다.

그놈들이 올지 모른다.

일단 그림책에 도르시를 노린다고 되어 있으니 이번 밤도 내일 밤도 어쩌면 세상이 되돌아가기 전까지 밤에는 긴장할 수밖에 없었다.

도로시가 살아 있는 한까지는 말이다.

푸드덕.

"왔다."

이 자식들. 생각보다 빠르게 왔다.

그래도 조금은 조심해서 노릴 거라고 생각했는데 그림책에 적혀진 대로 바로 오는 건가?

"도르시 그림책!"

나는 도르시에게 그림책을 받아 새로 나온 내용을 보았다.

신은 따분했어요. 그래서 바로 행동에 옮겼죠. 소년은 생각보다 빠른 천사들의 움직임에 당황했어요.

"이런 이미 내용이 들어가 있어!"

그렇게 말하면서 도르시를 감싸듯 보호했다.

"얘는 못 죽여! 한 번이면 됐지 두 번은 안 된다고! 다 꺼져!"

더 이상 내 앞에서 사람이 죽는 것은 싫었다.

그것도 멸망이 시작되고 제일 처음 만난 사람인 도르시라면 더욱 싫었다.

그렇게 필사적이었다.

끼에에엑!

저번과 똑같았다.

천사들은 바로 덤비지는 않았고 괴성만 질러댔다.

그러다가 한 놈, 한 놈이 덤빈다.

그놈이 내 손에 의해 죽고 제일 큰 놈이 낫을 땅에 내리 찍는다.

달려든다.

하나하나 막아보지만 방대한 물량은 아무리 기술이 좋아도 감당하기 힘들다.

이제 도르시도 잃어버리는 것인가.

도르시를 잃어버리면 어떻게 해야 하는가.

행동은 천사들을 필사적으로 막고 있어도 머릿속에서는 이미 도르시를 보낼 준비를 하고 있었다.

"도르시."

"응."

"내가 길을 만들면 바로 뛰어. 그림책은 내 손도 버티는 책이니까 천사들의 낫 정도는 버텨 줄 거야. 그걸 방패로 삼고 뛰어. 뒤돌아보지 말고, 난……. 난 바로 뒤따라갈게."

"안 돼. 여기서 널 버려두고 가면 네가 죽는다는 건 3살짜리 꼬맹이도 알아. 그런데 어떻게 널 버릴 수 있어?"

"바보야, 한국에서는 위계질서가 중요하다고. 어떻게 오빠한테 너라고 할 수 있어. 그냥 가. 난 이 손이 있으니까 걱정 말고."

그러면서 천사를 녹이고 있던 손을 흔들어 보였다.

짜식. 조금은 멋졌는 걸.

"자, 간다. 안 가면 발로 차버릴 거야. 하나, 둘, 셋!"

나는 바로 앞에 약간 크기가 작은 놈 두 놈을 있는 힘껏 잡아 녹였고 한 번에 벽을 형성하던 두 놈이 사라지니 천사들 스스로가 친 벽에 구멍이 생겼고 도르시는 내 말에 따라 뒤도 돌아보지 않고 뛰었다.

그래도 도르시를 따라가는 천사들은 다른 놈 다 제치고 그놈을 잡아 녹였다.

도르시가 도망가자 천사들은 나 대신 도르시를 잡으러 갔는데 그런 멋진 소리를 해놓고 나 살겠다고 도르시에게 천사를 보낼 수야 없지.

난 돌을 제일 큰 천사의 머리에 맞추었고 게임에서 흔히 말하는 어그로(공격 대상)를 나에게로 향하게 하였다.

역시 천사도 생물은 생물.

대장이 나를 공격하라 하니 그 밑의 부하 천사들이 날 공격하기 시작했다.

도르시는 그 덕에 수월하게 도망쳤고 그것을 본 나는 이제 어떻게 해야 하나 머리를 굴려 보았지만 생각날 리가 없었다.

언제나 그랬다.

세상이 멸망하기 전에도 어려운 문제들은 많았고 그것을 풀기엔 방법이 떠오르지 않았다.

그럴 때마다 그냥 생각 없이 풀었다.

수학 문제든 국어 문제든 영어 문제든 정말 어려운 문제가 있으면 그냥 쉽게 생각하기로 했다.

"도대체 뭘 생각하고 있는 건지."

그때에는 공부가 그렇게 싫었는데 지금은 차라리 공부가 하고 싶어졌다니 허탈해서 웃음만 나왔다.

"야, 다 덤벼 너희 오늘 제삿날이야. 이 자식들아 알아?"

주먹으로 쳐낸 천사 중에 나랑 비슷한 크기의 천사를 녹여 그놈의 낫을 빼앗아 다른 놈을 베고 그냥 생각없이 싸웠다.

이문무. 이 날은 그의 16년 인생 중 가장 스케일 크게 싸웠던 날이었다.

그래도 손 덕분인지 가장 큰 놈을 제외하고 나머지는 다 녹일 수 있었다.

그런데 이 큰 녀석은 저번의 그 큰 녀석보다 더욱 사악했다.

그놈은 그래도 다 같이 싸우기라도 했지, 이놈은 처음의 공격대형은 비슷할지 몰라도 더욱 영악해서 그런지 안 되는 싸움인 것을 알고 부하들을 먼저 보내 나의 체력을 깎고 지금 이렇게 체력이 다할 때를 기다려 1대 1의 싸움을 유도했으니 말이다.

이젠 죽었구나 싶었다.

내가 더 이상의 힘이 있는 것도 아니고 덩치가 좀 크기는 하지만 한 번 스삭 하면 끝나겠지라는 생각만 들었다.

왠지 후련했다.

뭐라도 하고 죽을 수 있어서. 도르시를 살리고 대신해서 죽을 수 있어서 정말 후련했다.

이제 눈을 감고 땅 바닥에 누웠다. 大자로 누워 그냥 잠이 들려고 했다.

이놈은 내가 뭘 하는 짓인가 생각을 하고 있었겠지만 내가 아무런 저항이 없다는 것을 깨닫자 낫을 위로 들었다.

아마 아래로 내려 날 죽이려는 속셈이겠지.

후웅.

낫 움직이는 소리 한번 짙게 들린다.

죽은 사람에게는 시간이 완전 느리게 간다고 들었는데 이게 그건가.

아, 몸도 잘 안 움직이네, 역시 느끼는 것만 다른 거지.

텅!

"음?"

난 죽었어야 되는데 대체⋯⋯?

눈을 떠보니 한 소녀가 있었다.

"도르시?"

에이 설마, 도르시는 내가 죽기 살기로 도망 보냈는 걸.

믿기지 않았다. 도르시가 여기 왔다니. 도르시가.

"문무."

"응."

"살아도 같이 살자."

"어, 어."

말문이 막혔졌다.

도르시가 힘겹게 낫을 막고 있는 순간 울음이 터져 나왔다.

부모님이 없어졌다는 것을 알았을 때에도 아저씨가 죽었을 때에도 눈물은 나오지 않았다.

그런데 이렇게 죽을 위기에 처해져 있다가 도르시가 날 구하러 와 준 것을 깨달으니 눈물이 그치질 않았다.

"으헝헝 도르시이."

"문무, 그만 울고 이거나……. 도와줘."

"으헝헝, 알았. 흑 어."

방금 그 멋진 말을 했을 때가 얼마 지나지 않았는데 이렇게 모양 빠지는 모습이라니 나도 내가 참 한심했다.

그림책에 낫이 박히지는 않았지만 그림책과 낫 사이에 무언가 낫을 잡고 있는 듯하여 이 녀석이 움직이지 못하는 것을 알아채고 재빨리 이 큰 녀석 얼굴에다가 손을 가져다 대었다.

그 녀석의 얼굴부터 녹았다.

몸에게 행동을 하라고 지시해 주는 뇌부터 녹는다.

이네 낫은 주인을 잃었고 그림책만이 온전했다.

"도르시이이."

"문무, 더러워."

내가 눈물, 콧물, 다 흘려가며 도르시에게 다가가자, 도르시는 내 얼굴을 손으로 밀어냈다.

"뭐? 냄새나고 더러운 건 도르시도 마찬가지라고!"

딱!

도르시에게 심한 말을 했는지 도르시가 내 머리에 꿀밤을 넣었다.

"도르시."

"응."

"우리 언제 돌아갈 수 있을까."

"그 보석 찾으면 돌아가겠지."

"그런가. 그럼 찾자. 그 보석. 빨리 찾아서 우리 세상을 되돌리자. 그때 우리 다시 만나는 거야. 약속할 거지."

"촌스럽게 그게 뭐야. 그래도 약속."

도르시가 하기 싫은 척을 하면서도 하나하나 다 맞장구를 쳐주었다.

"좋아! 가자 보석 찾으러!"

그때였다.

우리 앞에 꼬맹이가 말한 보석이 떨어졌던 것은.

꼬맹이

"이거……."

"보석이지."

"그거 맞지?"

"맞지."

"우오오오오!!!"

"와아아아!!"

갑자기 하늘에서 툭 떨어졌다!

뭔진 모르겠지만 이젠 돌아갈 수 있다.

보석을 들고 도르시와 춤을 추고 있었을 때였다.

[자 모두 주목. 그래도 천사들한테서 많이 살아남았네. 보석을 찾은 인간이 나타났다. 그 인간들은 바로 얘네들. 어때 얘네들한테 감사하라고. 너희도 많은 고생이야 했겠지만 내가 좀 어려운 곳에 숨겨놨거든. 얘네들보다 더 힘든 일이 있는 사람들도 있었겠지만 그래도 찾았으니

됐잖아? 음. 자 그럼 일단 애네들이 어떻게 찾았는지 멸망했을 때부터 애네들의 행동을 보여줄게. 잘 감상하라고. 아, 4배속이니까 빨리 끝날 거야. 걱정 마.]

그러면서 망령이 폭발할 때부터 시작된 동영상이 나왔고 빛이 꺼진 이후 나온 사람은 한국인이었는데 20대의 한 청년이었다.

그는 운이 좋아 식량을 얻었고 동료를 얻었다.

그들은 꽤나 분석적으로 행동을 하기 시작했는데 꼬맹이의 감성 등을 파악하여 예상한 곳들을 정해 그곳을 하나하나 뒤져 찾아내기 시작했고 결국엔 한곳에 모아 보석을 찾기에 이르렀다.

[어때 대단하지? 너희들 말로는 엘리트라고 하는가? 나도 깜짝 놀랐어. 애네들 정말 재미없게 일을 진행 시키더라고. 난 한 달은 갈 줄 알았지. 어쨌든 약속은 약속이니까 세상을 되돌려줄게. 기억도, 단 조금 시간이 걸릴 테고 지금 동료가 있다면 인사라도 나눠. 곧 잊어질 테니까.]

꼬맹이의 마지막 말이 저렇게 와닿을 수가 없었다.

도르시와 마지막이라니, 뭔가 믿기지 않았다.

"그런데 그럼 이 보석은 뭐지?"

펑!

"으아 깜짝이야."

이때동안 쥐었던 긴장을 풀어서인지 다리에 힘이 없어서인지 큰소리가 나서 그 상태로 바로 엎어져 버렸다.

[여러분 내셔님이 부르십니다. 이리로 오시죠.]

"네."

"네,"

'뭐야, 내 몸이 왜 이래? 어? 어? 정신차려!'

내 몸은 나의 의지와 상관없이 요란한 소리와 함께 나온 한 집사를 따라가고 있었다. 물론 도르시도 마찬가지.

집사를 따라 가보니 한 꼬맹이가 편안한 1인용 쇼파에 누워 정말 옛 로마에 왕자가 하던 짓을 하고 있었다.

[오, 너희들 반가워. 너희들이 내 1등 공신이야.]

그러면서 도르시 손에 있는 그림책을 들고 가는 것이 아닌가.

[아 최면부터 풀어야지. 얍!]

그제서야 몸을 압박하고 있던 무언가가 사라지는 느낌이 들었고 말도 가볍게 할 수 있었다.

"당신은 누구죠?"

아저씨를 만난 이후로 모르는 것은 질문하고 보는 습관이 생겨버렸다.

[난 내셔, 이 행성의 관리인이지.]

"당신은 신이 아닌가요?"

[잘 모르겠지만 인간들은 날 신이라고 부르긴 하지.]

다행이 내셔는 그림책이 마음에 든 건지 내가 묻는 것에 일일이 답을 해주었다.

"관리인이란 건 뭐죠?"

[말 그대로 관리인이지. 우리 우주에는 각 행성마다 관리인이 있어. 그중 대빵은 태양 관리인이지 그가 없으면 우리도 죽거든. 뭐 그냥 열 불 내는 노인네일 뿐이지만.]

"어째서 이런 일을 벌인 거죠?"

[이걸로 마지막이다? 더 이상 물어보지 마. 사실 그림책을 봤으니 하는 말인데 유루유루 콘테스트 있지? 거기 상품으로 나온 아이템이 상당하다고, 그런데 그러려면 책으로 써야하는데, 내가 책쓰기를 해봤나? 그냥 너희들이 멸망하면 어떻게 될 지를 바로 그림책으로 만든 것 뿐이야. 그래서 보석만 찾으면 다 되돌려 주겠다고 한 거고.]

'정말이지……. 초딩이 따로 없구나.'
이건 마치 초등학생이 게임을 하는데 아이템을 사기 위해서 캐시를 쓰는 그런 행위와 비슷하다고 할 수 있었다.
스케일이 다르지만.
그렇기에 화가 났다.

[어쨌든 고마워. 이건 누가 봐도 1등이다.]

하지만
정말 좋아하는 내셔 앞에서 화를 내기도 뭣했다.
화를 냈다가는 여기서 죽을 수도 있다는 것을 본능적으로 느꼈기 때문이었다.

[아, 원래는 무작위인데 너희들을 특별히 뽑아줄게. 다른 인간들에게

는 무작위라고 말하고 너희들이 100% 뽑힌다는 거지.]

"도대체 그게 뭐죠?"

[뭐긴 뭐야. 인터뷰지. 아 그리고 날 재미있게도 해줬으니 소원 하나씩 들어줄게. 내가 해줄 수 있다면. 먼저 거기 아가씨?]

"음······. 그냥 문무한테 2개를 해달라고 하면 안 돼요?"

[상관은 없어. 그럼 문무라고 했나? 2개 말해 봐.]

"그럼, 이 손에 있는 저주 풀어 줄 수 있나요?"
[얍!]

뽀롱~
내 손에 이상한 빛이 감기더니 그대로 들어왔다.

[자, 너희들 세계에 있던 휴대폰이다. 만져봐.]

"와 작동된다."

[다른 하나는?]

"다른 하나······. 세상이 돌아가도 지금 기억이 남게 해주세요."

[음, 그건 안 되겠어. 인터뷰 내용에 넣어야 하기 때문에······. 말하기 골치 아픈 건 저 집사한테 나중에 듣고 다른 거.]

"그럼 세상이 돌아가도 도르시와 가까워지게 해주세요!"

[좋아! 그럼 이제 바이~]

도르시 녀석 들었으려나. 나름 용기 낸 건데.
이상한 곳으로 오니 도르시는 없었고 그 집사만이 있었다. 단 집사가 젊어진 채로.

[축하드립니다. 짠짠 남은 생존자 100명 중 한 분을 추첨해 돌아가기 전에 소감과 어떻게 살아남으셨는지 기록하실 수 있는 마지막 이벤트에 당첨되셨습니다. 물론 기존의 세계로 돌아가실 때 모든 기억을 잃으시겠지만 여러분이 세계 어딘가 무작위로 떨어졌을 때 운이 좋으시다면, 이것을 찾아 본 순간, 그동안의 기억이 다시 돌아올 것입니다. 그럼 인터뷰. 시작하겠습니다.]

이 집사가 이렇게 웃는 낯으로 마이크를 내미는 것을 보니 이때까지 한 고생이 생각나 저절로 화가 치밀었다.
"썩을."
욕이 내 생각과도 상관없이 나왔지만 몸은 이미 저절로 집사가 안내하는 대로 들어가 있었다.
인터뷰가 끝나고 또 다른 곳으로 이동했다.
생존자 100명이 전부 모여 있는 강당이었는데 모두가 씻지 않고 고생한 몰골이어야 되는데 옷도 피부도 방금 씻은 듯이 깨끗했다. 나도 이미 그렇게 되어 있었다.

[자, 이제 세상을 돌릴 차례다. 그럼 잘들 가라고 바이~]
내셔가 화살을 허공에다 한 번 쏘니 강당에 모여 있는 사람들이 하나

둘 사라지기 시작했고 곧이어 나도 사라졌다.

꿈

"으, 으악!"

헉, 헉, 헉.

정말이지 기분 나쁜 꿈이었다.

꿈에서 깨어났을 때 어떤 내용인지는 모르겠지만 지금 그 꿈에 의해 기분이 되게 별로였다.

오늘이 내가 죽을 날이라서 그런가.

저번부터 계획해 두었다.

오늘이 드디어 내가 죽을 날짜이다. 자살할 날.

뒷산에서 옛날부터 보았던 제일 큰 나무에 목을 매달아 죽을 것이다. 폰이고 뭐고 삽 하나랑 밧줄 하나 들고 산을 올라탔다.

산을 조금 타다 보니 옛날에 할아버지에게 듣고 또 자라나면서 보았던 나무가 든든하게 자리를 잡고 있었다.

어젯밤에 비가 와서 그런지 땅이 축축했고 나는 내가 죽을 곳 바로 아래에 있는 곳에 땅을 팠다.

높이로 인해서 죽다 살아나지 않을까 하는 마음으로 땅을 파고 있는 것이었다.

푹, 푹, 푹.

그렇게 깊게 판 것은 아니었지만 흙이 진흙이 되어 무거웠기에 허약 체질인 나에게는 약간 힘들었다.

푹, 푹, 딱!

"응?"

땅을 파다가 이상한 소리가 났고 소리가 난 곳 주변을 살살 파 그 것이 무엇인지 확인을 해보았다.

그것은 비디오였다.

"여기 왠 비디오가 있지? 설마 흐흐흐."

왠지 이런 곳에 묻혀 있는 비디오는 어른들이 본다는 그것이 아닐까 하는 생각이 들었다.

그런데 이 비디오를 보면 볼수록 무언가가 자꾸 비디오를 보라고 외치는 듯했다.

나는 비디오를 주워들었고 이성과 본능이 외치는 대로 집에서 비디오를 보기 시작했다.

"윽."

작가 후기

1, 2학년 땐 거의 취미로 글을 쓴 것 같고 그러다보니 중학교 3
년……. 금방이네요. (아익) 조금 있으면 고등학교 간다니, 후……. 후
기 쓰다 웃는 건 또 책쓰기 3년 하면서 처음이네요. 사실 처음 쓸 때는
무겁고 교훈적(?)으로 쓰려고 계획하긴 했으나 저의 글 솜씨나 어휘력
부족으로 인하여 주제만 무거운 코미디가 되어버렸습니다.

결론은, 그냥 '킬링 타임용'으로 생각 없이 즐겨주시고요. 안 즐기셔
도 됩니다. 같은 동아리의 채모군께서 이런 작품을 완성했다는 것 그
자체가 중요하다고 말했고 그 말에 100% 공감합니다. 20년 뒤 글쓰기
실력을 좀 더 갈고 닦은 후에 내 이름으로 출판될 내 작품을 기대하며,
그동안 많은 추억을 함께 만들어 준 선생님과 친구들에게 감사드립니
다.

– 이원엽

프로야구

장상혁

지금 2014년 프로야구 개막 1일 전, 국민은 내일 열리는 프로야구 경기에 관심이 많다. 왜냐하면 우리나라 에이스 선수가 4명이나 포함되어 있기 때문이다.

그래서 이번에 프로야구 해설 위원들만 모여서 스포츠 방송을 하였다. 해설 위원들은 총 8명이다. 프로야구 개막 1일 전 특별 방송을 하게 되었다.

아나운서 : 안녕하십니까?

해설위원모두 : 네, 안녕하세요.

아나운서 : 내일이 프로야구 개막일인데 어떻게 보시죠? 최장훈 해설위원님?

최장훈 : 음……. 내일 하는 프로야구는 제일 재밌을 것 같습니다. 올스타전도 완전 재미있을 것 같고 에이스 타자, 투수 4명에다 이번에는 용병타자가 도입이 되어서 국내타자 vs 외국인타자 이렇게 올스타전을 관람하면 재미있을 것 같습니다.

아나운서 : 네, 최장훈 해설위원 말씀 잘 들었습니다. 자 이번에는 9개팀 중 어느 팀이 1등할 것 같습니까?

해설위원들은 적기 시작했다.

최장훈 : 저는 D베어스가 1등할 것 같습니다. 왜냐하면 D베어스는 이번에 에이스 선수 4명은 없지만 김동주 선수와 용병 히메네스 선수 2명이 거인 타자고 막강한 홈런타자이기 때문입니다.

아나운서 : 네, 이번엔 김도윤 해설위원은 누가 1등할 것 같습니까?

김도윤 : 저는 굳이 말하자면 S라이온즈가 1등할 것 같습니다. 왜냐하면 이번에 에이스 투수, 타자 각각 1명씩 있고, 용병타자

나바로 선수가 이번에 잘해주면 한국시리즈 4연패는 할 수 있을 것 같습니다.

아나운서 : 네, 마지막으로 이태호 해설위원 말씀 듣겠습니다.

이태호 : 네, 저는 이번에 1등할 팀은 K타이거즈라고 봅니다. 왜냐하면 에이스 타자, 투수 각각 1명씩 있고 이번 용병타자 필 선수가 2012년도에 메이저리그에서 홈런 17개를 쳐줬고 타율은 3할 5푼 3리로 막강한 타자거든요. 하지만 작년부터 부상으로 슬럼프에도 빠져 있어 조금 못했습니다. 그래서 이번에 한국에 왔는데 잘 해줄 거라 믿습니다.

아나운서 : 자, 이번에는, 올해 프로야구가 작년 프로야구와 비교해서 많은 규칙이 바뀌었다던데요. 한 번 화면으로 만나봅시다.

화면 속 아나운서 : 네, 이번에 바뀌는 규칙은 투수가 공을 던졌을 때 상대 타자 머리를 맞추면 무조건 퇴장입니다.

아나운서 : 이제 방송을 마치도록 하겠습니다. 수고하셨습니다.

해설위원들 : 네.

내일 개막전에는 볼거리가 많다. 왜냐하면 개막전 경기가 작년 상위 팀이자 라이벌 구단인 삼성라이온즈 VS 기아타이거즈 경기다. 그리고 선발투수도 에이스 투수인 최영신과 최영만 선수가 붙기 때문이다. 이 두 선수는 형제이다. 그리고 에이스 타자 2명도 두 팀에 각각 소속되어 있기 때문에 재미있을 거라고 본다.

개막전날…….

S라이온즈 VS K타이거즈 경기 30분 전에 두 팀의 감독을 인터뷰 하였다.

아나운서 : 류중일 감독님 오늘 경기 어떻게 보십니까?

류중일 : 오늘 경기는 이기기는 힘들 것 같지만 절대로 지는 경기는
하지 않겠습니다.

아나운서 : 네, 이번에는 선동일 감독 만나보겠습니다. 이번 경기는
어떻게 보십니까?

선동일 : 저는 이번 경기는 이기기 어려울 것 같지만 최영만 선수가
잘 해줄 거라 믿습니다.

아나운서 : 네, 감독님. 말씀 잘 들었습니다.

이제 개막전이 시작되었다.

개막전이 시작되자마자 폭죽이 날아오른다. 그리고 애국가 제창을
하고 이제 경기가 시작된다.

해설위원1 : 이제 기다리고 기다리던 경기가 시작되었습니다. 해설위
원님 오늘 두 팀의 경기 어떻게 보십니까?

해설위원2 : 저는 두 팀이 막상막하일 거라 생각합니다. 하지만 두
선발선수가 한 번이라도 실수하면 그 팀이 질 거라 생각
합니다.

1회 초 K타이거즈의 공격으로 시작된다.

역시 가볍게 뜬공으로 처리하고 첫 아웃을 잡는다. 2번째 타자도 삼
진아웃으로 잡아낸다. 하지만 3번째 타석에 3번 타자 용병 필 선수가
들어온다.

초구를 던졌는데 필 선수가 우중간 안타를 때려낸다. 관중들은 환호
를 한다.

기대되던 에이스 투수 타자가 만난다. 4번 타자 이용현 선수가 타석
에 들어온다. 초구는 볼이다.

해설위원1 : 여기서 이용현 선수가 안타를 때리면 투수가 흔들릴 수
  가 있습니다.
해설위원2 : 2구도 볼입니다. 아 이러면 타자가 유리하게 가져오죠.
포수 : (몸짓으로) '자 이번에 정정당당하게 식구 가자'
최영신 : (몸짓으로) '알겠어.'

공은 몸 쪽으로 날아온다.

해설위원1 : 쳤습니다! 하지만 파울입니다.
해설위원2 : 4구 헛스윙! 2스트라이크 2볼 아 역시 막상막하네요.
포수 : (몸짓으로) '이번에 유인구 가자'

최영신은 약속대로 체인지업을 던졌다. 타자 이용현은 체인지업이
올 줄 알고 치지 않고 기다렸다.

해설위원1 : 아 타자가 잘 참았어요.
포수 : (몸짓으로) '이번에도 한 번 유인구 던져보자.'
해설위원2 : 2스트라이크 3볼. 이러면 투수가 어떤 구위를 던질지 궁
  금하네요.

최영신은 이번에도 체인지업을 던졌다. 타자 이용현은 그대로 헛스
윙을 하며 삼진아웃이 되고 이번에는 1회 말 S라이온즈가 공격을 한다.
투수 최영만은 에이스답게 삼자 번퇴로 깔끔하게 마무리했다.
계속 공방전만 되고 나서 3회 초 K타이가즈가 공격 할때 최영신이
실수로 공을 빠트려서 타자의 머리에 맞게 돼서 시즌 첫 1호 퇴장을 맞
보게 되었다.

류중일 감독 : 아……. 이러면 안 되는데.

해설위원1 : 아 타자 한명이 머리를 잡고 쓰러져 있어요. 심각한 부상
이 아니길 바랍니다.

최영신은 상대 타자에게 사과를 하고 마운드에서 내려간다.

해설위원1 : 네, 타자는 병원에 이송을 하고 최영신 투수는 어쩔 수
없이 마운드를 내려가게 됩니다.

해설위원2 : 아 이러면 빅매치 성사가 안 되는데요. 류중일 감독도
지금 머리가 복잡할 것 같습니다.

마운드에는 차우찬 선수가 올라옵니다. 타석에는 2번 타자가 올라온
다.

차우찬 선수는 2번 타자를 깔끔하게 아웃으로 잡아낸다. 하지만 이
제 3, 4번 타자가 있어 방심할 수가 없다.

포수 : (몸짓으로) '직구 가자'

차우찬 선수는 직구를 던졌는데 초구를 노리던 타자가 2루타를 뽑아
낸다. 이제 에이스 4번 타자 이용현 선수가 올라온다.

이때 류중일 감독이 고의사구 작전을 쓴다. '고의사구' 란 투수가 작
전상 또는 강타자를 만났을 때 고의로 볼 4개를 던져 타자를 1루로 보
내는 것을 말한다. 투수가 앞서 던진 3개의 볼과 무관하게 마지막 4번
째 볼을 어떻게 던졌느냐에 따라 판정한다.

작전대로 고의사구를 해서 현재 1아웃 주자는 1, 2루에 가 있다. 류중
일 감독의 작전은 현재 원아웃이니깐 5번 타자가 땅볼을 쳐서 병살타
로 끝내려는 생각이었다. '병살타' 란 야구에서 두 명의 공격 측 선수를

동시에 아웃시키는 것을 말한다. 이때 병살의 원인이 되는 타격을 병살타라고 한다. 동시에 세 명의 선수를 아웃시킬 경우는 삼중살이라고 한다.

포수 : (몸짓으로) '약간 낮게 던져'

투수는 작전대로 낮게 던졌다. 하지만 타자는 가만히 있어서 볼이 되었다. 이번에도 낮게 던져서 타자는 땅볼을 쳤는데 공이 리바운드해서 유격수 머리를 넘었다. 그래서 주자는 1, 3루가 되었다.

이제 5번 타자가 들어온다. 투수 차우찬 선수는 공을 낮게 던졌다. 그 타자는 초를 쳤는데 땅볼이 되어 병살타로 2회 초가 무사히 무실점으로 끝냈다.

'휴 다행이다.'

6회 초가 되었다. 하지만 0대0으로 팽팽하게 경기가 지속되었다. 차우찬 선수도 잘해주고 있었지만 체력 때문에 다른 선수 심창민이 올라온다.

올라오자마자 안타를 맞고 볼넷을 허용하며 주자는 0아웃에 1, 2루가 되었고 4번 타자 이용현 선수에게 스리런 홈런을 맞았다. 이때 포수와 감독이 올라와서 심창민 선수에게 조금만 더 신중하게 공을 던지라고 말을 하였다. 그래도 긴장을 해서 계속 공이 스트라이크 존에서 빗나갔다.

5번 타자가 공을 쳤는데 뜬공이 돼서 외야수가 잡았다. 그리고 나머지 타자도 땅볼로 잡았다.

해설위원1 : 팽팽하게 가던 점수가 6회에 깨지네요!
해설위원2 : 네, 역시 4번 타자 이용현 선수가 해내네요.

시간이 흐르고 9회 초 삼성라이온즈의 마지막 공격이다. 이번에도 투수 최영만 선수가 막아준다면 완봉승을 기록할 수 있고 만약 점수를 줬는데 이기면 안투승이 기록이 됩니다.

'완봉승' 이란 야구에서 한 투수가 한 경기를 끝까지 던지는 동안 상대 팀에게 전혀 득점을 주지 않고 게임에서 이기는 것을 말하고, '완투승' 이란 야구에서 한 투수가 교대하지 않고 한 경기에서 끝까지 공을 던져 얻은 승리를 완투승이라고 말한다.

3번 타자부터 시작된다. 3번 타자가 초구를 잡아당겼는데 좌중간 안타를 맞았다.

해설위원1 : 아, 지금 투수 최영만 선수가 체력에 문제가 있고 이제 4번 타자 마영신 선수가 들어옵니다. 아, 초구는 볼이네요. 2구도 볼입니다. 지금 투수가 흔들리고 있거든요.

해설위원2 : 네, 맞습니다. 이럴수록 집중을 해야 한다고 설명드렸거든요.

해설위원2 : 3구. 아, 쳤습니다! 쭉쭉 날아갑니다. 아, 담장을 넘기는 투런 홈런이거든요. 관중들이 환호합니다. 현재 점수는 3대2!

지금 선동렬 감독이 마운드에 올라온다.

"영만아, 더 던질 수 있겠어?" "네, 감독님 한번만 던져보고 안타를 맞으면 마운드에 내려가겠습니다."

해설위원2 : 아, 투수를 바꾸나요?
선동렬 감독은 한 번만 믿어 보고 다시 마운드에 내려간다.

5번 타자가 들어 왔다. 초구 때렸는데 아웃이 되고 나머지 두 타자도 아웃이 돼서 기아타이거즈가 3대2로 삼성라이온즈를 이겼다. 최영만 투수는 완투승을 거뒀다. 이제 전반기 야구가 끝나고 후반기 야구로 넘어가기 전에 중간 집계를 해보았다. 먼저 구단 순위를 보았다.

순위	팀명	경기	승	무	패
1	S라이온즈	88	58	2	28
2	K타이거즈	91	56	1	34
3	N히어로즈	89	51	0	38
4	G자이언츠	88	48	1	39
5	L트윈스	92	45	1	46
6	D베어스	86	41	0	45
7	N다이온스	91	40	0	51
8	SKK와이번스	89	38	0	51
9	E이글스	88	34	1	53

역시나 삼성라이온즈와 기아타이거즈가 1위를 차지하려고 노력하고 있고 시즌 초반에 우승 후보로 뽑히는 두산베어스가 잦은 부상 때문에 6위가 되었는데 후반기에는 4위가 목표라고 한다.

그리고 이제 타율 부문 선수 1위부터 5위까지를 한번 보겠다.

    1. 이용현(K) 0.386타율
    2. 마영신(S) 0.385타율
    3. 이재원(SKK) 0.383타율
    4. 민병현(D) 0.366타율
    5. 손아섭(G) 0.365타율

다음 홈런 부문 선수 1위부터 5위까지를 한번 보겠다.

    1. 마영신(S) 34홈런

2. 이용현(K) 31홈런
  3. 이승엽(S) 23홈런
  3. 나성범(N) 23홈런
  3. 테임즈(N) 23홈런

그리고 투수 다승 부문에 대해 1위부터 5위까지 보겠다.

  1. 최영신(N) 15승
  2. 최영만(K) 12승
  3. 밴덴헐크(S) 11승
  3. 김광현(SKK) 11승
  5. 윤성환(S) 9승

다음으로 투수 세이브 부문에 대해 1위부터 5위까지 보겠다.

  1. 손승락(N) 23세이브
  2. 임창용(S) 22세이브
  3. 봉중근(L) 21세이브
  4. 어센시오(K) 16세이브
  5. 김진성(N) 15세이브

이걸 왜 보냐면 40일 뒤에 열릴 인천아시안게임에 야구 종목도 있기 때문이다. 그래서 이제 작년 한국시리즈 우승팀 감독인 류중일 감독이 대표팀의 감독을 맡게 되고 엔트리 작성을 해야 하기 때문에 이 표를 보는 것이다.

하지만 인천아시아게임을 하기 전에 올스타전이 남아있다. KBO 관계자는 이번 올스타전은 색다르게 할 계획이라고 했다. 작년까지만 해도 팀을 나눠서 진행했는데 이번에는 용병 타자, 투수 vs 한국 타자, 투수로 할 계획이다.

시간이 흐르고 올스타전 당일에 라인업이 공개가 되었다. 먼저 한국 라인업부터 소개한다.

1. 이종욱(N, 외야수)
2. 박석민(S, 3루수)
3. 마영신(S, 2루수)
4. 이용현(K, 1루수)
5. 박병호(N, 지명타자)
6. 강민호(D, 포수)
7. 김현수(G, 외야수)
8. 나지환(K, 외야수)
9. 김상수(S, 유격수)

＊ 실제 인물과 포지션은 다를 수 있음.

투수 – 최영신(S, 선발), 최영만(K, 선발), 양현종(K, 선발), 김광현(SKK, 선발), 임창용(S, 마무리), 봉중근(L, 마무리)
감독 – 류중일(S)
코치 – 이만수(SKK), 송일수(D), 김시진(G)

이제 용병 라인업이 공개되었다.

1. 펠릭스 피에(E, 외야수)
2. 에릭 테임즈(N, 외야수)
3. 호르헤 칸투(D, 2루수)
4. 루이스 히메네스(G, 1루수)
5. 조쉬 벨(L, 3루수)
6. 야마이코 나바로(S, 유격수)
7. 루크 스캇(SKK, 지명타자)
8. 브렛 필(K, 외야수)
9. 비니 로티노(N, 포수)

＊ 실제 인물과 포지션은 다를 수 있음.

투수 – 앤디 벤 헤켄(N, 선발), 릭 벤덴헐크(S, 선발), 찰리(N, 선발), 태
　　　드 웨버(N, 선발), 데니스 홀튼(K, 선발), 어센시오(K, 마무리)
감독 – 선동열(K)
코치 – 엽경엽(N), 양상문(L), 김응룡(E), 김경문(N)

이렇게 두 팀의 맞대결이 펼쳐진다.
먼저 두 팀의 장단점을 설명하겠다.

한국 올스타의 장점

먼저 장점을 말하자면 타자보다는 투수의 실력이 더 좋아 수비능력이
올라 갈 것이다. 하지만 타자능력도 무시해선 안 된다. 특히 주요 선수가
마영신, 이용현, 박병호이다. 이 3명의 타자는 모두 장타력이 뛰어난 선
수이다.

한국 올스타의 단점

단점은 외야수들이 가끔씩 공을 놓치는 것이다. 그리고 마무리 투수
가 약간 아쉽다. 왜냐하면 임창용 선수는 메이저리그에 있다 와서 초반
시즌에는 잘해 줬는데 거의 초반기 끝에 블론세이브가 8개나 있기 때
문이다. 먼저 블론세이브를 알려면 세이브를 먼저 알아야 한다. '세이
브' 란 야구에서, 팀이 이기고 있는 상태에서 마무리 투수가 경기를 승
리로 마무리하는 일이다. '블론세이브' 란 세이브 조건에서 동점 혹은
역전 당할 경우 마운드에 있는 투수에게 주어진다. 줄여서 '블론' 이라
고 부르기도 한다.

그리고 봉중근 선수도 안타를 계속 맞으면서 투수 릴레이 능력이 떨
어져 큰 어려움을 겪고 있다.

용병 올스타의 장점

타자 공격력이 완전 세다. 왜냐하면 이번에 용병 타자 중 7명이 타율이 3할 대를 넘는다. 그리고 수비도 진짜 잘한다. 이번 초반기에 잡기 어려운 공도 잘 잡고 있다.

용병 올스타의 단점

투수 파워가 조금 약하다. 이번에는 용병 타자들은 잘해 주고 있는데 용병 투수들은 그렇게 띄어난 활약을 못해 주고 있다. 하지만 잘해 주는 용병 투수도 있다. 릭 벤덴헐크, 앤디 밴 헤켄이다. 벤덴헐크는 17경기 12승 2패로 띄어난 투수이다. 앤디 밴 헤켄은 22경기 15승 4패로 잘해 주고 있다. 하지만 앤디 밴 헤켄 선수는 부상으로 이번 올스타전에 못 나온다.

그래서 이번 올스타전에는 최영신 선수가 선발로 나오고 릭 벤덴헐크 선수가 선발로 나올 예정이다.

오늘 밤 6시.

사람들의 열기는 대단했다. 경기 시작 5분 전에 국민의례를 하고 다양한 행사를 한다.

이제 6시 20분이 되었다.

폭죽이 쏟아지며 선수단이 입장했다. 팬들은 환호성을 지었다.

이제 경기가 시작되고 공격은 용병 팀이 시작한다.

최영신이 준비하고 있고 1번 타자 피에 선수가 들어온다.

해설위원 : 아, 벌써 재미있는 싸움이 될 거 같은데요?

캐스터 : 네, 그러게요. 피에 선수는 이번에 환화에서 없어서는 안 되는 선수죠.

해설위원 : 초구 아 스트라이크입니다. 2구 아, 쳤습니다! 좌중간 안타!

해설위원 : 2번 타자 테임즈 선수죠.

캐스터 : 테임즈 선수도 조심해야 합니다. 왜냐하면 힘이 좋아서 홈런 타자거든요. 최영신 선수 조금 더 신중하게 던져야 합니다.

해설위원 : 초구 아, 헛스윙 좋습니다. 2구 볼입니다. 3구 쳤습니다. 하지만 외야수 김현수 선수가 잡네요.

해설위원 : 3번 타자 칸투 선수가 등장합니다. 이제부터 3, 4, 5번 타자 조심해야 합니다.

최영신은 생각을 하고 있다.

'어떡하지? 당당하게 승부할까 아니면 변화구를 던져 속이면서 할까?'

해설위원 : 초구 직구를 던지는데 스트라이크!

캐스터 : 직구 스피드가 좋네요. 151km가 찍힙니다!

해설위원 : 2구 던지는데 피에 선수가 도루를 시도합니다. 아, 포수 강민호 선수가 잡아서 2루로 던져 보지만 이미 피에 선수는 2루 베이스를 밟았죠!

캐스터 : 아, 피에 선수 빠르네요.

해설위원 : 현재 1아웃에 주자는 2루! 최영신 선수가 살짝 흔들리고 있습니다. 3구 변화구를 칸투 선수가 쳤는데 아!!!!! 공이 유격수 김상수 사이로 빠집니다! 피에 선수는 홈으로 들어오고 칸투 선수는 1루에서 멈추네요.

캐스터 : 아 김상수 선수가 다이빙 캐치를 시도했지만 이미 공은 빠지네요.

해설위원 : 4번 타자 히메네스 선수가 들어옵니다. 히메네스 선수도 홈런 타자죠. 이 선수도 조심해야 합니다.

캐스터 : 현재 스코어 1대0. 4번 타자 히메네스!

해설위원 : 아, 긴장되는 승부입니다. 초구 볼입니다. 2구도 볼입니다. 3구 아, 또 볼이네요.

캐스터 : 아, 최영신 선수가 지금 많이 흔들리고 있는데요.

해설위원 : 4구 아, 쳤네 파울입니다. 5구 아, 졌어요. 아, 쭉쭉 날아갑니다. 담장을 넘깁니다. 아 현재 스코어 3대0입니다!!!!

해설위원 : 5번 타자 벨 선수가 들어옵니다. 초구를 쳤는데 땅볼로 아웃됩니다.

캐스터 : 이제 6번 타자 나바로 선수가 들어옵니다. 아 삼성 선수끼리 붙네요.

해설위원 : 초구 스트라이크 2구, 파울, 3구 파울, 4구 볼, 5구 헛스윙 삼진으로 1회 초 공격이 끝이 납니다.

3회 말이 되었다. 이때까지 한국 올스타 선수들이 안타가 없었다. 1번 타자 이종욱 선수가 들어온다. 아까 전에 류중일 감독이 선수들에게 전부다 초구를 공략하라고 말을 하였다.

해설위원 : 아직까지 안타가 1개도 없거든요. 이번에 분위기 반전을 좀 해야 합니다.

이종욱 선수는 아까 전 류중일 감독의 지시대로 초구를 잡아당겼다. 이번에 작전이 통했다. 우중간 안타로 이제 분위기 반전을 하려고 했다.

해설위원 : 2번 타자 박석민 선수가 들어옵니다.

이번에도 감독의 작전대로 초구를 쳤다. 하지만 아쉽게 뜬공으로 아웃이 되었다.

캐스터 : 3번 타자 마영신 선수가 타석에 들어옵니다. 초구 볼입니다. 2구 쳤습니다! 외야수 키를 넘깁니다. 2루타입니다!

해설위원 : 네. 역시 기대를 저버리지 않는 선수입니다. 1아웃 주자는 2, 3루가 됩니다.

해설위원 : 이제 4번 타자 이용현 선수가 타석에 들어옵니다. 이 타자 이번에 뭔가 해줄 것 같습니다.

캐스터 : 초구 스트라이크 2구 볼, 3구 볼, 4구 아, 쳤습니다! 하지만 파울홈런입니다. 5구 쳤습니다! 아, 하지만 이번에도 또 파울홈런이네요. 6구 볼 아, 끈질긴 승부네요. 7구 파울 8구도 역시 파울입니다. 9구 아 쳤습니다. 이번에는 담장을 넘기는 스리런 홈런이죠! 아, 역시 대단한 선수입니다.

해설위원 : 네, 동점스리런이죠. 현재 스코어는 3대3! 5번 타자 박병호 선수입니다. 아, 초구 쳤습니다. 유격수 키를 넘기며 안타를 때립니다.

캐스터 : 6번 타자 강민호 선수가 타석에 들어옵니다. 초구 볼 2구 볼 3구 쳤습니다만 병살타로 물러나며 3회 말 경기가 끝납니다.

이제 어느덧 7회 초가 되었다.

이제 한국 올스타 팀의 투수가 최영신에서 최영만 선수로 바꾸었다.

해설위원 : 아직도 3대3으로 팽팽하게 가고 있고 이제 7번 타자 스캇 선수가 타석에 들어옵니다.

캐스터 : 네, 이번에 들어서는 최영만 선수도 내년에 메이저리그에 갈려고 준비하고 있죠.

해설위원 : 네, 맞습니다. 초구 스트라이크 직구가 152km입니다. 무시무시하네요. 2구도 스트라이크 아 슬라이더가 144km가 찍히네요. 대단합니다. 3구 볼입니다. 4구도 볼입니다. 5구 쳤습니다! 하지만 외야수 나지환 선수가 잡았습니다.

캐스터 : 8번 타자 필 선수가 타석에 등장합니다.

해설위원 : 초구 헛스윙! 2구 볼, 3구도 헛스윙입니다. 4구 쳤습니다
만 파울, 5구 쳤습니다만 또 파울, 6구 볼, 7구 쳤어요!
아, 하지만 유격수 김상수의 다이빙캐치!

캐스터 : 아, 김상수 선수의 호수비가 나오네요.

해설위원 : 9번 타자 로티노 선수가 타석에 들어옵니다.

해설위원 : 초구 쳤습니다만 뜬공으로 아웃이 됩니다. 이렇게 삼자범
퇴로 마무리하네요.

팽팽하게 가던 승부가 벌써 9회 초가 되었다.

투수는 임창용으로 바꾸었다.

캐스터 : 임창용 선수는 작년에 메이저리그에서 활약을 하다가 올해
국내 복귀를 하였죠. 별명이 뱀직구라고 하죠.

해설위원 : 네, 맞습니다. 이번에 그리고 3, 4, 5번 타자를 상대해야
하는 임창용 선수거든요.

해설위원 : 3번 타자 칸투 선수가 타석에 들어옵니다. 초구 146km
스트라이크입니다. 2구 쳤어요! 아 지금 칸투 선수는 홈
런을 알고 1루 쪽으로 가면서 손을 번쩍 들고 있죠. 아, 담
장을 넘기네요! 칸투 선수의 솔로 홈런!

캐스터 : 아, 이러면 스코어는 4대3! 그리고 4번 타자 히메네스 선수
거든요. 부담이 될 것 같습니다.

해설위원 : 이제 히메네스 선수를 상대해야 하는 임창용 선수! 초구
볼입니다. 2구 스트라이크, 3구 유인구, 아, 헛스윙입니
다. 4구 파울, 5구 쳤습니다. 하지만 2루수 마영신 선수가
잡아서 1루로 여유 있게 공을 던집니다.

캐스터 : 5번 타자 벨 선수 아, 초구 쳤는데 파울 공을 3루수 박선민
선수가 잡아냅니다.

해설위원 : 6번 타자 나바로 선수가 타석에 들어옵니다. 초구 볼, 2구
볼, 3구 스트라이크, 4구 쳤습니다! 아, 1루수 이용현 선

수가 라인드라이브 타구를 잡아냅니다!

(라인드라이브란 타격한 공이 거의 일직선으로 날아가는 것이다.)

캐스터 : 이제 9회 말 한국 올스타 선수들의 마지막 공격이 시작됩니다.

해설위원 : 마무리 투수 어센시오 선수가 마운드에 올라옵니다.

캐스터 : 2번 타자 박석민 선수부터 공격을 합니다.

해설위원 : 초구 볼 2구 체인지업 타구를 밀어 쳤습니다! 외야수 키를 훌쩍 넘겼습니다. 박석민 선수는 2루까지 갑니다.

캐스터 : 아, 이러면 승부가 재미있을 것 같습니다. 그리고 이제 어센시오 선수는 3, 4, 5번 타자를 상대해야 하거든요.

해설위원 : 네, 맞습니다. 3번 타자 마영신 선수가 타석에 들어옵니다.

캐스터 : 초구 아 쳤습니다. 하지만 땅볼로 아웃이 됩니다.

해설위원 : 4번 타자 이용현 선수가 타석에 등장합니다.

해설위원 : 초구 볼 2구 볼, 3구 스트라이크, 4구 헛스윙, 5구 볼입니다. 2스트라이크 3볼! 6구 유인구 던졌습니다. 아, 이용현 선수가 유인구에 속아서 헛스윙을 하네요.

캐스터 : 2아웃에 주자 2루 이제 마지막 5번 타자 박병호 선수가 타석에 들어옵니다.

해설위원 : 초구 볼, 2구 스트라이크, 3구 볼, 4구 파울, 5구 파울, 6구 파울, 7구도 파울입니다. 8구 볼입니다. 9구 파울!

어센시오 선수가 10구를 던지려고 할 때 박병호 선수는 심판에게 타임 요청을 한다.

'아 떨린다.'

류중일 감독이 박병호 선수에게 몸짓으로 작전을 요청한다.

'병호야 계속 공을 커트해 가면서 빈틈을 노려.'

박병호는 고개를 끄덕였다.

캐스터 : 아, 이제 10구 또 파울이네요.

해설위원 : 아, 끈질긴 승부가 계속 되네요. 11구! 박병호 선수는 어

센시오 선수의 빈틈을 노리고 있었다.

캐스터 : 11구 던졌습니다.

이제 주사위는 던져지고 박병호 선수는 그대로 공을 힘차게 쳤다.

해설위원 : 담장을 넘어갈 듯 넘어갈 듯 아, 넘어갑니다. 9회 말 박병
　　　　　호 선수의 마무리 홈런! 경기종료.

캐스터 : 아, 박병호 선수 대단합니다. 지금 선수들이 다 경기장에 띄
　　　　　어가서 박병호 선수에게 환호하고 있네요. 이것이 바로 마
　　　　　무리입니다.

캐스터 : 경기는 5대4로 한국 올스타 선수들이 이깁니다.

이것으로 이제 한여름 밤의 축제가 끝이 났다.

류중일 감독이 박병호 선수에게 말을 건넨다.

"병호야, 꼭 너랑은 아시안게임에 가보고 싶다."

"저도 가고 싶습니다! 감독님."

"허허허. 이제 올스타전도 끝났으니 우리는 아시안게임만 보고 달린
다 알겠냐?"

"네, 감독님."

이제부터 류중일 감독은 한 달 뒤에 열릴 인천 아시안게임에 선발 명단
을 작성해야 한다. 24명의 선발 명단을 만들어야 한다. 이번에는 인천에
서 열리는 만큼 꼭 금메달을 따야한다. 야구 출전국은 A조 B조로 나뉜다.

A조	일본, 홍콩, 태국, 몽고
B조	한국, 중국, 대만, 파키스탄

조는 이렇게 나뉘어졌다. 이제 엔트리만 짜면 된다.

엔트리 발표 1일 전……

"지완이 형."

"왜?"

"형은 이번에 아시안게임에 나갈 것 같은데요?"

"그래? 너도 열심히 하면 뽑힐 수 있을 거야."

이때 용규 형한테서 전화가 왔다.

"어, 용규 형."

"오래만이다 지완, 용현아"

"형도 잘 지내셨죠? 아마도 형도 아시안게임에 나갈 것 같은데요? 왜 냐하면 광저우 아시안게임이랑 베이징 올림픽에도 뽑혔잖아."

"현종아, 용현아, 너도 뽑힐 거야. 희망을 가져. 알겠지?"

"고마워요 형!"

"그래~ 용현이 현종이 파이팅!!"

"네, 형."

'용규 형은 착한신 분 같다. 비록 환화이글스로 이적했지만 후배들한 테 연락하는 거 보면.'

다음날…….

오늘이 바로 국가대표 선발 결과가 나오는 날이다. 너무 설레고 뽑혔으면 하는 마음이 굴뚝같다.

갑자기 선동열 감독에게 전화가 왔다.

'감독님께서 웬일이지?'

떨리는 마음으로 전화를 받았다.

"여보세요? 감독님 웬일이세요?"

"지완아, 너 국가대표에 선발됐다! 축하한다."

"네? 제가요?"

'난 될 거라 예상도 안 했는데…….'

"그래, 네가 됐어. 우리 팀에선 현종이랑 너랑 용현이가 국가대표에 선발 됐어."

"네! 감사합니다!"

"지완아, 파이팅! 너를 항상 응원할게."

"감사합니다!"

"감독님 들어가십쇼!"

지완은 정말 믿기지 않았다. 왜냐하면 지완은 성적이 잘 나오지 않았기 때문이다. 하지만 류중일 감독님이 그를 뽑은 이유는 항상 포기하지 않는 노력파이기 때문이다.

'이왕 이렇게 된 거 잘해야지.'

이날 KBO에서 최종엔트리가 발표되었다.

포지션	선수명(구단)	인원
투수	안지만(S), 최영신(S), 임창용(S), 류현진(LA다저스), 봉중근(L), 오승환(H한신 타이거즈), 김광현(SKK), 이재학(N), 양현종(K), 이태양(E한화), 최영만(K)	11
포수	강민호(G), 이재원(SKK)	2
내야수	박병호(N), 이대호(H소프트뱅크 호크스), 마영신(S), 이용현(K), 김상수(S), 강정호(N)	6
외야수	김현수(D), 이용규(E), 나성범(N), 추신수(C텍사스 레인저스), 나지완(K)	5
합계	24명	

이날 엔트리를 발표하고 나서 논란이 된 게 있었다.

국민들이 왜 실력 없는 나지완 선수를 뽑았냐고 큰 소리를 쳤다. 이로 인해 국민들은 이것도 월드컵 때처럼 야구선수들끼리의 '의리' 때문이라며 비난했다.

이날 류중일 감독이 인터뷰를 하였다. 역시나 제일 많은 질문이 왜 나지완 선수를 기용했냐는 질문이다.

류중일 감독은 이렇게 말을 하였다.

"저는 나지완 선수가 이번에 한번 해줄 것 같다고 생각하였습니다. 저도 나지완 선수가 실력이 부족하다고 느낍니다. 하지만 나지완 선수는 노력과 끈기가 확실하게 있습니다. 저는 나지완 선수가 이번 아시안게임에서 큰일을 할 것이라고 믿고 있습니다."

신문기자 사이에서도 많은 논란이 있었다.

나지완 선수는 신문을 읽으면서 한숨을 쉬었다.

"하 나 때문에 분위기가 어수선하네……."

이때 류중일 감독님에게 전화가 왔다.

"네, 감독님. 무슨 일이세요?"

"지완아, 이번 아시안게임 때 열심히 하자."

"네, 감사합니다. 전 무조건 큰일을 해낼 거예요!"

"그래 나도 너 믿는다. 우리 첫 상대는 대만이다. 무조건 이기자."

"네."

한국의 첫 상대는 대만이다.

일주일 후에 경기가 시작된다. 이제 우리 대한민국 대표팀들이 소집해서 팀워크를 맞춰야 한다.

류중일 감독은 훈련을 하는 도중 생각을 한다.

'음 이번에 해외파가 있어서 조금 여유롭구먼.'

"자 내일이 드디어 첫 상대인 대만이다. 무조건 이기자!"

"네!"

"지완아."

"어, 신수 형."

"내일 잘할 수 있지?"

"네, 형."

신수 형은 지금 메이저리그에서 활약 중이다. 나도 신수형 같은 선수가 되고 싶다.

드디어 오늘 한국과 중국이 붙는다. 경기시작 1시간 전 라인업이 공개되었다.

- Korea -
1번 추신수(외야수)
2번 이용규(외야수)
3번 마영신(2루수)
4번 이대호(1루수)
5번 이용현(지명타자)
6번 김현수(외야수)
7번 강민호(포수)
8번 나지완(3루수)
9번 김상수(유격수)
선발투수 류현진

- Taiwan -
1번 장위청(2루수)
2번 판즈팡(유격수)
3번 장지시엔(외야수)
4번 천핑지(외야수)
5번 린한(1루수)
6번 위멍웨이(외야수)
7번 린근웨이(지명타자)
8번 장진더(포수)
9번 천쥔시우(3루수)
선발투수 왕웨이청

이렇게 두 팀의 맞대결이 시작된다.
4회 초 한국의 공격…….
해설위원 : 6번 타자 김현수 선수가 타석에 들어섭니다.

캐스터 : 이번에 한 번 쳐서 분위기를 바꿔줬으면 좋겠습니다. 김현수 선수.

해설위원 : 초구 볼, 2구 헛스윙, 3구 바깥쪽 스트라이크.

캐스터 : 아 심판이 잘 봤네요.

해설위원 : 4구 아, 쳤어요! 우중간 내야수 키를 넘기면서 안타를 만들어내는 김현수!

캐스터 : 아, 이제 우리 대표팀이 분위기를 확 바꼈으면 좋겠습니다.

해설위원 : 네, 맞습니다. 7번 타자 강민호 선수.

해설위원 : 초구 스트라이크, 2구 스트라이크, 3구 파울, 4구 볼, 5구 헛스윙 삼진입니다. 아, 아깝습니다.

캐스터 : 8번 타자 나지완 선수가 타석에 등장합니다.

해설위원 : 초구 볼, 2구 볼, 3구 파울, 4구 파울, 5구 아, 쳤습니다! 하지만 파울, 6구 볼, 현재 2스트라이크 3볼 7구 아, 쳤어요!

해설위원, 캐스터 : 아, 쭉쭉 날아갑니다. 담장을 넘어갈듯 넘어갈 듯 넘어가네요!!!!!!! 아, 순식간에 2대0으로 앞서 나가는 대한민국!

캐스터 : 아, 류현진 선수가 앞장서서 축하해 주네요!

"지완아, 잘했어."

"헤헤, 고맙습니다! 감독님."

해설위원: 아! 이 분위기 계속 이어나가야 합니다.

캐스터: 9번 타자 김상수 선수.

해설위원: 초구. 아, 잡아당기면서 좌중간 안타!

캐스터: 초구 공략을 잘했어요.

해설위원: 1번 타자 추신수 선수가 타석에 들어섭니다.

해설위원 : 초구 스트라이크. 2구 쳤습니다만 땅볼로 병살타로 이어지면서 4회 초 공격이 끝이 납니다.

6회 말 대만(타이완)의 공격.

해설위원 : 3번 타자 장지시엔 선수가 올라옵니다.

캐스터 : 류현진 선수 잘해 주고 있습니다. 조금만 더 힘내줬으면 하
        는 바람입니다.

해설위원 : 초구 슬라이더 스트라이크! 좋습니다. 2구 바깥쪽 직구
          헛스윙 3구 쳤습니다! 하지만 외야수 이용규 선수가 잡아
          냅니다.

캐스터 : 4번 타자 천펑지 선수가 타석에 올라옵니다.

해설위원 : 초구 파울, 2구 볼, 3구 약간 낮게 들어오면서 볼, 4구 쳤
          어요.

해설위원, 캐스터 : 넘어가나요? 넘어가나요? 아 담장을 넘어가네
                  요…….

캐스터 : 아, 아쉽습니다.

해설위원 : 괜찮습니다.

해설위원 : 5번 타자 린한 선수가 들어옵니다.

캐스터 : 초구 쳤는데 땅볼로 잡아냅니다.

해설위원 : 6번 타자 위밍웨이 선수가 타석에 등장합니다.

해설위원 : 초구 스트라이크, 2구 파울, 3구 직구 헛스윙 삼진!

캐스터 : 네, 좋습니다!

9회 말이 되었다. 투수는 오승환 선수가 마운드에 올라온다.

캐스터 : 오승환 선수 별명이 돌직구라고 하던데요 하하하.

해설위원 : 네, 맞습니다. 돌직구처럼 공의 스피드가 빠르면서 묵직
          하거든요.

캐스터 : 네, 이제 7번 타자 린근웨이 선수가 타석에 들어옵니다.

해설위원 : 초구 직구 153km!! 스트라이크입니다. 2구 직구 헛스윙,

3구 파울, 4구 슬라이더 143km 스트라이크 삼진.

캐스터 : 8번 타자 장진더 선수가 들어옵니다.

해설위원 : 초구 스트라이크, 2구 헛스윙, 3구 꼼짝없이 바라보며 삼
　　　　　 진입니다. 삼구삼진!!

해설위원 : 9번 타자 천쥔시우 선수가 타석에 등장합니다.

캐스터 : 이제 아웃 카운터 하나를 남겨두고 있습니다.

해설위원 : 초구 볼, 2구 쳤습니다. 아 유격수 김상수 선수 잡아야죠.
　　　　　 잡았습니다.

해설위원, 캐스터 : 2대1로 대한민국 대표 팀 승리!

모든 한국 선수들이 경기장으로 뛰어나온다.

"아 승환아, 멋졌다."

승환이는 신수 형에게 미소를 짓는다.

이렇게 한국이랑 중국이랑 붙어서 한국이 6대1로 승리하고, 파키스
탄까지 13대0으로 이기면서 조 1위로 본선에 진출하였다. 그리고 조 2
위인 대만(타이완)도 본선에 진출하였다. 일본도 조 1위로 진출하고 홍
콩도 진출하였다.

이제 조 편성은 한국VS홍콩, 일본VS대만(타이완)이었다. 한국이 홍
콩을 8대5로 이기고 일본이 대만을 3대2로 이겼다. 이제 결승전은 한
일전 매치가 성사된다.

결승 하루 전······.

우리나라 대표 팀 선수들은 화기애애했다.

"야, 대호야. 내일 큰 거 한방 쳐야지."

"당연히 그래야죠."

"지완아."

"네, 대호형. 너 대만 때처럼 나랑 같이 큰 거 한방 치자!"

"헤헤 당연 그래야죠. 무조건 일본은 이겨야죠."

"야들아, 오늘 훈련 끝이다. 내일 무조건 총력전이다."

"네, 감독님."

이제 한국vs일본 라인업이 발표되었다.

- Korea -

1번 이용규(외야수)

2번 나성범(외야수)

3번 추신수(외야수)

4번 이대호(1루수)

5번 마영신(2루수)

6번 이용현(지명타자)

7번 나지완(3루수)

8번 강민호(포수)

9번 김상수(유격수)

선발투수 최영만

- Japan -

1번 이토이 요시오(외야수)

2번 가와사키 무네노리(유격수)

3번 나카지마 히로유키(2루수)

4번 기요하라 가즈히로(1루수)

5번 스즈키 이치로(외야수)

6번 후지타 카즈야(3루수)

7번 윌리 모 페냐(지명타자)

8번 아베 신노스케(포수)9번 가와사키 무네노리(외야수)

선발투수 다르빗슈 유

해설위원 : 이제 한일전 경기가 시작됩니다.

3회 초 일본의 공격

캐스터 : 2번 타자 무네노리 선수가 타석에 들어옵니다.

해설위원 : 초구 볼, 2구 쳤습니다. 외야수 추신수 선수가 잡아냅니다.

캐스터 : 3번 타자 히로유키 선수가 타석에 들어옵니다.

해설위원 : 초구 쳤습니다! 2루수 사이로 공이 빠집니다.

캐스터 : 아 조금만 더 신경 썼으면…….

해설위원 : 4번 타자 가즈히로 선수가 타석에 등장합니다.

포수가 몸짓으로 공을 낮게 던지라고 말한다.

'아 제발 이번에 무조건 병살타를 유도하자'

해설위원 : 초구, 아 쳤어요. 아 페어인가요? 아 페어 선언됩니다. 순
　　　　　 식간에 2루타를 만들어내는 가즈히로 선수 0아웃에 주자
　　　　　 는 2, 3루.

캐스터 : 조금만 더 침착해야 합니다.

해설위원 : 5번 타자 이치로 선수가 타석에 등장합니다.

캐스터 : 최영만 선수 조금만 더 침착하게 던져야 돼요.

해설위원 : 초구 헛스윙! 좋습니다. 2구 볼, 3구 볼, 4구 유인구 헛스
　　　　　 윙, 5구 바깥쪽 직구 스트라이크 삼진!

캐스터 : 네, 좋습니다. 이제 6번 타자 카즈야 선수가 나옵니다.

류중일 감독이 고의사구 작전을 짠다.

해설위원 : 지금 현재 고의사구를 해 1아웃에 만루가 됩니다. 7번 타
　　　　　 자 페냐 선수가 들어옵니다.

포수가 몸짓으로 낮게 던지라고 가리킨다.

'후 제발 이번에 잘 던지자!'

해설위원 : 초구 볼, 2구 볼, 3구 바깥쪽 쳤습니다만 파울, 4구 쳤어요! 아, 김상수 선수가 다이빙 캐치를 시도하다가 공이 빠집니다. 주자 2명이 들어옵니다. 현재 점수는 2대0으로 일본이 앞서 나갑니다. 1아웃 주자 1, 2루!

캐스터 : 괜찮습니다. 8번 타자 신노스케 선수가 타석에 등장합니다.

해설위원 : 초구 쳤습니다. 또 공이 빠집니다. 현재 1아웃에 주자 만루!

캐스터 : 지금 류중일 감독이 마운드에 올라옵니다. 투수를 교체할 거 같습니다.

해설위원 : 네, 투수가 최영신 선수로 교체되네요!

캐스터 : 9번 타자 무네노리 선수가 타석에 들어옵니다.

해설위원 : 초구 볼, 2구 쳤습니다. 땅볼로 병살타를 만들어 냅니다. 3회 초가 끝이 납니다.

5회 말 한국의 공격.

해설위원 : 5번 타자 마영신 선수가 타석에 들어옵니다.

캐스터 : 초구 쳤습니다! 유격수와 외야수 사이에 공이 떨어집니다!

캐스터 : 6번 타자 이용현 선수가 타석에 들어옵니다.

해설위원 : 초구 볼, 2구 스트라이크, 3구 쳤습니다! 담장쪽으로 날라 가는데요. 담장을 맞춥니다.

캐스터 : 아, 2루타입니다. 현재 0아웃에 주자 2, 3루가 됩니다.

해설위원 : 7번 타자 나지완 선수가 타석에 들어옵니다.

캐스터 : 여기서 홈런을 쳐주면 좋은데요!

해설위원 : 1구 스트라이크.

캐스터 : 네, 나지완 선수 잘 기다렸어요.

해설위원 : 2구 볼.

캐스터 : 이거 유인구인데 잘 참았어요.

해설위원 : 3구 쳤어요! 하지만 파울홈런이네요…….

캐스터 : 아, 아깝습니다.

해설위원 : 4구 아, 쳤어요! 아, 쭉쭉 날아갑니다. 왼쪽 담장을 넘기
는 홈런!

해설위원 : 홈런 한방으로 분위기는 우리 팀 쪽으로 넘어 왔어요!

지완이는 들어오면서 하트 세레모니를 했다.

"야, 역시 네가 최고다!"

"감사합니다."

해설위원 : 순식간에 3대2 역전!

다음 타자 3명 다 땅볼, 뜬공 아웃이었다.

7회 초 일본의 공격, 일본은 독기를 품은 듯 비장한 표정이었다. 투
수는 이재학 선수로 교체되었다.

해설위원 : 4번 타자 가즈히로 선수가 들어옵니다.

이재학 선수는 직구를 던졌다. 가즈히로 선수는 아까 전에 홈런을 때
린 선수였다.

캐스터 : 아, 쳤어요!

담장을 넘기는 듯했다.

해설위원 : 어어어어! 담장을 넘어가네요…….

류중일 감독은 바로 투수 교체를 했다. 안지만 선수가 마운드를 지켰

다. 안지만 선수가 3타자를 삼좌번퇴 하면서 7회 초 일본의 공격이 끝이 났다.

어느덧 9회 말. 다시 1번 타자로 돌아왔다.

해설위원 : 1번 타자 이용규 선수가 타석에 들어 옵니다.
캐스터 : 초구 볼, 2구 스트라이크, 3구 던졌는데 이용규 손목을 맞습니다.

"아, 이 새끼가."

이용규 선수는 아픈 것은 이미 까먹었고 흥분을 하였다. 결국 벤치클리어링 하였다.

'벤치클리어링' 이란 그라운드 위에서 선수들 사이에 싸움이 벌어졌을 때, 양 팀 소속 선수들이 모두 그라운드로 몰려나와 뒤엉키는 것을 말한다. 그러면 말 그대로 벤치가 깨끗이 비워지게 되기 때문이다. 흔히 벤치클리어링은 '패싸움' 과 같은 말로 이해되곤 하지만, 사실 대개의 벤치클리어링은 반대로 '싸움 말리기' 의 성격을 가진다.

"형, 진정하세요."

지완이가 말린다.

그렇게 싸움이 끝나고 이용규 선수는 1루로 나갔다.

해설위원 : 이제 흥분을 가라앉히고 진정해야 합니다.

나성범 선수는 뜬공으로 아웃이 되었다.

캐스터 : 이제 3번 타자 추신수 선수가 타석에 들어옵니다.

'아 이제 내 차례다.'

추신수 선수는 부담이 되었다.

해설위원 : 1구 쳤어요!

추신수는 뜬 공인 걸 직감하고 쳤다.
'하 역시 이번에도 뜬공인가.'
근데 담장을 넘겼다.

해설위원, 캐스터 : 아 담장을 넘기는 추신수의 2점 홈런 경기가 5대
3으로 끝이 납니다.

'뭐야 홈런이잖아.'
추신수는 홈으로 들어오면서 물 폭탄을 맞았다.
이로써 대한민국이 일본을 꺾고 인천 아시안게임 우승을 하였다. 류
중일 감독은 이번 대회 진정한 영웅은 나지완 선수라고 말한다.

그로부터 1년이 지났다.
최영신, 마영신, 이용현, 최영만 선수는 전부다 메이저리그에 가고,
나지완 선수는 일본리그에 진출하였다.

작가 후기

    제가 이번 야구에 대해 소설을 썼는데 야구는 제가 좋아하는 스포츠라 쓰기가 쉬울 줄 알았는데 역시 소설쓰기는 만만치 않은 작업이었습니다.

    제가 작년에도 책쓰기 동아리를 했지만 책은 결코 쓰기 쉬운 게 아니라고 생각합니다. 이제 책쓰기가 마지막이니 이 작자 후기를 쓰는 것도 중학교에서는 마지막입니다.

    본론으로 돌아와서, 야구를 좋아하는 사람이면 경기규칙, 용어 등 이런 것들을 잘 아실테지만 야구를 좋아하지 않는 사람이면 규칙을 몰라 책 읽다 지루할 수도 있겠다 싶어 제가 중간 중간에 야구용어나 규칙을 설명해 보았습니다. 제 설명으로 기본적인 야구지식을 안 뒤 제 책을 읽어줬으면 하는 바람이 있습니다. 재미있게 봐주세요! 감사합니다.

- 장상혁

오피아네스

최수한

2087년 12월 11일, 금요일.

크리스마스를 한 주 앞두고, 학생들에게 곧 방학이라는 해방이 주어지는 날.

난 이제 곧 청림 고등학교의 2학년이 되는 최유성이다. 서울 강남 근처 거의 '문제아 학교' 라고 불리는 학교인 청림 고등학교. 그나마 제일 좋은 점은 급식이 매우 맛있다는 점일까나.

2086년에 들어온 '캡슐(버추얼 시뮬레이터)' 은 가상 현실게임 접속기로서 저렴한 가격(?) 50만 원에 판매하고 있어, 성인과 청소년 남녀 구별 없이 인기를 얻고 있다.

그 저렴한(?) 돈도 없는 최유성은 엄마에게 구걸을 했지만 사주지 않고, 시험 100점을 받아오라는 어머님의 말씀에 결국 편의점 알바를 시작하게 되었다. 그 알바는 두 달째 이어지고 있다. 알바를 하며 현재 모인 금액은 대략 40만 원.

편의점 최저임금이 급상승하다 싶더니 결국 시간당 7000원 정도하는 가격이 되었지만, 한 달간 일해도 벌 수 있는 돈은 그리 많지 않다.

"야! 최유성, 수업시간에 딴 생각하고 있어? 앞으로 나와!"

수업시간 내내 창문 밖을 보며 딴 생각을 하다가 기어코 선생님에게 걸린 유성, 반 애들의 비웃음을 실컷 맛볼 수 있었다. 특히나 제일 짜증나는 것은 8년째 친구인 '정 찬 '이 뒤에서 실실 웃고 있었다는 점이다. 덕분에 실실 웃던 찬도 앞에 나오는 것을 면치 못했다.

"넌 어찌 매일 멍 때리다가 혼나냐, 크크."

"넌 매일 날 비웃다가 나오면서도 딱히 자랑할 바는 안 될 것 같은데."

"근데 너 캡슐 산다고 계속 알바하고 있었지? 쯧, 딱한 녀석."

찬이 유성을 한심하단 듯이 쳐다보는 듯한 것은 아마도 느낌일 것이다. 아마도.

"너네 집은 사정이 꽤나 좋잖아. 난 그 정도는 되지 않는다고, 이 부러운 자식아."

유성은 앞에 나와 있는 깃도 까믹은 재 찬의 머리에 헤드락을 걸다가 교실에서의 퇴출을 면치 못하였다. 어느덧 그런 악마 같은 수업을 들은 지 4시간이 지났고, 드디어 천상의 종례시간이 다가왔다. 어찌 이런 행복한 시간이 또 있겠는가.

그렇게 수업을 마친 유성은 바로 학교 근처에 있는 편의점에 들어갔다. 그리고 가방을 휴게실에 던져두고는 편의점 유니폼으로 갈아입고, 카운터에 가서 2시간으로 시간을 맞추고 그렇게 알바를 시작했다.

그렇게 유성의 러쉬는 저녁 7시부터 9시까지 달렸고, 곧 캡슐을 산다는 마음에 푹 젖은 유성은 집 문을 열었다.

그러자 1M 자칫되는 로봇이 뿔뿔 기어 나오더니 유성에게 가방을 건네받고는 2층 유성의 방에 올라갔다.

"보스. 씻을 거니까 준비 좀 해줘."

[알겠습니다, 주인님.]

그렇게 샤워를 하고는 푸근한 마음으로 2층에 올라가 유성을 편히 잠재워줄 침대에 몸을 던졌다.

'내일은 휴일이니 5시간 정도 해야겠다.'

그러리라고 마음을 먹은 유성은 침대 속에 들어가 잠을 청했다. 피곤함 때문에 허기는 잊으며.

그 다음 날, 토요일.

[아침입니다, 주인님.]

보스의 알람소리와 함께 유성은 부스스 일어났다. 졸린 눈을 하고는 기지개를 펴고 침대에서 천천히 일어났다.

"흐아아암, 또 알바를 가야 하는 건가. 씻을 물 좀 준비해 줘."

그렇게 말하고는 무거운 발걸음으로 1층으로 내려간 유성은 부엌으로 향했고 냉장고에 쌓인 수많은 김밥들 중 가장 가까이에 있는 희생김밥(?)을 꺼내들어 먹기 시작했다. 어쩐지 맛이 없는 것 같았지만.

그렇게 대충 배를 채우고 씻은 유성은 편의점 쪽으로 발을 옮겼다. 편의점이 유성 집과 20분 거리에 위치해 비몽사몽 상태인 유성에게는 힘들 수밖에.

삐릭…

"3500원입니다. 안녕히 가세요."

'후… 대체 이 생활은 언제까지 해야 하는 거지.'

하필 이 편의점은 눈에 잘 보이는 곳이라 사람이 많이 들락날락거린다. 덕분에 쉴 틈도 없이 손님이 와서 많이 바쁠 수밖에 없었다. 점심 먹을 시간도 안 주는 손님들이 그저 싫을 뿐이다.

삐이이익!

철컥…

촤라라락!

약간의 요란한 소리와 함께 카운터에 달린 작은 기계에서 돈을 마구 뱉어 내었다. 뱉은 돈을 집은 유성은 주머니 속에 돈을 집어넣고는 유니폼을 벗고 편의점을 나왔다. 그러고는 자신의 주머니 속에 있는 휴대폰을 꺼내더니 이내 누군가에게 전화했다.

"여보세요?"

"넌 친구 전화번호 저장 안 해 두냐?"

"아, 왜?"

이제 눈치를 챈 듯 찬은 당황하는 목소리로 대답하였다.

"놀자, 나 지금 알바 끝났는데 심심하다."

"알았다, 우리 집 와라. 오피아네스 온라인에 대한 정보를 주겠다."

오피아네스 온라인.

처음으로 '드림월드' 회사가 만든 가상 현실게임의 이름이다. 물론 접속기인, 캡슐이 있어야 하지만 대한민국의 1000만 정도의 유저가 플레이를 한다. 해외 유저까지 합하면 오피아네스 온라인을 즐기는 유저는 총 3000만 명이 훨씬 넘을 것이다.

"진짜지? 알았다, 지금 바로 뛰어갈게."

그러고는 바로 전화를 끊고는 찬의 집으로 달려갔다. 자신이 그렇게 기대하던 게임 정보를 준다는데 뛰는 내내 두근두근거릴 수밖에 없었다. 두근거리는 마음을 잊지 않은 채 유성은 찬의 집에 도착하였다. 그리고 그를 기다렸다는 듯이 찬이 문 앞에서 기다리고 있었다.

"여어, 참 빨리도 오는구나. 들어오라고."

"네가 다리 아프게 밖에서 기다린 거다. 약속대로 오피아네스 관련 정보 줘야지?"

"그래, 그래. 들어오기나 해라."

그렇게 찬의 집에 입성(?)한 유성은 잘 알고 있듯이 2층으로 올라갔다. 그리고 찬의 방을 열자 온갖 쓰레기들이 나뒹구는 성스러운(?) 광경을 목격할 수 있었다.

"야, 니 방청소 좀 해라. 손님 대접이 뭐 이래…."

"아, 그럼 오지 말던가. 친히 정보 좀 알려주려 했더니."

"아닙니다, 형님. 알려주십시오."

찬의 한 마디에 바로 굽실대는 그런 유성이었다.

찬이 컴퓨터를 켜고 어느 사이트에 들어가자, 오피아네스 온라인이라는 큼지막한 카페 타이틀과 함께, 수백만 명의 카페원이 있었다. 그러고는 오피아네스 초보 공략이라는 카페 글에 들어가니 어떤 몬스터가 있는지, 설정 등 무엇을 조절할 수 있는지 등등 수십 가지의 공략 정보가 글에 나와 있었다. 유성에게는 그저 신세계가 따로 없었다.

"갑자기 캡슐을 사고 싶은 충동이 엄청나게 생기는군."

"그리고 이게 캡슐이다. 아직은 안 쓰고 있지만."

캡슐은 타원처럼 생겼고, 옆의 버튼을 누르면 열리도록 구성되어

있었다. 별 다른 구성요소는 없었지만 세로가 2M는 족히 넘었고, 가로
폭이 아무리 좁다 해도 1M 정도는 되는 듯하였다.

그렇게 게임관련 얘기나 아무런 관계도 없는 얘기를 하며 보내니 시
간은 어느새 9시쯤 되었다. 그걸 이제 알아차린 유성은 다급히 짐을 챙
기며 찬에게 대충 인사를 하고는 집으로 뛰어갔다. 토요일은 부모님이
오시는 날이라 늦게 들어가면 혼나기 때문이기에.

"다녀왔습니다."

문을 열고는 신발을 벗으려 몸을 움츠렸을 때, 부모님의 신발이 보이
지 않았다. 아직 들어오지 않았나?

일단 대충 살았다는 마음으로 유성은 목욕실에 들어가 샤워를 하고
는 2층에 올라가서 구석에 박혀 있는 컴퓨터 선을 집어 들고는 연결해
서 컴퓨터를 켰다. 이유는 뻔하다. 찬의 집에서 조금만 보고 나올 수밖
에 없었던 오피아네스 카페에 접속하기 위해서.

딸깍… 딸깍… 타다닥… 탁!

"찾았다. 여기였었나?"

아까 전에 봤던 똑같이 생긴 카페 타이틀이 자리를 차지하고 있었다.
그리고는 카페에 가입하고는 여러 가지 검색을 하기 시작했다.

"노비스(처음 플레이하는 유저) 공략."

수백 개의 글이 뜨더니 가장 조회 수가 가장 많고 댓글 등이 많은 글
에 들어갔다.

처음 들어가면 태어나는 곳이 만남의 광장. 서쪽으로 200M 정도 걸
으면 노비스 전용 사냥터인 토끼 뜰이 나온다고 하는데, 거기서 10레벨
정도 찍고 난 뒤 만남의 광장 근처 마을에 가서 자신이 원하는 직업관
에 가서 각 직업을 해방하기 위한 조건을 완수해야 한다고 한다. 전직
후는 자신의 발걸음이 따르는 곳이 길이다. 그리고…….

삐…… 삐…….

삐익!

삐 삐 거리던 시계에서 자정을 가르키는 짧은 소리가 흘러 나왔다.

"시간이 이렇게나 흘렀었나. 이제 자야지."

컴퓨터를 끄고는 침대에 가서 눕고는 잠이 들기를 기약했다.

'처음 들어가면 태어나는 곳은…… 거기시 10레벨 정도 찍고…… 이 몬스터는 초보 존에서……'

"윽, 자꾸 떠올라 버리네."

머릿속에 자꾸 떠올라버리는 잡념들. 그 잡념들은 유성을 미치게 하기에 충분했다. 덕분에 몇 번을 일어났다 눕기를 반복하다가 결국 유성은 날밤을 새워버렸다. 새벽 3시쯤 보스에게 수면제를 부탁했지만 잠을 잘 수가 없었다.

"이제 씻고 알바 가야지."

그렇게 날밤을 세워버린 유성의 러쉬는 다시 시작되었다. 피곤해 죽을 것 같았지만 미래를 위하여 몸을 희생하기로 한 유성이었다.

"힘내자, 최유성! 몇 시간 안 남았어!"

기합을(?) 크게 넣고는 다시 알바에 집중하기로 하고 허리를 쫙 펴고는 걸레를 들고 와서 편의점 바닥을 닦고, 물품들을 가지런히 정리한 다음, 카운터에 들어가서 군대에서 볼 수 있는 차렷 자세를 하였다. 하지만 그 자세는 얼마 안 가서 흐트러지고 말았다.

"정리랑 청소 조금만 했을 뿐인데 왜 이리 피곤하지."

한숨도 못자서 몸은 피곤하고, 손님은 손님대로 들이닥쳐서 화날 뿐이었다.

'기필코 오늘로부터 이 지긋지긋한 알바는 집어치우고 캡슐에 묻혀 살고말리다.'

그렇게 다짐한 지 3시간 후에야 돈을 받을 수 있었다.

'하……, 3시간이 어째 1주일처럼 느껴지냐.'

그래도 고생한 만큼 대가는 따른다. 드디어 거금 50만원인 캡슐을 살 수 있다는 것이었다. 돈을 꺼내 주머니에 집어넣고, 편의점 간이 컴퓨터를 키고는 캡슐 구매 사이트에 들어가고 몇몇 귀찮은 절차란 절차는 다 거치고 구매 버튼을 눌렀다.

구매가 완료되었습니다. 빠른 시일 내에 보내 드리겠습니다.

'이래놓고 많이 걸리잖아….'
떠오르는 안내 창을 보며 연방 혀를 내두르고는 유성은 편의점을 나왔다. 빠른 시일(?) 내에 올 캡슐을 기다리는 수밖에.

2087년 12월 21일, 읽요일.

청림 고등학교의 강당에 1학년부터 3학년까지 전부 모여 있다. 여기에 모여 있는 이유는 모든 학생들이 손꼽아 기다리고 기다리던 방학식을 하기 위해서다. 여기서 교장의 훈계(?)를 몇 시간이나 들었을까? 편의점 알바도 하고, 밤잠을 설쳐서 피곤한 유성은 교장선생님이 뭐라 하든 말든 꾸벅꾸벅 졸고 있었다.
"이상으로 청림 고등학교 방학식을 마치겠습니다."
교장의 마지막 말과 함께 학생들이 환호를 했고, 그 소리 덕분에 유성의 꿀 같은 낮잠 시간(?)이 산산조각 났다.
"흐아아암, 벌써 끝났나?"
입을 슥 닦으며 부스스 일어났다. 그러나 위에서 누군가가 누른 덕분에 다시 앉을 수밖에 없었다.
"잘 잤냐? 난 지겨워 죽는 줄 알았는데 넌 참 잘 자더라?"
"정 찬 이 개자식아, 맞을래."
"아까 전까지 퍼질러 잔 사람이 어지간히도 날 잡겠네."
다시 한 번 더 머리를 누른 찬은 이내 뒤도 안 돌아보고 도망쳤다. 하지만 찬은 얼마 뒤에 깨달았다. 유성은 애초부터 잡을 생각이 없었다는 것을. 자신의 체력만 빼고 있다는 것을.

"나쁜 자식, 잡을 줄 알았는데 나만 달리기 한 거잖아."

적어도 100미터를 혼자서 달리기한 찬은 헉헉 거리면서 유성을 따라 갔다. 혼자서 전력질주를 한 친구를 보며 슬쩍 웃음을 지었다.

"멍청하긴, 지금 이럴 때 때리면 되는데 뭐 하러 잡아? 뛸 이유도 없어."

그러면서 유성은 찬이 한 것처럼 찬의 머리를 꾹 눌렀다. 그렇게 둘이서 다투며 걷다보니 어느새 집 앞까지 도착하였다. 친한 지인과 얘기하다보면 이렇게 빨리 올 수도 있는가 싶던 유성이다.

집에 온 유성은 거실 소파에 풀썩 앉았다. 그러고는 TV를 켜고 채널을 돌리기 시작했다. 얼마나 돌렸을까? 옆에 보스가 오더니 이내 말을 꺼냈다.

[주인님, 어머님께서 메일을 남겨두고 가셨습니다.]

"그래? 한번 읽어봐."

[유성아, 엄마다. 엄마 회사일로 3일 정도 집에 못 들어갈 거 같은데, 혼자서 집 볼 수 있겠지? 거실 테이블 위에 돈 두고 갔으니까 뭐 사먹고 해라.]

"메일함에다가 보관해 주고, 다른 메일은 없지?"

[김준수님의 메일이 있습니다.]

"흠, 그건 일단 저장해둬. 내가 나중에 알아서 읽을게."

준수가 보낸 메일은 대충 저장해두고는 방 청소부터 해야겠다고 마음먹은 유성은 쓰레받기랑 빗자루를 들었다.

"에휴, 방이 언제 이렇게 더러워졌데. 헉, 책 위에 먼지."

책 위에 가득 쌓인 먼지 털기를 시작으로, 널브러져 있는 이불 정리, 떨어져 있는 책, 책장에 꽂기, 방바닥에 나뒹구는 쓰레기들 줍기 등등 유성의 방에는 청소할 것이 갈수록 늘어나는 것 같았다. 심지어 버리려고 모아둔 쓰레기봉투를 엎은 적도 있었다. 한 번이 아닌 세 번.

"아, 젠장. 보스 이 망할 쓰레기 좀 버리고 와."

손에 있는 죄 없는 빗자루는 땅바닥에 집어던져지고 말았다. 이미 쓰레받기는 침대에 누워 계신 지 오래.

[천천히 하십시오, 주인님. 시간은 있습니다.]

한마디를 던진 보스는 유성의 방을 나갔다. 잠시 멍하게 서 있던 유성은 침대로 몸을 던졌다. 방 전부 청소하다 하루 이상 걸릴 것 같은 기분이었다.

[또 도울 거 없습니까?]

"아, 내 책상 위에 쌓아둔 종이쪼가리 좀 버려줘."

역시 인공지능이 있는 로봇이라 참 편리한 거 같다. 그렇다고 막 부려먹었다가 로봇한테 피해를 입은 사람들이 뉴스에 종종 나오는 것을 본 유성이라 보스한테 많이 부탁하는 편은 아니다. 유성 자신도 그런 일은 절대로 당하기 싫으니.

"보스, 준수가 보낸 메일이 있었지? 좀 읽어줘."

[야, 너 캡슐 산다며? 그 많은 돈을 어떻게 모았냐. 캡슐 오는 대로 3명이서 같이 해보자. 먼저 하는 사람 다구리 치기로 했으니 먼저 하지 마라. 그럼 캡슐 오면 그때 전화 다 돌려라! 안하면 죽는다.]

"쳇, 귀찮게 이 녀석까지 불렀네. 옛날이나 지금이나 입 싼 자식."

대충 얼버무리고는 준수한테 답장을 보냈다. 알겠다고, 니들이나 먼저 하지 말라고.

몇 분이 지났을까 유성은 그제서야 청소를 다 끝내고 부엌으로 내려갔다. 평소에 안 하던 운동(?)을 하느라 허기가 많이 진 탓에.

"엄마가 먹을 것을 두고 갔나? 배고픈데."

하늘이 그 소망(?)을 들어주셨는지 냉장고 안에 수제 삼각 김밥이나 간단한 샌드위치들이 있었다. 왜인지는 모르겠지만 샌드위치만 먹는 것 같은 이 기분.

방학이라 따분하면서 지루한 나날은 계속 반복되었다. 이런 지루한 날이 언제까지 갈까?

며칠이 지났을까. 엄마가 직장 일로 떠나고 난 뒤 3일 후. 밤 9시 24분.

시끄럽고 북적대는 퇴근길 도로에 눈에 띄게 밝은 색의 화물선이 달리고 있다. 화물선 옆에는 어떤 회사 마크인 DW가 찍혀져 있었다.

따르릉! 따르릉!

"보스, 가서 누군지 좀 봐줘."

저녁으로 삼각 김밥 몇 개를 꺼내서 먹고 있던 유성은 성스러운 저녁 식사(?)를 방해한 사람이 누군지 봐달라고 했다. 그와 함께 유성의 머릿속에는 수많은 생각들이 지나갔다.

만약 도둑이라면 어쩌지? 총 들고 있으면? 보스가 부서지면 나도 죽겠지? 아직 캡슐도 못 써 봤는데 여기서? 하지만 이런 정신 나간 생각들은 보스의 한마디에 사라지고 말았다.

[주인님, 택배 왔습니다. 도장 찍을까요?]

택배라는 한 마디에 유성은 머릿속에 한 단어만 생각났다.

'캡슐.'

"도장 줘봐. 내가 찍을게."

보스의 묵직하면서도 작은 손에 들린 도장을 들고 가서 택배기사(?)가 건네준 종이에 도장을 찍었다. 도장을 찍자 뒤에서 보스보다 조금 더 작은 로봇이 집 안으로 들어왔다.

[어디에다가 설치할지 안내해 주세요.]

설치? 조금 의아한 표정으로 유성은 이틀 전에 청소한 자신의 방으로 안내했다. 그리고 책상 옆 자리가 비어있는 곳을 가리켰다.

"저기다가 해줘."

손가락이 가리키는 곳으로 향하자 설치로봇의 배 부분이 열리더니 이내 조립장비들과 부품들이 나왔다. 그리고 빠른 속도로 조립하기 시작했다.

조립이 시작되자 뒤에 서 있던 택배기사가 캡슐의 유리판이나 옆판들을 들고 왔다. 이런 것까지는 저 로봇에 저장이 안 되는 모양이었다.

"10분에서 20분 정도 걸립니다."

'캡슐을 조립하는데 10분에서 20분 정도 걸리나? 더 오래 걸릴 줄 알았더니.'

생각한 것보다 빨리 진행되는 것을 보고 유성은 내심 감탄했다. 버추얼 시뮬레이터의 자랑인 감각기능 및 그 외의 훌륭한 시스템들. 그런 것들이 지금 저렇게 제작되어서 나타난다는 말인가?

보스한테 진행도를 확인하라 하고는 1층 부엌으로 내려가서 아까 전에 먹다가 남은 삼각 김밥들을 다시 꾸역꾸역 먹었다. 다 먹었을 때에는 택배기사와 로봇이 집문 밖으로 향하고 있었다.

"다 끝났나요?"

"네, 만약 시뮬레이터에 문제가 있으시다면 이쪽으로 연락주세요."

DW마크가 찍혀져 있는 명함을 건네주고는 문을 열고 나갔다.

잠시 멍하게 서 있던 유성은 방으로 뛰어올라갔다.

문을 열자 휑하던 책상 옆이 타원형의 캡슐로 메꿔져 있었다. 그리고 유리판 위에 놓인 사용설명서. 사용설명서를 집어든 유성은 침대 위에 앉아 천천히 읽었다.

시뮬레이터 여는 법, 사용 주의사항, 비상버튼의 위치, 누워야 하는 방향 등등.

묵묵히 다 읽은 사용설명서를 책상 위에 두고는 캡슐 옆면의 푸른색의 버튼을 눌렀다.

위이이이잉!

경쾌한 기계음 소리와 함께 꾹 닫혀 있던 캡슐의 뚜껑이 열렸다.

'소리가 좋긴 한데, 소음이 조금 있네.'

그러거나 말거나. 유성은 캡슐에 천천히 몸을 눕혔다. 푹신한 시트가 유성을 반기며 자동적으로 뚜껑이 닫혔다.

'내 침대보다 더 좋잖아!'

그게 캡슐에 누워서의 마지막 생각이었다. 접속 단자가 유성의 목에 붙으면서 유성의 눈은 서서히 감겼다.

팟!

드넓은 검은 공간. 홀로 그래픽들 화면들이 움직이면서 떠돌고 있는 미지의 공간. 여기가 유성이 캡슐로 접속해서 처음으로 본 광경이다. 잠시 멍 때리던 유성 앞에 환한 빛이 터져 나왔다.

그리고 검은 정장을 입은 NPC(Non Player Character)가 한 손에는 책을 든 채로 걸어 나왔다.

[안녕하십니까, 고객님. 접속하실 아이디와 비밀번호를 입력해 주세요.]

그 말과 함께 가상 키보드가 유성 앞에 나왔다. 저번에 카페 글에 따르면 첫 접속자는 회원가입이 필요하다는 공략자의 말씀.

[접속하실 캐릭터 명을 말씀해주세요.]

"첫 접속이라 캐릭터가 없는데, 새로 생성."

[새로 만들 캐릭터 명을 입력해 주세요.]

"음, 아이드."

오늘 아침과 함께 마셨던 에이드가 생각나서 에이드를 아이드로 바꾼 것이다. 딱히 할 이름도 없는데 잘된 격(?).

[아이드로 접속하시겠습니까?]

"당연."

[홍채를 등록합니다. 오피아네스 월드로 접속합니다.]

파아앗!

NPC의 말이 끝남과 동시에 드넓은 공간이 갈라지고 바다에 둘러싸여져 있는 큰 대륙, 그리고 그 옆에 수많은 대륙들까지. 이 모든 것이

한눈에 보였다. 유성은 지금 모르고 있다. 자신의 옷이 바뀌었다는 사실을.

[초심의 도시 만남의 광장에 오신 것을 환영합니다.]

작은 요정들이 옆에 불쑥 튀어나와서는 음률을 흘려보내고 사라졌다.

쏴아아아.

만남의 광장의 정중앙에 위치한 분수에서 시원한 물줄기가 흐르는 소리가 생생하게도 들린다. 플레이어들이 대화를 나누는 것까지.

어느 때나 다름없이 아이템을 판다고 푯말을 세우고 목청을 높이는 상인, 무구 등을 수리해 준다고 푯말을 세워 망치질을 하는 대장장이. 각종의 직업들과 차림새, 그리고 레벨들. 그들 사이에 허름한 면 티와 가죽바지를 입고 허리춤에 단검을 찬 플레이어가 태어났다.

아이드.

현재 몇 분 동안 벤치에 앉아서 시스템을 확인하고 있는 유성(아이드). 뭐가 뭔지 아직 잘 모르는 유성에게는 아깝지 않은 시간들.

"상태창 오픈."

반투명한 초록색 창이 유성 앞에 떠올랐다. 떠오른 창을 닫고 스킬창이나 인벤토리(Inventory)를 몇 번이나 열고 닫고를 반복하면서 편리 기능 등을 서서히 배워갔다.

"좋았어. 이제 감각기능 정도들도 어느 정도 조절해 뒀고……. 조금은 해도 되겠지?"

레벨을 올리면 준수랑 찬한테 걸리므로 기본적인 스테이터스 (Status)를 올리기로 했다. 특정 행동을 하면 그에 맞는 스테이터스가 올라간다.

"힘 스텟을 올리려면 뭘 해야 하지?"

몇 분간 초심의 도시를 돌아다니면서 훈련소(?)를 찾아 돌아다녔지만 나올 생각이 있는지 없는지 훈련소와 관련된 건물조차 보이지 않았다.

"없는 건가 안 보이는 건가. 어째 하나도 안 보이냐고."

결국 화난 유성은 손에 쥐고 있던 죄 없는 휴대용 지도를 땅바닥에 집어 던지고는 마구잡이로 밟았다. 얼마나 밟았으면 내구도가 떨어져 파괴되었을까.

"팁(Tip)."

곤란한 상황에 처했을 때 부르는 초보자용 명령어, 팁.

"혹시 멜카란디아에 스텟을 올릴 수 있는 곳이 어딘지 알려줄 수 있나요."

그러자 작은 홀로 그래픽으로 NPC가 나와서는 입을 열었다.

"힘을 높이실 거면 근처 대장간에 찾아가셔서 석탄이나 철광석을 나르거나 하면 됩니다. 민첩을 높이실 거면 카페나 음식점에 가셔서 아르바이트를 하면 됩니다. 손재주는 근처 잡화상점에 가셔서 일손을 도우면 레벨이 상승됩니다. 지능은……."

NPC가 할 말 다하자 사라져버렸다.

'민첩? 힘말고 민첩을 올려볼까. 분명 음식점이나 카페에서 아르바이트하면 된다고 했었나.'

유성은 근처 음식점에 갔지만 하나같이 전부 다 문전박대 당했다. 기본체력도 별로 없어 보이고 힘도 약할 것 같다고 받지 않는 것. 그리고 이번이 마지막이라 생각하고 꽤나 큰 레스토랑에 들어갔다. 유저들이 북적대고 화사한 레스토랑에 일을 할 수 있을까.

"흠, 힘도 비실비실 해 보이는데 자네를 받아달라는 건가."

몇 분 동안 티격태격 거리면서 지배인과 노닥거리고 있는 유성은 다시 입을 열었다.

"레벨은 조금 낮더라도 나름 쓸 만하니까 받아보세요. 현실(이계)에서도 이런 일 많이 했으니까 쓸 만할 겁니다."

지배인은 결국 안 되겠다 싶어서 주방장을 부르고는 알아서 처리(?)하라고 하고는 개인 방으로 들어갔다. 이번에도 시간 낭비 했구나.

"자네가 계속 받아달라고 징징 대는 그 초짜베기 이방인(NPC가 유저를 가리킬 때 쓰는 말)인가? 능력치는 말 그대로 답이 없군."

'젠장, 무슨 털북숭이 아저씨가 왔대. 오늘 하루 땡 쳤구나.'

"체격 같은 건 꽤나 쓸 만한데? 외모도 괜찮고. 일단 한 번 해보고 안되겠다 싶으면 바로 내쫓을 테니 그렇게 알도록 해. 저기 있는 앞치마 꺼내서 홀 서빙이나 해."

"오, 감사합니다! 열심히 하겠습니다."

일단은 일할 수 있게 되었으니 이 정도로 만족스럽다. 미래를 예측할 수 없지만.

대충 예상은 했지만 돌아가는 것은 완전 개판이었다. 서빙 하다가 바닥에 걸려 넘어져서 음식을 다 엎어버리지를 않나. 넘어지면서 식탁을 엎지를 않나. 그렇게 유성의 실수는 계속되었고 지배인이 자르려고 하는 것을 겨우 말리고는 다시 서빙을 하였다. 하다가 몇몇의 실수를 하기도 했지만.

"야, 빨리 빨리 안 오냐. 알바가 호구네, 호구. 죽고 싶냐."

심지어 몇몇 유저들은 빨리 안 온다는 죄로 유성을 둔기나 대검을 들고 찍어 죽이려고 했지만 근처 유저들이 말리는 덕분에 대형 사고는 피해 갔다.

"죄송합니다, 손님. 여기 있습니다."

허리를 45도 각도로 숙이고는 재빨리 그 테이블 근처에서 나왔다. 손님인지 주점에 있는 흔한 깡패인지 구별 안 갈 정도지만, 갈수록 유성의 민첩력과 힘은 증가되면서 실수를 거의 하지 않았다. 게다가 빨리 안 온다고 폭력이나 욕설을 하는 유저들도 줄어들었고.

"여기 있습니다. 맛있게 먹으세요."

몇 시간째 서빙인지 모르겠지만 힘은 15 정도 올라갔고, 민첩은 19 정도 올라갔다. 특별히 올라간 스테이터스를 뽑자면 손재주 5 정도? 몇몇 유저들이 고생한다고 주는 골드(오피아네스 온라인의 돈 단위)를 조금씩 주는 것을 받으면서 행운도 2 정도 올라갔고, 받은 골드만 해도 3000골드 남짓.

"어우, 힘들다."

잠시 휴식 시간을 가지라고 한 털북숭이 주방장의 말에 잠시 바람 쐬려고 밖으로 나온 유성은 벤치에 앉아서 목을 뒤로 재꼈다.

'흠, 스텟들도 어느 정도 올라갔던데.'

"상태창 오픈."

반투명한 초록색의 홀로 그래픽이 유성의 눈앞에 떠올랐다.

정보

[닉네임] 아이드
[레벨] Lv.1
[종족] 인간
[칭호] 없음
[직업] 노비스
[체력] 500+50
[마나] 100+10
[허기] 57% / 100%
[피로도] 51% / 100%
[공격력] 100+20
[방어력] 100+20
[힘] 5+15
[민첩] 5+19
[지능] 5
[행운] 5+2
[손재주] 5+5
[소지금] 3700G
스킬
[카운트] 〈12.34% / 100%〉

"흐, 어느 정도 많이 올랐네. 골드도 꽤 벌었고."

"아이드, 거기 있나."

털북숭이 주방장이 부르는 소리에 놀란 유성은 바로 상태창을 닫아버리고는 벌떡 일어서서 주방장에게 허리를 90도로 숙였다.

"네, 주방장님! 부르셨습니까."

"허, 허리는 펴서 말해도 된다. 피로도랑 허기가 많이 졌을 텐데. 와서 뭐 좀 먹고 하라고."

허기와 피로도가 50%를 넘겨버려서 현실에서처럼 피곤함을 느끼던 차인데 주방장은 그런 것을 어떻게 아는지.

"아, 감사합니다."

벤치에서 일어나서 다시 이 역겨운(?) 레스토랑 냄새를 맡으로 들어간 유성은 바로 휴식실로 들어가서 자리에 앉았다. 그 앞에는 중형 사이즈의 스테이크와 포크, 나이프가 놓여져 있었다.

"음, 아이템 감정."

〈리와드 해 다랑어 스테이크〉
– 주방장이 직접 손질한 리와드 해 다랑어 스테이크.

다른 다랑어 스테이크보다 맛이 좋고, 먹으면 피로와 허기가 모두 회복된다.

'피로도와 허기가 전부 다 회복된다고?'

어설픈 실력으로 한 점 자르고는 입으로 가져갔다. 그리고 삼키고 난 뒤 떠오르는 안내창.

[적절한 식사는 건강에 좋습니다. 하루 동안 민첩이 50만큼 오릅니다.]

몇 시간 동안 서빙하면서 올린 민첩은 겨우(?) 19인데 스테이크 한 점 먹었다고 민첩이 50이나 오르다니. 역시 주방장이 직접 손질한 음식인 건가. 삼켰음에도 불구하고 그 맛이 입 안에 그대로 남아 있는 듯하다.

"아, 현실에서도 먹을까 말까하는 스테이크를 게임에서 이렇게 무료로 먹을 수 있다니. 배 째고 여기에 붙여달라 하길 잘했어."

입 안에 스테이크를 넣어두고는 혼자서 웅얼웅얼 거리던 유성은 식사를 다 끝내고 바로 자리에서 일어섰다, 보너스 효과로 얻은 스테이터스를 이렇게 낭비할 수는 없기에.

새벽 1시 47분(현실 세계).

현실에서 1시간이 지나갈 때 접속해 있을 때에는 4시간이 지나간다. 벌써 게임 시간으로 16시간 가까이를 플레이 했다는 것. 그걸 이제 알아차린 유성은 주방장에게 가서 사정을 말하고는 휴식실에 들어와서 바로 로그아웃을 했다. 이 늦은 시간까지 게임한 것은 오늘이 처음일 것이다. 그만큼 가상 현실게임이 재미있었다는 뜻.

'내일은 레스토랑에서 조금만 있다가 준수랑 찬 불러야겠다.'

대충 그렇게 마음잡고는 침대에 몸을 파묻었다. 왠지 아까 전에 먹은 스테이크의 맛이 현실 세계까지 적용되는지 맛이 그대로 남아 있는 듯했다.

작가 후기

처음에는 판타지 쪽이 아닌 스포츠나 자연물 쪽으로 쓰려고 했었습니다. 그런데 쓸 내용이 별로 없더군요. 다른 소설들을 참조하며 쓰려고도 했지만 제 구미에 맞는 소재를 찾을 수가 없어서 결국 제가 평상시에 좋아하고 흥미가 있던 판타지를 쓰게 되었습니다.

역시 쓰는 건 조금 어렵더군요. 판타지라서 그런지 등장인물과 배경 등 전부 다 생각해두고 써야 되는지라……. 처음인 저에겐 조금 무리였었는데 이정도 쓴 것도 제 스스로는 잘 쓴 거라 생각합니다.

나중에 좀 더 노력해서 우리나라를 빛낼 멋진 판타지를 써 보는 게 제 꿈입니다.

올해 처음 책쓰기 동아리에 들어왔지만 사실 책쓰기는 그 전부터 해 보고 싶었던 활동이었습니다. 들어오기를 잘 했다는 생각도 들고 진작 들어올 거라는 후회도 들었습니다.

멋진 작품을 만들 수 있게 도와준 동아리 친구들과 김효선 선생님, 감사합니다.

– 최수한

시간과 공간의
소유자2

권예승

프롤로그(현재->과거)

(이미현 시점)

"여긴 없는 것 같다."

한 사람이 말했다. 다른 사람들도 고개를 끄덕였다. 그 사람들이 사라지자 나는 안도의 한숨을 쉬었다. 그 순간, 다시 내게 목소리가 들렸다. 나는 숨을 참고 들었다.

"......."

누군가가 날 부르고 있다.

"......요."

.... 들리지 않는다. 듣고 싶지 않아서일까?

그렇게 그 소리는 바람과 내가 부딪히는 소리에 묻혔다. 궁금하진 않다. 알고 싶지도 않다. 그냥 여기에 가만히 있고 싶을 뿐....... 그러나 그 침묵도 잠시, 무언가 타는 내가 나며 동물들의 발소리가 들린다. 폭발하는 소리도 들린다. 하지만 난 눈을 감고 가만히 누워 있다. 소나무가 오늘 따라 유난히 포근했다. 마치 침대라도 되는 듯...... 그렇게 또다시 소리는 사라졌다. 그러나 냄새는 바람을 타고 내 코를 찔러댔다. 코가 아팠다. 하지만 나는 눈을 뜨지 않을 것이다. 마지막은 아무것도 모른 채, 그냥 떠나고 싶어서일까.

발소리가 들린다. 동물의 발소리? 사람의 발소리? 둘 다 아니다. 한 번도 들어보지 못한 소리. 그러나 너무나도 익숙한 소리다. 그 소리마저 멈췄다. 나는 내 심장도 멈출 줄 알았다. 하지만 멈추지 않았다. 계속 뛰고 있다. 그 소리는 주변 잡음들을 없애기엔 너무나도 좋았다. 그때 내 귀에서 이상한 소리가 맴돌았다.

"괜찮으세요?"

그 소리는 인간의 언어가 아니었다. 하지만 난 알 수 있었다. 앞에 있는 생물체가 사용하는 언어가 들리는 곳은 '귀'가 아닌 '머리'라는 걸. 나는 대답했다.

"누구시죠?"

그 생물체는 대답했다.

"이 세상에서 흔히 말하는 '괴물'의 일종입니다."

난 놀라지 않았다. 벌써 이 세계는 망했으니깐. 많은 인간들이 죽었다. 많은 동식물들이 죽었다. 많은 환경들이 파괴됐다. TAP이라는 기관? 이미 힘을 가진 많은 사람들이 희생되었다. 남은 TAP 대원들은 도망이나 쳤겠지. 나는 죽음을 받아들일 수 있다. 내 앞에서 많은 사람들이 죽었고, 많은 것들이 파괴되었다. 나는 다시 한 번 말한다.

"이 세계는 망했어."

하지만 앞에 있는 생물체는 말했다.

"아직 망하지 않았습니다. 많은 사람들이 죽었지만, 생존자가 더 많죠. 전 인간의 편입니다."

나는 눈을 떴다. 동시에 마음의 눈도 떴다. 앞에는 여성이 서 있었다. 나이는 모르겠다. 나보다 많겠지. 그 여성의 얼굴은 신비스러웠다. 아름다우면서도 귀여운, 차가울 것 같으면서도 한 편으로는 따뜻한 그 여성은 날 보고 있었다. 여성은 웃으며 말했다.

"제가 도와드리겠습니다. 이미현님."

"하지만 저희 둘이서는……."

"죄송하지만, 둘은 아닙니다. 더 많죠."

그때 불타는 수풀 저 편에서 부스럭대는 소리가 들렸다. 조금씩 가까워지고 있었다. 그리고 볼 수 있었다. 그 사람들을. 내 모든 것을 걸고도 바꿀 수 없는…… 중요한 사람들을.

난 눈물을 머금고 말했다.

"혜영아……."

프랑스의 한 시골마을. 그곳에는 한 소녀가 별을 바라보고 있다. 매일 바라보는 별은 구름이 끼여 보지 못한다. 그 소녀는 잠시 눈을 감았다. 그러자 모든 것들이 눈앞을 아른거렸다. 행방을 모르는 여동생, 과거 기억들, 그리고 소녀 자신이. 소녀는 자신을 보며 웃고 있었다. 소름 끼칠 것만 같은 목소리로 웃고 있었다. 그러나 어느새 소녀가 자신의 눈앞에 있는 자신을 보며 웃고 있었다. 눈물을 흘리며. 과거로 돌아가고 싶지만 가능하지 않다는 사실을 잘 알고 있다.

"어차피. 몇 년 뒤엔 사라질 몸……."

소녀는 눈을 떴다. 하지만 눈물은 멈추지 않았다. 마음에 구멍이 뚫린 것만 같았다. 멈추지 않았다. 소녀는 자리에서 일어나 노래를 불렀다. 자신의 처지가 처량해서? 아니면 눈물을 멈추고 싶어서. 둘 다 맞을 것이다. 소녀의 눈에는 어느새 눈물이 멈추었다. 그러나 소녀의 선율이 울고 있었다. 그녀가 부르는 가락마다 울고 있었다. 그 노랫소리를 들은 바람은 공감하는지 슬피 울고 있었으며, 풀잎들도 팔을 휘휘젓고 있었다. 풀벌레들은 소리내어 달래고 있었으며, 산짐승들도 조용히 눈을 감고 그 선율을 들었다. 그녀의 노래는 끝났다. 하늘에 구름은 어느새 검게 변하고 있었으며, 무거운 짐을 떨어뜨리고 있었다. 그 무거운 짐은 차가웠다. 정말 차가웠다. 소녀가 더 처량해지는 모습을 보고 싶은 신의 장난인가……. 하지만 소녀는 가만히 하늘을 올려다보고 있었다. 그리고 조용히 속삭였다.

"한 번만이라도 좋으니깐……. 만나고 싶다. 혜영아."

주변은 온통 검다. 아무것도 없다. 나는 달렸다. 하지만 빛이라곤 보이지 않았다. 내 마음처럼 주변은 어두웠다. 한 줄기의 빛만 내 마음속에 들어온다면, 그 어둠들은 모두 사라질 것만 같았다. 그때 한 곳에서 빛이 새어 나오고 있었다. 나는 그곳을 향해 달렸다. 쉬라고? 쉬지 않는다. 그 빛마저 사라진다면, 난 이 어둠속에 쪼그려 앉아 혼자 있어야 할 것 같았기 때문이다.

"하아…… 하아……."

거친 숨소리를 내며 나는 그 빛이 나는 곳에 도착했다. 그 빛은 너무 밝고 투명해 건드리면 깨져 사라질 것만 같았다.

"희망……."

중얼거렸다. 그 빛은 마치 '희망'이란 것 같았기 때문이다. 그러나 그 '희망'도 산산이 조각나 사라졌다. 결국 나 혼자 남았다.

"역시 내게 희망은 어울리지 않아."

나는 털썩 주저앉았다. 어차피 죽을 거. 힘 빼기는 싫었다. 그때 또 다시 빛이 일렁였다. 그러나 방금처럼 달리지 않았다. 어차피 그 '희망'도 부서질 것이기 때문이었다. 무서웠다. 내 '희망'이 사라질 것만 같아서……. 그걸 내 눈으로 보자니 너무 무서웠다. 그때 누군가가 날 불렀다.

"당신은……. 희망이 있어요."

주변에는 아무도 없었다. 그러나 난 알 수 있었다. 내가 생각하고 있던 '희망'이 내게 속삭인 거라고. 나는 일어섰다. 그리고 또 다시 달렸다. 숨 쉬기도 힘들고, 다리도 아팠다. 그러나 달렸다. 그 '희망'이란 것은 그만큼 가치가 있었기 때문이었다. 나는 그 곳에 도착했다. 그곳에는 빛이 나는 한 사람이 서 있었다. 아니, 천사라고 하는 것이 더 가까울지도 모르겠다. 빛이 나고 있었고, 날개가 있었으며, 흰 옷을 입고 있었다. 순수하고 깨끗하게 보인 이 사람은 말했다.

"희망은 있습니다."

나는 올려다보았다. 그 사람은 다시 말했다.

"희망은 있습니다."

그 천사는 웃으며 내게 다가왔다. 처음 보는 사람인데도 무섭거나 두렵지 않았다. 나는 그 사람이 내게 다가오는 것을 보았다. 그 사람은 미소를 지으며 내게 목걸이를 주었다.

"이건……."

나는 그 사람을 보았다. 그 사람은 날 보며 말했다.

"그 목걸이는 저를 소환할 수 있도록 마법장치를 해 놓은 목걸이입니다. 어려운 일이 있을 때, 도와드릴 수 있습니다. 단, 이 마법을 사용한 사람의 존재와 맞바꾸는 것이 조건입니다."

나는 생각했다. 내 존재가 사라진다는 것이 무엇인지, 마법이란 것이 무엇인지, 이 사람의 정체가 무엇인지……. 그러나 가장 궁금한 것이 있었다.

"왜 제게 말하는 거죠?"

"당신은…… 당신 주변에 있는 사람들에게 희망을 주고 싶어 하는 사람이기 때문입니다. 존재가 지워지는 것은 가혹합니다. 하지만 돌이킬 수 없는 일이 일어난 후에 후회하는 것은 더욱 사람을 가혹하게 만듭니다. 제가 당신을 선택한 이유는 그 힘이 크기 때문입니다. 그리고 당신은 다른 사람보다 '특별한 능력'을 가지고 있기 때문입니다."

나는 주변을 보았다. 아까 보았던 어둠은 없고, 밝은 빛이 빛나고 있었다. 나는 그 사람을 보았다. 하지만 그 사람이 점점 투명해지고 있었다. 아니, 내가 투명해지고 있었다. 내 손발이 점점 사라지고 있었다. 그 사람은 웃으며 말했다.

"나중에 봐요. 예언하는 자여."

안녕하세요. 제 이름은 강석훈입니다. 제가 나온 이유는 위의 말들을 듣고 이해하지 못하는 사람들이 많을 것이라고 생각해서입니다. 일단, 이 이야기의 주인공은 이성혁이지만, 각자의 시점으로 나뉘어 설명되며, 과거에서 현재로, 혹은 현재에서 과거로 갈 수도 있습니다.

지구에 사는 사람들 중 0.0001% 정도의 꼴로 몸 속에 '마법'의 힘이 발견됩니다. 그 힘은 소환, 회복, 시전 등 여러 종류가 있습니다. 그 힘은 에일리언을 소멸시킬 때, 사용할 수 있으며, 에일리언을 소멸시키는 공간을 '프리케리어스 공간'이라고 합니다.

에일리언은 예전에는 인간과 공존하며 살았지만, 배신을 해 추방당한 종족입니다.

마왕과 그 밑에 공격내장, 수비대장, 총 사령관, 지휘자 등이 있으며, 그 밑에는 병사들, 혹은 싸움을 하지 못하는 평민, 노비 종족이 있습니다. 400년 전, 에일리언의 반란으로, 인간과 에일리언 사이의 전쟁이 시작되었습니다. 승자는 에일리언으로, 전쟁에서 패배한 에일리언측은 지구에서 추방되었습니다. 하지만 프리케리어스 공간이란 속으로 에일리언들이 침투해 지구를 파괴하려고 합니다. 그걸 막는 자들이 TAP이란 단체고요. TAP은 Time And Place의 줄임말로, 시공간을 관리하는 자들을 말합니다. 연령은 대체적으로 2~30대가 많고요. 이미 에일리언의 많은 종족들은 3년 전, 한국 TAP의 활약으로 많이 줄었습니다. 그러나 아직까지 수없이 많은 에일리언들이 남았습니다. 그 에일리언을 처리하는 게 TAP, 그리고 제 임무입니다. 참고로 과거 편과 과거 회상 편은 비슷해 보이지만 다릅니다. 과거 회상 편은 과거를 생각하는 것이고, 과거 편은 과거로 돌아가 보여주는 모습을 말합니다.

1. 기적을 본 자

－과거 회상－

(이성혁 시점)

"으아~"

나는 기지개를 켰다. 몇 시간 동안 비행기에 앉아 있었던 피곤함이 한 번에 날아가는 기분이었다.

"동현이는 어디에 있대?"

지혜가 내게 와서 물어보았다. 나는 두리번거리며 사람들을 찾고 있었다. 그때 눈에 띄는 사람들이 보였다. 간판도 들고 있었다. 아마도 우릴 쉽게 찾기 위해 들고 온 것 같았다. 우리는 손을 흔들었다. 그러자 동현이와 옆에 서 계시던 양복차림의 아저씨께서도 손을 살짝 흔들어 주었다.

나는 동현이에게 다가갔다. 얼굴도 많이 달라졌고, 키도 많이 커졌다. 이사 가기 전까지만 해도 나보다 작았었는데, 몇 년 만에 나보다 5센티 이상 차이 나는 것 같았다.

"오랜만이다."

동현이가 우릴 둘러보며 말했다. 나도 말했다.

"그래."

우린 차를 타고 동현이네 집으로 갔다. 가는 도중에 많은 것들을 보았다. 그중에서도 노트르담 대성당이 기억에 남는다. 정말 멋진 건물이었다. 사람들도 많았고, 특히 건물이 아름다웠다. 우리는 사진도 찍었다. 서로 장난도 치고, 웃기도 하며, 시간을 보냈다. 지금 생각해 보면 그때가 프랑스에서의 마지막으로 좋았던 기억이었던 것 같다.

우린 집에 도착했다. 서로의 방에 들어가 짐을 정리했다. 집은 3층 건물이 두 개이며, 2층과 3층의 다리로 이어진 구조로 돼 있었는데, A동 1층은 동현이, 아주머니, 어머니, 한무진 아저씨가 사용할 방이었고, A동 2층은 나와 동석이 형, 지혜, 혜영이, 네 명이 사용할 방이었다. A동 3층에는 집안일을 도맡아서 하시는 청소부 아주머니, 경호원 한 분과 동현이 아버지의 방이었다. 하지만 동현이 아버지께서는 며칠 정도 외부에 나가셨다. B동 1층은 거실과 부엌이 있었으며, 거실의 크기도 어마어마했다. B동 2층은 컴퓨터, 게임기, 운동기구 등, 동현이가 사용할 법한 물건들이 여기저기 어질러져 있었고, B동 3층은 서재가 있었다. 정원도 있었는데, 정원 한 가운데는 분수가 설치돼 있었다.

"분수가 예쁘네."

나는 창문을 통해 분수를 바라보며 말했다. 그때 갑자기 분수 주변에 물이 멈추는 것을 보았다. 아니, 흐르고 있었지만, 무언가가 막고 있는 것 같았다. 그때 갑자기 물이 빛나더니 순수한 결정이 되어 사라졌다. 그 부분이 너무 빛나서 난 눈을 감을 수밖에 없었다. 잠시 후, 눈을 뜨고 보니 빛은 사라져 있었고, 분수대의 물은 흐르고 있었다.

'잘못 본 걸까…?'

나는 짐을 계속 정리했다. 하지만 이상하게 그 일이 잊혀지지 않았다. 무언가 일어날 것만 같았다.

저녁을 먹은 우리들은 2층으로 올라갔다.

그곳에서 같이 게임도 하고 얘기도 하면서 시간을 보냈다. 얼마나 놀았는지, 배에서 신호가 왔다.

'화장실……'

나는 일어서서 A동으로 가는 다리 위로 올라갔다. 그때 나도 모르게 시선을 밑으로 내렸다.

끝도 없는 어둠 속에서 빛나고 있는 것, 그리고 그 앞에 서 있는 한 사람. 분수가 또 빛나고 있었던 것이다. 아까 전보다 더 빛이 나고 있었다. 메마른 땅에 혼자 피어난 꽃처럼.

그러나 나는 그것보다 더 놀란 이유가 있었다. 그 분수 앞에 서 있는 사람은 혜영이였다. 혜영이는 천천히 분수대에 다가가고 있었다. 나는 그냥 지나가려 했으나, 뭔가 낌새가 이상했다. 비틀거리며 걷는 혜영이는 금방이라도 쓰러질 것만 같았다. 이상한 낌새를 느낀 나는 계단을 타고 1층으로 내려갔다. 내가 계단을 내려왔지만, 혜영이는 그대로 분수대로 가고 있었다. 발걸음이 너무 느렸다. 나는 혜영이에게 다가갔다.

"야, 박혜영. 뭐하는 거야?"

그러나 들리지 않는다는 듯 혜영이는 계속 앞으로 걸어가고 있었다.

혜영이의 눈은 초점이 없었으며, 흐렸다. 무언가 계속 중얼거리고 있었지만, 들리지는 않았다. 머리카락도 나풀나풀 흩날리고 있었다. 하지만, 나는 알 수 있었다. 혜영이가 이상하단 것을. 이상한 걸음걸이와 초점 없는 눈, 알아들을 수 없는 중얼거림, 그리고 가장 이상한 점, 머리카락이 흩날리고 있었다. 왜냐고? 바람은 불지 않았으니깐. 머리카락 혼자 흩날리고 있는 것이었다.

"야, 박혜영!"

나는 혜영이의 어깨를 잡고 돌렸다. 하지만 혜영이는 나를 툭 밀쳐내고 앞으로 걸어갔다. 나는 던져진 책처럼 바닥에 엎어졌다. 혜영이는 계속해서 걸어갔다. 분수대로. 나는 직감으로 알 수 있었다.

'혜영이가 분수대로 가면 안 된다!'

나는 혜영이에게 뛰어갔다. 하지만 이번에도 혜영이는 날 잡고 앞으로 밀었다. 나는 분수대에 허리를 박았다. 위를 올려다보았다. 혜영이는 여전히 좀비처럼 걸어가고 있었다. 하지만 아까와는 달랐다. 손에 목검을 쥐고 오고 있었다.

'목검…… 이제 나는 힘을 쓸 수가…….'

그때 머리가 울렸다. 그러더니 글자가 맞춰지기 시작했다.

"도와줄까?"

나는 주변을 둘러보았다. 혜영이 말곤 아무것도 없었다. 아니, 한 개가 남았잖아?

나는 일어서서 분수를 보았다.

'설마……'

나는 혜영이를 보았다. 뭐가 그리 급한지 내게 달려오고 있었다. 나는 알 수 있었다. 분수가 내게 꼭 필요하단 것을.

"도와줘!"

나는 소리쳤다.

그러자 다시 한 번 글자가 맞춰졌다.

"그럼 분수대에 손을 깃다 대 봐."

나는 생각할 겨를도 없이 손을 분수대 물 안에 넣었다. 그 순간, 내 주변에 붉은 빛이 감돌더니 내게 달려오는 혜영이를 밀쳐냈다. 혜영이는 바닥에 쓰러졌고, 무언가가 혜영이 몸 속에서 나오는 것을 보았다. 나는 다시 말했다.

"포박!"

그 순간, 불타는 새장이 만들어지더니, 그대로 검붉은 점액질 무언가가 갇혔다.

"불?"

나는 옆을 보았다.

옆에는 붉은 빛이 감도는 한 아이가 서 있었다. 그 아이는 날 보더니 말했다.

"나이스!"

400년 전, 즉 에일리언과 인간의 전쟁이 일어나기 직전의 일이다. 오스코 부족의 마왕 쿠워스는 세 명의 인재를 뽑아 자신의 부족을 지켰다. 다양한 종류의 무기를 가지고 있는 공격대장 쿠호, 빛의 힘으로 부족을 수호하는 수비대장 페케, 그리고 불의 힘으로 마왕의 친위부대를 이끄는 총 사령관 카오스. 쿠워스의 령이 몸을 빠져나오기 직전, 이 세 에일리언을 봉인시켰다. 이미 에일리언 측에서는 배신자로 낙인이 찍혔으며, 인간들에게는 두려움의 대상이기 때문이었다. 몇 백 년 뒤, 세상이 안정을 취할 수 있을 때, 봉인이 풀리도록…….

"그러니까, 네 말은……. 너는 에일리언이며, 센피우… 아니, 쿠워스가 에일리언을 이 세상에 봉인했단 말이야?"

아이는 고개를 끄덕였다.

'아까 내가 사용한 힘은 불같았어. 그럼 이 아이는 카오스란 아이인가? 하지만 에일리언이라니……. 혹시 이런 종류의 에일리언이 마음먹고 지구를 공격하기라도 한다면…….'

"그런 일, 일어나지 않아."

카오스가 단호하게 말했다. 나는 그 아이를 보았다. 그 아이는 다시한 번 말했다.

"네가 생각한 그 일…… 일어나지 않는다고."

나는 의아해 했다. 한 마디도 하지 않았는데, 그 생각을 읽고 대답을했다. 게다가 에일리언 아닌가. 왜 이 세상을 공격하려 하지 않는 건가.

"나는 에일리언이지만, 인간의 편에 섰다. 쿠워스님을 따라서 말이지. 그러니 너무 걱정하지 않아도 된다. 그리고 아까의 계약으로 너와난 한 몸이나 다름없다. 네가 아프면, 나도 아플 것이며, 네가 한 생각이 모두 내 머릿속에 흘러들어오지."

나는 아무 말 하지 않았다. 그냥 믿는다는 것일까, 아니면 뭔가 찝찝해 말하기 거북하단 뜻일까? 내 몸이지만 내 몸 같지 않았다. 내 몸이기계의 부품처럼 느껴졌다.

얼마나 지났을까, 그 여자가 내게 말을 걸고 있었다. 아직 익숙하지않던 나는 그 아이의 부름에 돌아보고 말했다.

"왜?"

그 아이는 말했다.

"이 주변에는 '힘'을 가진 자들이 꽤 있나보군."

"힘이라면……. 에일리언이 가지고 있는 힘을 말하는 거야?"

"맞아. 너희들이 TAP이라고 부르는 자들도 있고, 에일리언도 주변에많군."

나는 소스라치게 놀랐다. 에일리언들은 지구에 생길 수가 없기 때문이다. 더군다나 이 주변에 에일리언이 있다니……. 지금껏 에일리언은 지구에 출연한 적이 한 번도 없었다. 프리케리어스 공간에서는 몰라도 지구의 땅을 밟은 에일리언은 거의 없을 거다. 그런데 주변에 에일리언들이 존재한다니……. 뭔가 느낌이 이상했다.

"음……. 잘못 느낀 건가? 하긴, 에일리언이 이 주변에 만들어 질 수는 없지."

카오스는 어깨를 으쓱하더니 불타는 새장에게 다가갔다. 그것은 빠져나가기 위해 발버둥치고 있었다.

그러나 주변에 뜨거운 열기 때문에 쉽사리 나가진 못하고 있었다. 나는 그 밑에 쓰러져 있는 혜영이에게 갔다. 그냥 쓰러진 것 같았다.

"……. 죽진 않았나 보네."

카오스가 혜영이를 보더니 말했다. 나는 카오스를 보며 말했다.

"설마 죽겠어? 그런 기분 나쁜 말 삼가해 줬으면 하는데."

카오스는 고개를 끄덕였다.

"일단 이 검붉은 액체는 어떻게 할까? 파괴 불가라는 힘이 깃들어 있는데."

카오스가 묻자 나는 그냥 가지고 있으라고 했다. 카오스는 검은 액체와 함께 불타는 새장을 불과 함께 흡수했다. 나는 카오스에게 혜영이도 잠시만 흡수시켜 달라고 부탁했다.

'혜영이가 다친 걸 알면 사람들이 다 걱정할 테니…….'

카오스는 흔쾌히 허락했고, 혜영이도 따뜻한 불 속에 넣어두었다.

"불도 온도에 따라 사용할 수 있나 봐?"

그러자 카오스는 손을 펴 앞으로 손을 쓸었다. 그러자 여러 가지 색을 가진 불들이 나왔다. 가장 오른쪽에 있는 불은 파란색으로 차가웠으며, 가장 왼쪽에 있는 불은 주변에만 가도 뜨거운 흰색 불이었다.

내가 아까 사용한 불은 붉은 색으로, 온도가 꽤 되는 불이었으며, 혜영이가 들어간 불은 초록색으로 온도가 좀 낮은 불이었다. 뭔가 마음이 심란했다. 갑자기 심한 바람이 불어왔다. 나무들이 흔들리고 있었다. 바람에 맞춰서……. 모든 나무들이 서로를 따라하고 있었다. 멈추지 않았다. 계속해서 흔들었다. 살려달란 듯이. 모든 걸 버리고 자신을 봐달란 듯이 자신의 몸을 흔드는 것들을 나는 많이 봐 왔다. 학교, TV, 심지어는 집에서까지. 나는 언젠가 크면 저렇게 되지 않으리라 생각하고 있었다. 하지만, 지금 생각하면 바보 같은 생각이었다. 인간들은 자신의 목숨이 위태로울 때, 자신의 모든 것을 버린다. 지위와 권리는 버린 지 오래였으며, 맨 정신으로 할 수 있는 말은 '살려주세요.' 밖에 없었다. 나도 똑같았다. 바보같이 힘에 짓눌려 모든 것을 포기 할 수밖에 없다고 생각했다. 하지만 지금은 다르다. 왜 나는 그때 그런 바보 같은 생각을 했을까……. 아무리 그들에게 굽실거려도 그들은 내가 필요 없어지면 날 버릴 게 뻔했다. 아니, 무조건 버려지는 길만 있는 것이 아니다. 그들의 일급비밀을 알고 있는 나를 죽일 게 눈에 훤히 들어왔다. 그래서 맞섰다. 그들을 등지고 내가 가고 싶은 자들에게 갔다. 별 쓸모가 없어 보였던 자들이었다. 죽음을 두려워하는 자, 강한 힘을 가지고 있지 않은 자, 늙어서 힘을 절반도 쓰지 못하는 자……. 그러나 함께 지내며 알았다. 나는 이곳에 있는 것이 더 행복하단 것을. 다신 잃고 싶지 않다. 그래서 싸우기로 마음먹었다. 세상은 에일리언들과 프랑스 사람들 중 고위 간부층에 속하는 사람들, 인조인간들과 개조된 에일리언들이 지배하고 있다. 하지만 친구를 위해서라면 목숨을 버릴 수도 있는 자들과 함께 지내며 나는 차츰 성장할 것이다.

- 현 재 -

나는 눈을 떴다. 사람들이 에일리언들이 침입하는 것을 막고 있었다. 앞에는 지혜와 은명이가 소환수를 이용해 문 쪽을 막고 있었고, 창문 쪽에는 미현이와 혜영이가 서 있었다. 혜원이 누나는 내 옆에 앉아서 내게 회복마법을 사용하고 있었으며, 반대편 창문 쪽에는 동석이 형과 한무진 아저씨가 에일리언들을 소멸시키고 있었다. 아까 도착한 명석이 형은 2층 옥상에서 날아오는 에일리언들을 공격하고 있었다. 그리고 마지막으로 동현이는 페케와 함께 있었다. 오늘따라 현석이가 잘 보이지 않았다.

나는 자리에서 일어섰다. 그러고는 땀을 비 오듯 흘리는 미현이와 혜영이에게 말했다.

"너희들 쉬고 있어. 나머지는 내가 처리할 게."

그러자 미현이와 혜영이는 혜원이 누나가 있는 곳으로 돌아갔다. 나는 앞을 보았다. 분명 며칠 전까지만 해도 같은 팀이었던 자들이다. 하지만 지금은 다르다. 서로 원하는 것도 다르고, 존재 자체도 다르다. 나는 카오스를 소환했다.

"어떻게 처리할까?"

카오스가 묻자 나는 씩 웃으며 말했다.

"불기둥을 세워서 모두 태워버리자고."

카오스도 마음에 드는지 손으로 바닥을 쳤다. 그 순간, 내 눈 앞에는 활활 타고 있는 많은 불기둥들이 세워졌다. 나도 카오스를 따라했다. 몇 개의 불기둥들이 더 생성되었다. 에일리언들은 활활 타고 있었으며, 살아남은 에일리언들도 그 불에 휩싸여 사라졌다. 위에서 시원하게 불던 바람도 사그라들었다. 위쪽 에일리언들도 다 처리한 모양이다. 총소리도 멎었다. 우리들이 모두 집 안으로 들어가자 혜원이 누나가 문 밖으로 나갔다. 그리고 무어라고 중얼거리자 푸른 눈 모양이 만들어졌고, 혜원이 누나는 그것을 하늘 위로 날렸다.

"크리스틴, 저게 뭐죠?"

동현이가 묻자 혜원이 누나는 대답했다.

"이 주변에 에일리언이 침입하는 것을 알게 해 주는 마법입니다. 에일리언이 들어오면 푸른 눈동자가 붉게 변하죠. 저번처럼 사람들이 잡혀가지 못 하게 할 것입니다."

우리들은 미현이를 보았다. 그때 페케가 미현이를 찾지 못했으면, 미현이는 에일리언들에게 죽었을지도 모른다. 하지만 페케는 미현이를 찾았고, 미현이는 페케와 계약을 맺었다. 그 덕분에 이제는 힘을 사용할 수 있게 되었다.

– 과거 –

(이미현시점)

나는 무서웠다. 내 주변에 이렇게 무서운 힘을 사용하는 사람이 있다는 사실 말이다. 손에서 불이 나온다. 얼음이 떠다닌다. 늑대가 나온다. 총의 겉모습이 바뀐다. 그리고 괴상하게 생긴 것들이 사람들을 공격한다. 나는 무서웠다. 도망을 갔다. 앞만 보고 도망갔다. 뒤를 보다가 잡힐 것만 같았다. 나는 도시로 뛰었다. '그곳에 가면 어떻게든 되겠지.'라고 생각했다. 하지만 처음부터 잘못된 생각이었던 것 같았다. 이미 마을은 불타고 있었다. 새같이 생긴 것들이 날아다니며 입에서 불을 뿜고 있었다. 사람들의 비명소리도 들렸다. 절망적이었다. 나는 벽 쪽으로 몸을 밀착해 숨었다. 밖에서는 잘 보이지 않는 곳이었다. 그때 한 사람이 마을에서 나왔다. 나는 그 사람을 부르기 위해 움직이려 했다. 그 순간, 마을에서 칼을 든 사람이 도망가는 사람의 목을 잘랐다. 나는 놀랐다. 발이 덜덜 떨렸다. 같은 사람인데도 사람을 죽였다. 사람이 사람을……

나는 더 이상 그곳에 있을 수 없었다. 그 사람이 사라지는 순간, 나는 있는 힘껏 달렸다. 다리에 통증이 느껴졌다. 조금만 쉬고 싶었다. 하지만 지금 쉬면 영원히 쉴 수도 있을 것 같았다. 나는 숲을 향해 뛰었다. 그 순간, 마을에 있던 사람들 중 몇 명이 날 보더니 따라왔다. 나는 더 빨리 달렸다. 하지만 내가 빨리 달릴수록, 그 사람들은 더 빨리 날 따라왔다. 나는 방향을 꺾어 바로 풀숲으로 숨었다. 간발의 차로 그 사람들이 도착했고, 나는 숨을 쉴 수도 없었다.

"여긴 없는 것 같다."

한 사람이 말했다. 다른 사람들도 고개를 끄덕였다. 그 사람들이 사라지자 나는 안도의 한숨을 쉬었다. 그 순간, 다시 내게 목소리가 들렸다. 나는 숨을 참고 들었다.

"……."

누군가가 날 부르고 있다.

"…요."

……. 들리지 않는다. 듣고 싶지 않아서일까?

그렇게 그 소리는 바람과 내가 부딪히는 소리에 묻혔다. 궁금하진 않다. 알고 싶지도 않다. 그냥 여기에 가만히 있고 싶을 뿐……. 그러나 그 침묵도 잠시. 무언가 타는 내가 나며 동물들의 발소리가 들린다. 폭발하는 소리도 들린다. 하지만 난 눈을 감고 가만히 누워있다. 소나무가 오늘따라 유난히 포근했다. 마치 침대라도 되는 듯……. 그렇게 또다시 소리는 사라졌다. 그러나 냄새는 바람을 타고 내 코를 찔러댔다. 코가 아팠다. 하지만 나는 눈을 뜨지 않을 것이다. 마지막은 아무것도 모른 채, 그냥 떠나고 싶어서일까.

발소리가 들린다. 동물의 발소리? 사람의 발소리? 둘 다 아니다. 한 번도 들어보지 못 한 소리. 그러나 너무나도 익숙한 소리다. 그 소리마저 멈췄다. 나는 내 심장도 멈출 줄 알았다. 하지만 멈추지 않았다. 계속 뛰고 있다. 그 소리는 주변 잡음들을 없애기엔 너무나도 좋았다. 그때 내 귀에서 이상한 소리가 맴돌았다.

"괜찮으세요?"

그 소리는 인간의 언어가 아니었다. 하지만 난 알 수 있었다. 앞에 있는 생물체가 사용하는 언어가 들리는 곳은 '귀'가 아닌 '머리'라는 걸.

나는 대답했다.

"누구시죠?"

그 생물체는 대답했다.

"이 세상에서 흔히 말하는 '괴물' 의 일종입니다."

난 놀라지 않았다. 벌써 이 세계는 망했으니깐. 많은 인간들이 죽었다. 많은 동식물들이 죽었다. 많은 환경들이 파괴됐다. TAP이라는 기관? 이미 힘을 가진 많은 사람들이 희생되었다. 남은 TAP 대원들은 도망이나 쳤겠지. 나는 죽음을 받아들일 수 있다. 내 앞에서 많은 사람들이 죽었고, 많은 것들이 파괴되었다. 나는 다시 한 번 말한다.

"이 세계는 망했어."

하지만 앞에 있는 생물체는 말했다.

"아직 망하지 않았습니다. 많은 사람들이 죽었지만, 생존자가 더 많죠. 전 인간의 편입니다."

나는 눈을 떴다. 동시에 마음의 눈도 떴다. 앞에는 여성이 서 있었다. 나이는 모르겠다. 나보다 많겠지. 그 남자아이의 얼굴은 신비스러웠다. 장난기가 가득하면서 귀여운, 차가울 것 같으면서도, 한편으로는 따뜻한…… 그 아이는 날 보고 있었다. 그 아이가 웃으며 말했다.

"제가 도와드리겠습니다. 이미현님."

"하지만. 저희 둘이서는……."

"죄송하지만, 둘은 아닙니다. 더 많죠."

그때 불타는 수풀 저 편에서 부스럭대는 소리가 들렸다. 조금씩 가까워지고 있었다. 그리고 볼 수 있었다. 그 사람들을. 내 모든 것을 걸고도 바꿀 수 없는…… 중요한 사람들을.

난 눈물을 머금고 말했다.

"혜영아……."

나는 혜영이를 향해 달려갔다. 혜영이도 날 찾은 것이 다행이라고 생각했는지 날 끌어안고 머리를 쓰다듬어 주었다. 그 순간, 아까 본 인간들이 달려왔다. 혜영이도 보았는지 그 아이에게 날 맡기고 손을 옆으로 뻗었다. 그리고 말했다.

"어둠에 휩싸인 검이여…… 네 주인에게 모습을 드러내라!"

그 순간, 평범한 목검이 검은 색으로 빛나는 양검으로 바뀌었다. 나는 혜영이를 보았다. 그때 아까 본 아이가 내 손을 잡았다. 나는 그 아이를 보았다. 그 아이는 말했다.

"괜찮아요. 저 학생은 당신이 생각하는 이상의 힘을 소유하고 있습니다."

나는 고개를 살짝 끄덕였다. 그 아이는 조금 뜸을 들이더니 말했다.

"아까 당신이 본 힘은 정말 대단합니다. 불의 힘을 가진 소년, 미래를 예지하는 소년, 회복 능력을 가진 다재다능한 소녀 등등……. 그들은 자신을 지킬 수 있는 힘을 가지고 있습니다."

나는 고개를 끄덕였다. 그러자 그 아이는 말했다.

"당신도 이런 힘을 낼 수 있습니다."

나는 놀라서 그 아이에게 눈을 떼지 못 했다. 그 아이는 말을 이었다.

"저와 계약을 맺으시면, 당신은 그 사람들 못지않게 힘을 내실 수 있습니다. 그 사람들은 자신의 목숨은 물론이고, 주변 사람들까지 살릴 힘을 가지고 있습니다. 그러나 당신같이 힘을 가지고 계시지 않은 분들은 그들에게는 짐밖에 되지 않습니다."

나는 고개를 떨어뜨렸다. 할 말이 없었기 때문이었다. 내가 도망쳐온 것도 모두 짐밖에 되지 않는 행동이었다. 특히 지금 혜영이에겐 내가 살려야 할 '짐'일 것이다. 나는 잠시 생각하다 말했다.

"계약……. 하겠습니다."

그 순간, 내게 빛이 나더니 그대로 아이가 내 몸속으로 들어갔다. 나는 잠시 멍하게 있었다. 그러자 내 머릿속에 글자가 만들어졌다.

"안녕하세요. 제 이름은 페케. 빛의 힘을 가지고 있습니다. 앞으로 잘 부탁드려요."

"저는 이미현……. 저도 잘 부탁드립니다."

그러자 다시 내 몸에서 빛이 나더니 그대로 페케란 아이가 밖으로 나왔다. 페케는 앞을 가르쳤고, 나는 앞을 보았다. 혜영이는 점점 지쳐가는 얼굴이었다. 페케는 말했다.

"혜영님. 옆으로 비켜주세요."

그러자 한 마디도 없이 혜영이는 옆으로 비켰다. 그러자 에일리언들이 내게 달려오기 시작했다. 나는 놀랐다. 도끼와 칼을 든 사람들이 내게 달려오고 있었기 때문이다. 페케는 내게 말했다.

"하늘에서 빛나는 비가 떨어진다고 구상해 보세요."

나는 눈을 감고 집중했다. 빛나는 비가 떨어진다……. 빛나는 비가 떨어진다……. 빛나는 비가 떨어진다!

페케는 말했다.

"샤이닝 레이닝!"

그 순간, 하늘에서 바늘 같은 것들이 우수수 떨어졌다. 열댓 명 되던 사람들이 거의 사라졌다. 그러나 서너 명 정도가 살아남았다. 나는 이 느낌을 토대로 다른 것을 구상해 보았다.

"샤이닝 볼트!"

그 순간, 손에서 따끔거리는 빛이 일렁이더니 그대로 그 사람들에게 날아갔다. 그 사람들은 움직이지 못했다.

"샤이닝 브레스!"

그 순간, 페케의 입에서 빛이 일렁이더니 앞으로 뻗어나갔다. 그 파동이 내게까지 느껴졌다.

하지만 두 명이 살아남았다.

"그 정도 타격을 줬는데도 사라지지 않았다는 말은 저들은 아까 소멸된 인간들과는 다른 존재입니다."

나는 고개를 끄덕였다. 페케는 날 보더니 말했다.

"당신…… 신의 가호를 받는다는 말이 무슨 뜻인지 아십니까?"

나는 고개를 흔들었다. 페케는 내게 말했다.

"신의 가호를 받는다는 말은 당신의 몸에 신을 받는다는 뜻을 말합니다. 다시 말해서 신의 힘을 받는다는 말입니다."

나는 페케가 왜 이런 말을 하는지 이해하지 못했다. 그러나 다음 말로 알게 되었다.

"지금 당장 신의 가호를 받으세요."

"신의 가호."

나는 생각했다. 신을. 그 신은 빛나고 있었다. 신이 내고 있는 빛은 신비로우면서도 따뜻했다. 이 따뜻함을 난 느낀 적이 있다. 내 친구들을 보았을 때, 그리고 난 정확히 보았다. 신의 얼굴은 계속 바뀌고 있었다. 내 친구들의 얼굴 중 하나로. 나는 생각하며 외쳤다.

"브레스!"

그 순간, 내 몸에서 따뜻한 기운이 맴돌더니 그대로 내 몸에 붙었다. 그 빛은 점점 모양을 잡아갔고, 그 모양은 갑옷이었다. 머리에는 날개 모양이 양옆에 붙은 링을 쓰고 있었고, 갑옷도 빛나고 있었다. 갑옷 중간에는 십자가가 새겨져 있었으며, 신발도 강철 구두로 변했다. 검도 들고 있었는데, 빛나는, 보기만 해도 성스러워지는 양날 십자 검이었다.

"잠시만 당신의 몸 좀 쓰겠습니다."

페케가 말하며 내 몸 속에 들어왔다. 그 순간, 나는 내 몸을 컨트롤할 수가 없었다.

"지금의 당신은 아무 훈련도 받지 못 했습니다. 그러니 제가 잠시만 당신의 몸을 사용하겠습니다."

나는

"응."

이란 대답을 했다.

그 다음은 어떻게 됐는지 기억이 잘 나지 않는다. 페케가 내 몸을 사용해서 그들을 처리 했다는 것만 알게 되었다. 아니, 어떻게 싸워야 하는 건지도 알게 되었다. 일단 구상하는 방법을 알게 되었고, '브레스'라는 신의 가호를 받는 힘도 알게 되었다.

'이제 다시는 친구들에게 도움을 받지 않아도 돼. 나도 이제 짐이 아니야. 다른 아이들을 도와줄 수 있어 기쁘다.'

내가 이런 생각을 하고 있어서였는지 페케가 내 몸에서 나왔는지도 몰랐다. 페케는 왠지 모르게 웃음을 머금고 있었다. 내가 너무 잘해서일 거라고 생각했다. 그때 혜영이가 날 불렀다. 나와 페케는 혜영이에게 다가갔다. 도망갈 때보다 더 가벼운 느낌을 받았다. 뭔가 안심된 느낌도 받았다. 내게는 저 친구들이 그런 느낌을 받게 만드는 것 같았다. 다시는 저 아이들과 헤어지기 싫다. 나는 혜영이를 향해 달려갔다.

- 과거 회상 -

(이성혁 시점)

혜영이를 침대에 눕힌 뒤, 나는 한무진 아저씨를 밖으로 불러내었다. 아직 모두 알게 되는 것보다는 중요한 몇 명만이 알고 있는 것이 더 낫다고 생각했다. 생각했던 대로 한무진 아저씨는 내가 사용한 힘과 카오스 그 자체를 보자 입을 다물지 못 했다.

"예전에는 센피우트의 힘을 받더니 이젠 그의 직속 부하의 힘을 받다니……."

아저씨는 날 보며 말했다. 나도 머리를 긁적이며 멋쩍게 웃었다. 나는 카오스를 보았다. 그런데 카오스는 날 보고 있었다. 그것도 무언가에 놀라서. 나는 물었다.

"왜 그래? 무슨 문제라도 있어?"

카오스는 대답했다.

"나는 센피우트의 힘을 받은 것이 아니다. 센피우트란 자가 누군지도 모른다. 그런데 나와 그런 자를 엮다니……."

나는 생각했다.

'아, 맞다. 애는 센피우트가 쿠워스인지 모르지. 참……'

그 생각을 읽을 수 있다고 생각한 건 카오스를 보고서였다.

"뭐야. 너 쿠워스님의 힘을 사용한 적이 있단 거야?"

나는 고개를 끄덕였다. 카오스는 정리가 되지 않는지 머리를 쥐어짜는 듯한 포즈를 했다. 하긴…… 나도 처음 알았을 때 정리한다고 꽤나 고생했지…… 라고 생각하던 그 순간, 카오스는 내 어깨를 잡더니 신비로운 얼굴을 내 눈 앞에 갖다 대었다. 나는 카오스가 왜 이러는지 알 것만 같았다.

"그럼... 쿠워스님은 어디 계신거지?"

나는 고개를 절레절레 흔들었다. 사실 나도 어디에 있는지 모른다. 내 힘을 가져가고 나서 1년이란 시간이 흘렀다. 그 사실을 알고 있는 것이 더 이상한 것 아닌가? 그 기간 동안 얼굴도 보지 못 하고 힘도 제대로 사용하지 못했는데 말이다.

하지만 카오스는 내가 그런 말을 하면 믿지 않을 것이 뻔했다. 카오스의 말론 자기는 약 400년 정도 봉인되었다고 했다. 인간과 에일리언 사이가 금이 가기 시작할 때, 쿠워스는 위험을 느끼고 세 명의 직속 부하들을 직접 봉인했다고 한다. 카오스는 가장 처음 봉인되었기 때문에 나머지 두 명이 어디에 봉인되어 있는지 잘 모른다고 한다. 그런데 이상하다. 400년 동안이나 봉인되어 있었으면서, 왜 하필 우리가 이곳에 왔을 때 그녀가 깨어난 것인가. 이건 단순한 일이 아닐지도 모른다. 운이 아닐 수도 있다. 우리가 처음부터 만날 것을 오스코는 예상할 수 있었는지도 모른다. 그래서 내게 자신의 힘의 일부를 빌려 주었는지도 모른다. 만약 자신의 힘을 세 명이 느낀다면 봉인이 해제되는 그런 방법을 사용했을지도 모른다. 그러나 내 생각을 다시 한 번 읽은 카오스는 아니라는 듯 고개를 흔들었다.

"내가 깨어날 수 있었던 가장 큰 이유는 봉인되는 시기가 끝났기 때문이다. 마침 주변에 네가 있어서 도와준 것 뿐."

그때 조용히 카오스를 보던 한무진 아저씨가 내게 말했다.

"너희, 프랑스 TAP에 한 번 가보는 게 어때?"

우리들은 아저씨가 왜 그렇게 말씀하셨는지 몰랐다. 프랑스 TAP에 갈 거라는 생각 자체를 하지 않았기 때문이리라. 하지만 가도 나쁜 일이 생기지 않을 것 같아 일단 간다고 말해 놓았다. 내가 아저씨께 허락을 맡자 전화로 누군가에게 연락을 했다. 프랑스 어를 사용하는 것을 보니 프랑스 TAP에 전화하는 것 같았다. 그때 카오스가 내 어깨를 붙잡았다. 그러고는 말했다.

"위험하다. 이 주변에 검은 점액질 같은 것들이 생겨나고 있다. 아니, 점점 이쪽으로 오고 있다."

나는 주위를 둘러보았다. 아무리 둘러보아도 검은 점액질 같은 물건이 보이지 않았다. 하지만 카오스는 그것들이 갑자기 존재하기 시작했다고 말했다. 땅에서 샘솟은 것도 아니고, 하늘에서 떨어진 것도 아니……

갑자기 하늘에서 무언가 떨어지는 소리가 들렸다. 우리들은 하늘을 보았다. 검은색으로 빛나는 마법 진 같은 것이 둥둥 떠다니고 있었으며, 그곳에서 검은색 점액질은 물론, 천사같이 날개를 달고 있는 사람 형상의 것들과 뱀같이 늘여져 있는 것들…… 생김새는 거의 비슷하게 생겼고, 특이하게 모두 검은색이었다.

"설마……. 어제 일 때문에 누군가가 저렇게 소환시키는 건가……."

카오스가 멍한 상태로 앞을 보며 말했다. 이상한 소리가 집 안까지 들렸는지, 지혜와 동석이 형이 나왔다. 그들도 앞에 소환되어 있는 검은 점액질들을 보고 놀라는 눈치들이었다.

"동현이도 같이 일어났는데…… 밖에 나오지 않게 한 걸 잘한 것 같네……."

나는 고개를 끄덕였다. 카오스도 고개를 끄덕였다. 그들은 나와 똑같은 행동을 하는 카오스가 누구인가가 더 궁금해 보이는 눈치였다. 나는 어깨를 으쓱하며 말했다.

"이 여자는 카오스라고 하는데, 쿠워스의 직속 부하 중 한 명이었는데. 지금 날 도와주고 있어. 나머지 설명은 나중에."

나는 달려 나가며 외쳤다.

"파이어 윙!"

그 순간, 내 뒤에 날개가 생성되었다. 나는 하늘로 날아올라 하늘위로 날아오는 자들을 보았다. 그냥 보아도 족히 삼사십은 될 것 같았다. 나는 다시 말했다.

"파이어 소드!"

불타는 검이 생성되었고, 그대로 나는 그들에게 날아갔다. 강하고 뜨거운 바람이 그들을 스치고 지나갔으며, 파이어 소드로 마무리를 지었다. 하지만 끝났다고 생각했던 그것들은 서로서로 달라붙어 다시 새로운 모습을 보였다. 총성 때문에 총을 사용하지 못하는 한무진 아저씨는 가만히 계셨고, 지혜는 얼음 여왕을 소환해 동석이 형과 그들을 얼리는 역할을 하고 있었다. 하지만 그들은 어떻게 돼 먹었는지 얼리자마자 바로 풀렸다.

"마법이 통하지 않는 게 아니야. 이 녀석들…… 보통이 아니다."

'이들은 얼려도 얼지 않고, 잘라도 잘리지 않는다. 재생하는 것 같은데…… 부순다. 부순다?

나는 동석이 형과 지혜에게 말했다.

"그들을 다 얼려 버려!"

그러자 동석이 형은 눈을 감은 채로 손을 앞으로 뻗었다. 그 순간, 강하고 추운 바람이 불었다.

"냉풍!"

그러자 바람이 갑자기 차가워지더니 그대로 그들에게 날아갔다. 그러나 굳는 듯싶더니 다시 움직이기 시작했다.

"얼음 여왕. 너도 도와줘!"

그러자 얼음여왕은 하늘에서 땅으로 내려오는 손짓을 했다. 그러자 하늘에 고드름 같은 것들이 생성되나 싶더니 그대로 땅에 꽂혔다. 그냥 꽂히는 게 아닌, 땅에 박히는 그 순간, 그 일대가 얼음으로 변했다. 동석이 형도 다시 냉풍이란 마법을 사용하기 시작했다. 나는 하늘에서 빙긋 미소를 지으며 말했다.

"잘했어. 그 상태를 유지해 줘."

나는 하늘에 손을 뻗고 마법을 구상했다. 그리고 절정의 순간, 외쳤다.

"헬 파이어!"

그 순간, 내 눈 앞에 검은색 기운을 가진 불들이 몇 개 생성되었다. 딱 봐도 순수한 불과는 사뭇 다른 느낌이었다. 나는 그대로 하늘에서 그것들을 떨어뜨렸다. 그것들은 그렇게 소멸되었다.

내가 하늘에서 내려오자 지혜가 달려오며 말했다.

"어떻게 그것들을 소멸시킨 거야? 불가능할 것 같았는데……."

나는 말했다.

"간단해. 물체는 차가운 힘을 받았다가 갑자기 순간적으로 뜨거운 힘을 받으면 굳어버리거든. 점액질 같은 것들은 아마 액체 상태였을 가능성이 커. 서로 붙기 위해선 액체 상태가 고체 상태보다 더 쉬우니까 말이야."

이렇게 말하고 나서야 지혜는 고개를 끄덕였다.

"그런데 뭔가 이상한 걸……. 이렇게 큰 소리가 났는데 아무도 알지 못 한다는 건……. 게다가 방금까지 싸웠던 자리도 말끔해……."

우리는 싸운 곳을 보았다. 풀 한 포기도 타지 않고 안전했다. 우리는 이제야 뭔가 이상하단 걸 알아차렸다. 그때 멀리서 여자의 목소리가 들렸다. 우리는 소리가 나는 쪽으로 시선을 돌렸다.

"여기서 마음대로 힘을 사용하시다가 일반인들에게까지 피해가 가면 어떻게 하시려고요."

그녀의 목소리는 아름다웠다. 무언가 노래를 잘 부를 것만 같은... 마음을 적실 수 있는 그런 고운 목소리를 가진 여성은 우리에게 다가오고 있었다. 그 여성은 손에 완드 같은 무기를 들고 있었다. 우리는 그것이 무슨 무기인지 몰랐지만, 카오스와 한무진 아저씨는 그 무기가 무슨 무기인지 알고 있는 눈치였다. 무거운 공기 중, 카오스가 먼저 입을 뗐다.

"그 무기는 완드(마법의 힘을 증폭시키기 위해 사용하는 하나의 마법 무기. 보통 사람들은 사용하지 않고, 구하기도 어렵지만, 이것을 들면 더 강한 마법을 시전 할 수 있다.) 같군."

그러자 정체불명의 여자는 카오스에게 눈빛을 한번 준 뒤 날 보며 말했다.

"거기 에일리언 앞에 나와 있는 남학생? 당신 재미있는 녀석을 가지고 있군요."

나는 뒤를 한 번 보고 다시 그 여자를 보았다. 그 여자는 싱긋 웃으며 말했다.

"제 이름은 크리스틴. 프랑스 TAP에서 일하고 있습니다. 얼굴들을 보아하니 한국 TAP 쪽에서 나온 모양인데, 혹시 한무진이란 분이……."

한무진 아저씨는 앞으로 나가며 말했다.

"제가 한무진입니다. 프랑스 TAP에 전화 한……."

"아... 당신이군요. 그런데 저를 부른 이유가 결계 소환 때문은 아니겠지요?"

한무진 아저씨는 고개를 절레절레 흔들었다. 크리스틴이란 여자는 우리를 한번 훑어보더니 뒤로 돌아서 걸어갔다. 우리는 서로의 눈치를 보다가 크리스틴을 따라갔다.

(크리스틴 시점)

"그러니까 TAP에 가는 이유가 저 카오스란 에일리언 때문이란 건가요?"

"네. 에일리언 뿐만 아니라 에일리언과 계약을 한 아이의 몸 상태도 확인할 겸……."

나는 차를 모는 중에도 잠깐씩 카오스란 에일리언과 이성혁이란 아이를 보았다. 이런 경우는 거의 없는 일이라 신기하기도 했지만, 저 아이가 걱정되기도 했다. 그때 옆에서 한 여학생이 내게 물었다.

"언니. 언니는 몇 살이에요?"

"20살이야."

그러자 여학생은 놀란 표정을 지으며 말했다.

"우와. 나보다 어려 보이는데 20살이라니…… 부럽다. 예쁘기도 하고, 동안인데다가 목소리는 죽여주니까……."

'당연하지. 정신은 20살이지만 몸과 얼굴은 18세니까.'

나는 차를 계속 몰았다. 그 여학생은 궁금한 게 어떻게 그렇게 많은지 쉬지 않고 조잘조잘 댔다. 나는 다 듣고 있는 척, 건성으로 대답했다. 한 마디 한 마디 대답하는 것도 힘들기 때문이었다. 그때 그 여학생은 말했다.

"내 친구 중에 혜영이란 애가 있는데, 언니하고 많이 닮았어요."

'!!'

나는 심장이 멎는 줄 알았다. 나는 다시 되물어보았다.

"혜영이?"

"네. 박혜영이요."

"네가 몇 살이지?"

"저, 지금 19살이요."

'……'

나는 아무 말 하지 않고 묵묵히 차를 몰았다.

– 과거 –

(박혜원 시점)

"너희 둘로는 무리라니까! 상급 에일리언들도 아니고 마왕이야. 한 부족의 마왕. 그걸 너희 둘이서 잡겠다니, 말이 되는 소리를 해라."

현유력 할아버지는 우리의 말을 듣지도 않았다. 하지만 우리는 계속해서 고집 피웠다.

"지금 에일리언이 코앞에 있어요. 빨리 가지 않으면 프리케리어스 공간이 무너지고 에일리언들이 이 나라에 들어올지도 모른다고요!"

하지만 현유력 할아버지는 듣는 둥 마는 둥 했다.

"제발..!!!"

그때 할아버지는 입을 떼었다.

"너희들은 한국 TAP의 탑들이다. 하지만 너희들도 알잖아. 너희뿐만 아니라 나까지 가도 10분을 채 못 버텨. 다른 애들과 일본 TAP 쪽 사람들이 올 때까지 기다려."

"하지만……."

"시끄럽다. 더 이상 할 말 없으면 나가라!"

할아버지의 호통 소리에 우리는 나갈 수밖에 없었다. 문을 닫은 나는 혜영이를 보았다.

"언니. 사람들이 올 때까지만 이라도 기다리자. 위험한 건 사실이잖아."

하지만 난 고개를 저었다.

"무슨 소리야? 우리 둘로도 충분히 쓰러뜨릴 수 있단 걸 보여드리자."

나는 무식하단 소리를 많이 들었다. 하지만 어떻게 하겠는가. 머리는 모두 혜영이에게 갔는데. 내가 할 수 있는 것이라곤 무식하게 힘을 사용하는 것밖에 없다. 나는 내가 할 수 있는 일을 하고 있다 생각했다. 나는 시계를 꺼내 들었다. 그러자 혜영이도 할 수 없단 듯이 시계를 꺼내들었다.

"아버지 어머니가 우릴 보호해 주실 거야. 걱정하지 말고, 내 생일이나 기억하라고."

혜영이는 고개를 끄덕였다.

우린 그렇게 마왕이 있는 곳으로 소환되었다.

"매직 이미지!"

그러자 내 손에 완드가 소환되었다. 혜영이도 목검을 들었다.

"주변 잔챙이들은 신경 쓰지 말고. 내가 알아서 할 테니. 힐이 필요하거든 내게 말하고."

혜영이는 고개를 끄덕였다. 혜영이가 아무 말 없는 걸 보니 긴장한 것이 분명했다. 뭐, 우리 둘이서 마왕을 쓰러뜨리는 건 처음 있는 일이니까.

"그럼, 간다!"

나는 홀리 파워라고 소리쳤다. 그러자 내 주변에 보이는 기(몸 속에서 방출할 수 있다.)가 터졌다. 나는 계속해서 홀리 에로우와 홀리 소드를 한 번씩 바꿔가며 사용했다. 앞을 보니 혜영이도 하급 에일리언들에게 둘러싸여 있었다. 나는 한 번에 힘을 모아 외쳤다.

"제네시스!"

그러자 땅이 울리더니 그대로 한 곳에서 빛나는 기둥이 생겼다. 그러자 다른 곳에서도 생겨났으며, 에일리언들은 거의 다 전멸하다시피 사라졌다.

"휴……."

나는 손으로 부채질을 하며 혜영이에게 다가갔다. 혜영이는 목검을 등에 매고 내게 다가오고 있었다. 그 순간, 혜영이 뒤에서 그림자가 움직였다.

"!!"

그 그림자는 그냥 검게 물들어 있었다. 아니, 정확히 말하자면 검은색 외엔 아무것도 없었다.

"혜영아, 뛰어!"

그러나 그 검은색 물체는 혜영이의 복부를 손으로 찔렀고, 그대로 관통했다.

"!!!"

나는 쓰러져 가는 혜영이를 보았다. 그 검은색 물체는 혜영이가 쓰러지는 것을 보고 내게 다가오고 있었다. 나는 외쳤다.

"홀리 소드!"

그러나 그것에게 날아가는 것들은 모두 집어삼켜졌다.

"!?"

나는 뒤로 주춤거리며 걸었다. 그러나 그 검은색 물체는 점점 내게 다가오고 있었다. 그리고 어느 순간, 내게 뛰어오고 있었다. 나는 외쳤다.

"홀리 쉴드!"

그러자 내 주위가 빛나며 반원 형태가 잡혔다. 그 검은색 물체는 쉴드를 깨기 위해 계속해서 홀리 쉴드를 때리고 있었다. 나는 무서웠다. 그것은 아무 말 없었지만, '이것을 깨면 죽일 것이다'란 말을 하는 것만 같았다. 그 순간, 쨍그랑 소리와 함께 쉴드가 깨졌고, 난 그대로 눈을 감았다. 그 순간, 분홍빛이 나며 혜영이가 검은색 물체를 공격하고 있었다.

"새옹지마……."

나는 혜영이를 향해 말했다.

"힐!"

그러자 혜영이 몸에서 초록빛이 나더니 상처가 조금씩이지만 회복되고 있었다. 거친 숨소리도 조금씩 잦아들고 있었다. 그러나 혜영이 혼자 상대하기에는 너무나도 벅찬 상대였다. 혜영이의 옆구리도 찢어지고, 다리에서 피도 나고 있었다. 하지만 포기하지 않았다. 계속해서 공격하고 있었다.

'내 자만심과 잘못된 선택이……'

나는 혜영이를 보았다. 그때 혜영이가 뭐라고 말했다.

"언니. 약속 꼭 지키기. 언니한테 줄 선물도 있으니……."

나는 혜영이에게 웃으며 말했다.

"당연하지."

그때 한 곳에서 빛이 나더니 그대로 석훈이 오빠, 명석이 오빠, 동석이, 선희 네 명이 들어왔다. 뒤따라서 한무진 아저씨, 현유력 할아버지, 마한성 할아버지, 이정연 아주머니가 들어오셨다. 그들은 날 보더니 달려왔다.

"괜찮아?"

내게 달려온 이정연 아주머니는 회복 구슬을 꺼내들더니 내 입에 머금게 했다. 그리고 혜영이를 보았다. 혜영이는 온 몸이 상처투성이었다. 선희는 혜영이에게 말했다.

"혜영아, 나랑 교대해!"

그제야 혜영이는 내가 있는 쪽으로 뛰어왔다. 현유력 할아버지는 우리에게 오더니 크게 소리쳤다.

"너희, 정신이 있는 거냐? 내가 몇 번이나 가지 말라고 했냐. 정말 위험할 뻔 했잖아!"

나와 혜영이는 고개를 푹 숙였다. 현유력 할아버지는 가슴을 치더니 내게 말했다.

"상처를 치료하려면 여기보다 밖이 더 나을 거다. 밖에 나가서 쉬고 있어."

나는 혜영이를 부축해 문으로 다가가고 있었다. 그 순간, 뒤에서 선희가 소리쳤다.

"혜영아! 혜원언니!"

나는 뒤를 보았다 검은색 물체 일부분이 떼어져 우리에게 날아오고 있었다. 난 반사적으로 홀리 쉴드를 쳤다. 다행히 막을 수 있을 정도였다. 그 순간, 검은색 물체가 분해되더니 두 개, 네 개, 여덟 개……. 점점 늘어나고 있었다. 그리고 결국 우리는 시아가 가려졌다.

"어떻게 하지? 앞이 보이지 않아."

나는 혜영이를 보았다. 혜영이도 간신히 일어나 앞을 보았다. 그때 혜영이 쪽으로 검은색 가시같이 날카로운 것이 들어오고 있었다. 혜영이는 보지 못한 듯했다.

'혜영이의 지금 몸으론 피하는 건 불가능 해. 할 수 없나…….'

나는 혜영이에게 다가오는 가시를 몸으로 막아냈다. 마법을 사용하면 홀리 쉴드가 깨지기 때문이었다. 혜영이는 뒤를 돌아보았다. 나는 혜영이를 보았다. 혜영이는 놀랐는지 눈을 떼지 못 했다. 나는 혜영이의 얼굴을 만지며 말했다.

"우리 혜영이…… 부모님 때문에 안 그래도 힘든데. 못난 언니 둬서 그렇게 다쳤네……. 미안해."

나는 눈물이 흐르는 걸 느꼈다. 혜영이는 고개를 절레절레 흔들었다.

"하지만 너만큼은 여기서 나가게 해 줄게."

나는 이렇게 말하고 내가 포함돼 있던 쉴드를 혜영이만 있을 수 있는 쉴드로 교체했다. 예상대로 검은색 물체는 내게 오고 있었다. 내 몸에 붙어서 앞을 볼 수도 없었다. 이 검은색 물체는 점점 내 몸을 갉아 먹는 것 같았다. 정신이 아득해졌다.

'아, 이렇게 죽는구나. 부모님도 보고 싶고…… 혜영이는 걱정되네. 아직 아무한테도 인사하지 못 했는데…….'

그렇게 나는 첫 번째 삶을 마감했다.

사람들은 기적을 경험할 때가 간혹 있다. 나 같은 경우도 기적을 느꼈다. 정말 절실한 사람에게는 꼭 기적이 온다. 내가 운이 좋았는지, 아니면 내 마음이 그 만큼 절실한 건지 내게 그런 기적이 왔다.

– 2년 후 과거 –

(박혜원 시점)

'여긴 어디지…'

나는 주위를 둘러보았다. 아무리 봐도 지옥이나 천국은 아니었다. 햇빛이 내리쬐고 있었으며, 푸른 식물들도 보였다.

"나… 살아 있는 거야?"

나는 몸을 더듬어 보았다. 분명히 박혜원의 몸이었다. 하지만 내가 깨어난 곳은 전혀 다른 곳이었다. 주변을 둘러보아도 내가 한 번도 보지 못했던 자연풍경이었다.

"……."

나는 자리에서 일어나서 걸어보았다. 아프지 않았다. 나는 불러보았다.

"매직 이미지."

그러자 내 머릿속에 여러 가지 종류의 무기들이 보였다. 그 중, 내가 제일 많이 사용하는 완드를 꺼내보았다. 만질 수 있었다. 느낄 수도 있었다.

‘내가 어떻게 살아 있는 거지……. 분명히 나는…….’

그때 남자아이들의 목소리가 들렸다. 나는 그 목소리가 나는 데로 가보았다. 그 아이들은 아직 젖살이 채 빠지지도 않은 아이들이었다. 그 중 한 꼬마여자애가 내게 다가와서 말했다.

(프랑스 어로 생각해 주세요.)

"언니, 뭐하고 있어?"

나는 어안이 벙벙해 졌다. 저게 무슨 뜻인지, 아니, 무슨 나라인지도 모르는 언어였다. 그 꼬마 숙녀가 내게 말하자 다른 꼬마들도 내게 다가왔다. 다들 한 마디씩 하는데, 나는 무슨 말인지 전혀 알지 못했다.

그제서야 뭔가 알 것 같다는 표정을 지은 꼬마들은 자기들끼리 쑥덕이다 내 손을 잡고 끌었다.

"잠깐!!"

나는 한국어를 사용했다. 하지만 그 아이들은 무슨 뜻인지 알 턱이 없으니 그냥 끌려 갈 수밖에 없었다. 그 아이들이 멈춘 곳은 고아원이었다.

그 아이들이 밖에서 초인종을 누르자 안에서 한 여자가 나왔다. 그 여자는 아이들에게 말을 듣더니 내게 다가와서 말했다.

"안녕하세요."

나는 한국어를 할 수 있는 사람을 보자 놀랐다. 그 사람은 이렇게 말했다.

"이 아이들이 당신이 사용하는 언어가 무엇인지 궁금하다고 해서 데리고 왔다는데, 아무리 봐도 한국인이네요."

나는 고개를 끄덕였다. 그 아이는 재미있다는 듯이 웃으며 내게 말했다.

"들어오세요."

"한국인이라고요?"

"네. 한국에서 태어났습니다."

나는 넌지시 질문을 던졌다.

"그럼 여기가 어딘지 아시나요?"

"이곳은 프랑스입니다. 제가 이곳에 온 이유도 프랑스어를 더 잘 알기 위해서입니다."

나는 '프랑스 어를 더 잘 알기 위해서.' 란 말을 듣고 내 앞에 있는 여자가 왜 이 곳에 왔는지 뭔가 짐작이 갔다. 숲에서 만난 아이들도 왜 나를 이곳에 데리고 왔는지 알아차렸다. 내 앞에 있는 사람은 한국인이라고 해도 다른 언어들을 공부하는 언어 쪽 관계자임이 틀림없다. 만약 내가 다른 나라 사람이었어도, 이 여자는 언어 쪽을 공부하기 때문에 내가 하는 언어를 안다고 생각했을 것이다.

"그런데 왜 혼자 숲에 가신 거죠?"

나는 곰곰이 생각했다. 과연 내 앞에 있는 여자가 믿을 수 있는 여자인지... 솔직히 나도 어떻게 된 건지 모르니까 말 할 것도 없었다. 그 여자는 가만히 있다가 말했다.

"이미 죽으신 분이 어떻게 여기까지 왔나... 제게 이 말만 해 주시면 됩니다."

나는 깜짝 놀랐다. 나는 아무 말도 하지 않았기 때문이다. 그러나 내 앞에 앉아있는 그녀는 내가 이미 죽었단 것을 알고 있었다. 그녀는 내게 말했다.

"저는 신에게 과거를 볼 수 있는 능력을 받았습니다. 물론 과거를 보는 것이 내 힘의 전부는 아니지만 말이죠."

그녀는 빙긋 웃으며 말했다. 그러다 자기 앞에 놓여진 커피를 한 모금 마시더니 날 보며 말했다.

"이 세상에 신은 존재합니다. 당신 같이 힘을 가지고 있는 자들은 모두 신에게서 받은 힘. 유전될 확률은 1퍼센트도 되지 않습니다. 뭐, 얼마 전, 신을 만났을 때, 센피우트의 힘을 물려받은 자가 유전이 아니냐는 가설도 세워 봤습니다만, 그 아이 몸 속의 특수한 무언가가 작용해 그 아이에게 힘이 전달된 모양입니다."

나는 고개를 들어 그녀의 눈을 쳐다보았다. 그녀는 부담스럽게 내 눈을 보고 있었다. 그러다 그녀는 내 앞에 종이들을 내 놓았다.

"이건……."

나는 종이를 받아서 보았다. 그녀가 준 종이에는 크리스틴이란 이름이 적혀 있었고, 키와 몸무게, 신체적 조건과 생일 등 여러 가지 종류의 정보가 적혀 있었다. 나는 하나하나 꼼꼼히 살펴보았다. 이 여자가 원하는 것이 뭔지도 모르고 말이다. 그때 그 여자가 말했다.

"당신… 당신이 어떻게 살아 있는지 모르는구나. 당신은 얼마 전 독일 TAP에서 프리케리어스 공간이 파괴되면서 시공간이 꼬였을 때, 그 틈을 비집고 나온 거야. 당신 말고도 더 있겠지."

"제가 죽었을 때는……."

"알아. 당신이 죽은 지 2년 조금 넘었어."

나는 이 여자의 정체가 너무나도 궁금했다. 어떻게 내가 궁금한 것만 쏙쏙 꺼내 대답하는 걸까.

'설마 내 생각을 읽는…….'

"미안하게 됐어, 생각을 마음대로 읽어서."

나는 흠칫 놀랐다. 어떻게 생각을 읽는 능력을 가진 사람이 있는 건가. 게다가 지금까지 말한 저 여자의 능력도 두세 개다.

"당신……. 인간 맞아?"

"흐음……. 전 당신에게 제가 인간이라고 말하지 않았는데. 제 이름은 이리나. 620살이고, 이리스 부족의 대군마마입니다."

"!!"

난 놀랄 수밖에 없었다. 보통 인간이 아니란 사실을 알고는 있었지만, 인간이 아니라니…… 에일리언이 마음대로 지구에 들어올 수 있단 말인가. 게다가 방금 이리스 부족의 대군마마라고 했다. 에일리언 부족의 대군마마라면 이리스란 자의 동생일 것이다. 그렇다는 건…….

"워~ 워~ 진정하라고. 나는 인간에게 해를 입힐 생각이 없다고."

"거짓말 하지 마. 에일리언이 지구에 들어온 것도 이상한데."

"이런 나라 따위 내가 힘만 주면 하루 만에 재로 변할 수도 있습니다. 하지만 제가 공격하지 않는 이유는 그럴 이유도 없고, 또 제가 이 지구에 관심이 많기 때문입니다. 그만큼 애정도 많고 말이죠. 제가 이 지구를 파괴할 거면 왜 군이 400년 동안 잠잠히 지낸 걸까요?"

나는 그 말을 듣고 흥분했던 내 가슴을 쓸었다.

'그래. 저 여자가 말한 게 사실이다.'

나는 자리에 앉았다. 이리나란 여자는 다시 커피를 한 모금 마시더니 말을 이었다.

"꼭 모두 프리케리어스 공간에서 죽었다고 다시 살아날 수 있는 건 아닙니다. 하지만 당신이 살아 있는 이유는 단 한 가지. 에일리언에게 죽지 않아서입니다. 그리고 당신의 몸과 영도 갈가리 찢겨져 퍼졌을 뿐, 소멸된 것은 아닙니다."

나는 이리나가 말하는 도중 그녀의 말을 잘랐다.

"저는 분명히 에일리언에게 죽었습니다. 그것에게 잡아먹히기까지 했는데……."

"그것을 정확히 에일리언이라고 단정 지을 수 있습니까?"

나는 잠시 생각하다 고개를 절레절레 흔들었다. 그녀는 내가 고개를 젓는 것을 보고 다시 말했다.

"그것은 에일리언이 아닐 겁니다. 제가 신에게 들은 바로는 그것은 에일리언이 아닌, 인간들의 피조물. 인간들이 성공작을 만들기 위해 버린 폐기물들일 것입니다. 정말 잔인하죠. 비록 성공을 원한다지만 그렇게 무참히 버릴 수 있는지가……."

그녀는 더 이상 말을 잇지 않았다.

"……."

나는 그녀를 계속해서 바라보았다. 그때 그녀가 자리에서 일어났다.

나도 따라서 일어났다. 그녀는 많은 방 중, 한 방에 들어갔다. 나도 그곳에 따라 들어갔다. 그곳은 옷만 몇 백 벌 있을 것만 같이 옷이 어마어마하게 많았다. 셀 수도 없었다. 바지부터 시작해 추리닝, 후드 티, 청바지, 핫팬츠, 드레스, 민소매, 치마 등등. 그녀는 그들 중 몇 벌을 내게 주었다.

"??"

나는 왜 옷을 내게 주는지 궁금했다.

"당신 입을 옷 없잖아요. 일단 입고 나와 보세요."

그녀는 이렇게 말하고 문 밖으로 나갔다. 나는 그녀가 준 옷으로 갈아입고 밖으로 나왔다.

그녀는 조용히 나를 위 아래로 훑어보았다.

"음⋯⋯. 괜찮군요."

나는 머쓱해서 머리를 긁적였다. 그녀는 그런 나를 자신에게 오라고 손짓했다.

"제 몸을 잡으세요."

그렇게 말하며 그녀는 앞을 보고 손을 뻗었다. 그리고 이렇게 말했다.

"텔레포테이션."

그 순간, 내 몸이 어딘가로 빨려 들어가는 느낌이 들었다. 속이 좋지 않았다.

그렇게 우리가 이동한 곳은 시장이었다. 우리들은 필요한 물건들을 샀고, 그녀는 책상이나 침대 같은 것들을 샀다. 왜 샀는지는 모르겠지만. 아무튼 오랜만에 맛있는 것도 먹고, 대화라고 하기엔 좀 그렇지만 이야기도 했다.

"그럼 전 이만 가 볼게요."

나는 시장에서 나와서 그녀에게 인사했다. 그리고 뒤로 돌아 앞으로 갔다. 다신 보지 않을 그런 나를 그녀는 또 불러 세웠다.

"당신 어디 가는 건가요? 우리 집은 반대편에 있습니다만."

"……"

아니, 어쩌면 다신 보지 않을 사람이 아닐지도 모른다. 그렇게 내게 또 한 번의 기적이 일어났다.

– 과거 회상 –

(크리스틴 시점)

'제길…… 왜 하필 그때 생각이 나는 거지. 그녀는 날 버리고 도망갔다고!'

나는 손으로 얼굴을 쥐어짜며 생각했다. 그때 TAP의 건물이 보였다. 나는 차를 세우고 사람들을 차에서 나오게 했다.

"도착했습니다. 이제 나오셔도 됩니다."

2. 관계자 외 출입 금지

– 과거 –

(이성혁 시점)

우리는 큰 건물에 감탄할 수밖에 없었다. 크기만 큰 것이 아니라 건물 자체가 아름다웠다. 정원도 있었고, 나무도 군데군데마다 박혀 있었으며, 사람들도 많이 지나가고 있었다. 건물에 들어오자 바닥부터가 달랐다. 바닥은 아름다운 유리로 되어 있었으며, 엘리베이터로는 바깥 경치까지 확인할 수도 있었다. 이윽고 우리는 최상층에서 한 층 내려온 접대실에 들어갈 수 있었다. 접대실도 바깥만큼 으리으리했고, 샹들리에는 빛나고 있었다. 소파도 정말 푹신했으며, 양탄자의 무늬는 또 얼마나 아름답던지…… 탁자 위에 올려 진 유리꽃병 안의 장미도 아름다웠다.

"여기서 잠시만 기다려 주세요."

크리스틴은 이렇게 말하며 밖으로 나갔다. 우리는 그 곳에서 조용히 기다리고 있었다. 그때 유리창으로 비치는 곳에서 몇 사람이 검은 양복을 입은 사람들에게 붙잡혀 나오는 것을 목격했다. 다섯 명이었는데, 왠지 모르게 뭔가 이상한 기운이 느껴졌다. 그때 문이 열리면서 크리스틴 외 세 명이 들어왔다. 그중, 나이가 가장 많을 것 같이 생긴 할아버지가 우리 맞은편에 놓여진 1인용 소파에 앉았다. 우리는 그 사람을 보았다. 그 사람은 우리를 하나하나 찬찬히 보더니 이내 상업용 미소를 지으며 우리에게 물었다.

"여러분은 어떻게 해서 이곳에 오셨습니까?"

그러자 한무진 아저씨가 프랑스 TAP의 간부처럼 보이는 할아버지께 말했다.

"저는 한국 TAP을 맡고 있는 한무진이라고 합니다. 제가 이렇게 온 이유는 이 학생 때문입니다."

한무진 아저씨는 그렇게 말하며 날 가리켰다. 나는 그 할아버지와 눈이 마주치자 인사를 했다. 그 할아버지께서도 인사를 받아주셨다. 나는 할아버지께 말했다.

"할아버지께서도 보이실지 모르겠지만, 제 옆에는 에일리언이 있습니다."

할아버지는 고개를 끄덕였다. 아마도 카오스가 보인다는 뜻이리라. 나는 고개를 끄덕였단 걸 보인다는 걸로 생각하고 계속해서 말을 이었다.

"제 옆에 있는 에일리언의 이름은 카오스입니다. 쿠워스 부족의 마왕인 오스코의 직속 부하이죠."

"오스코라면……. 에일리언 측을 배신한 종족 아닙니까. 아무리 그래도 에일리언인데 지구에 데리고 오다니……."

그러나 그 분이 말하시는 것을 한무진 아저씨가 끊고 말을 했다.

"이 에일리언에 대해 정확하게 말씀 드리긴 어렵지만, 한 가진 말할 수 있습니다. 이 에일리언은 절대로 인간을 배신하지 않습니다. 그건 제가 장담합니다."

할아버지는 잠시 골똘히 생각하는가 싶더니 뒤를 돌아 자신과 같이 들어온 두 사람을 앞에 세웠다.

"이 아이들은 현재 프랑스 TAP에 소속돼 있는 아이들입니다. 원래 한국에서 살아서 당신들에게 잘 설명할 수 있을 것이라 생각됩니다."

그러자 그 두 아이들 중 한 아이가 입을 열었다.

"안녕하세요. 저는 현 프랑스 TAP에 소속돼 있는 김정채라고 합니다. 현재 18살입니다."

그러자 남자아이도 말했다.

"저는 곽은명입니다. 19살이고, 잘 부탁드립니다."

"나는 한무진이라고 하네. 현 한국 TAP을 맡고 있고, 옆에는 순서대로 신동석, 이성혁, 정지혜라고 하네. 동석이는 21살이지만, 성혁이와 지혜는 은명이와 나이가 같군."

한무진 아저씨는 허허 하고 웃으며 말했다. 그때 할아버지께서 크리스틴 누나에게 무언가 말을 했다. 잘 들리진 않았지만, 할아버지의 심각한 표정을 보고 알 수 있었다.

'볼 일이 급하신가 보네.'

그때 할아버지께서 먼저 자리에 일어나시며 말씀하셨다.

"저는 볼 일이 있어서 그만 실험이나 확인 같은 것들은 모두 그 아이들이 알아서 해 줄 겁니다."

그렇게 말하며 할아버지는 접대실을 나갔다.

"그럼, 일단 몸 상태를 체크하시겠습니까?"

정채란 아이가 말하자 우리들도 자리에서 일어나 접대실을 나갔다.

(3인칭 관찰자 시점)

노크하는 소리가 들렸다.

"들어오세요."

안에서 어떤 여성의 목소리가 들렸다. 할아버지는 그 문을 열고 들어갔다. 안에는 젊은 여성이 탁자 맨 앞에 앉아 있었고, 여섯 명이 서로를 마주보고 앉아 있었다.

"죄송합니다. 그들의 눈치를 본다고……."

할아버지는 헐레벌떡 자리를 찾아 앉았다. 여성은 할아버지를 보며 말했다.

"로엔. 한국에서 온 TAP 들은 어떻게 되었나요?"

그러자 로엔이란 할아버지는 말했다.

"일단 오늘은 보내주기로……."

그러자 그중, 한 남자가 주먹으로 책상을 치며 소리쳤다.

"무슨 소리지? 오늘 안에 끝낸다고 했으면 끝내야 되는 거 아닌가! 원래 계획은 우리나라로 들어올 때, 바로 검거해 가는 것이었다. 그들을 직접적으로 잡을만한 동기가 없었기 때문에 눈치를 보고 빠진 거지. 하지만 이제는 아니지 않나. 여기까지 들어왔으면 독 안에 든 쥐 아닌가!"

"바띠스뜨!"

가장 앞에 있는 여자가 호통 치자 그제서야 남자는 입을 다물었다. 여자는 눈길을 돌려 다시 로엔을 보며 말했다.

"로엔님. 당신은 어떻게 하는 것이 좋다고 생각하나요?"

"이미 김정채와 곽은명 학생들에게 맡겨 놨습니다. 걱정하지 않으셔도 됩니다."

"그럼 저희는 이제 나가봐도 되나요?"

조용히 앉아 있던 한 여학생이 말했다.

그러나 반박하듯 여자는 "아뇨."라고 거절했다.

"로라님. 좋은 생각이 있습니다."

그들 중 나이가 가장 어려 보이는 남학생이 말했다. 모두 그에게 시선이 돌아갔고, 그는 봉인 해 둔 입을 열었다.

"그들을 이곳, 프랑스 TAP에 가둬놓고 '그것들' 을 풀어놓는 겁니다. 아무리 그들이 실력 있는 TAP의 대원이라고 해도 '그것들' 을 상대로는 힘들 것입니다."

그러자 모두 동의한다는 듯 고개를 끄덕였다.

"하지만 그것을 풀어놓으면 이곳도 피해가 가지 않겠나? 그건 어떻게 할 거지?"

바띠스뜨가 묻자 그는 자신 앞에 앉아 있는 한 여자를 가리키며 말했다.

"엘로이즈의 힘은 회복과 성스러움, 그중 성스러움은 신의 힘입니다. 엘로이즈가 신의 힘을 빌려 이곳에 잠시 동안 결계를 쳐 놓고 다른 사람들을 모두 대피 시킨다면 문제는 없을 것이라 봅니다. '그것들' 은 결계가 사라지는 그 순간에 사라지도록 설정해 놓았으니 말이죠."

그러자 가장 앞에 앉은 여자가 엘로이즈를 보며 말했다.

"엘로이즈양, 할 수 있으시겠습니까?"

그러자 엘로이즈는 고개를 살짝 끄덕였다.

"어차피 이 일은 우리들 말곤 아무도 모릅니다. 현재 이 세상은 우리 프랑스 TAP이 순수하게 성장하고 있다고 생각할 것입니다. 하지만 실제로는 다르죠. 에일리언으로 실험을 하고, 인간들을 개조한다는 사실을 알게 되면 이 세상의 평형은 무너질 수도 있습니다."

"그러니 조심해야죠."

로라는 그렇게 말하며 엘로이즈를 쳐다보았다.

"엘로이즈양, 루이즈 양, 레오 군. 당신들은 현 프랑스 TAP의 s급 대원입니다. 그 만큼 당신들을 믿고 이 사실을 밝혔으니, 밖으로 발설하는 것을 절대 삼가해 주십시오."

그러자 세 명은 "네."라는 굵고 짧은 목소리로 대답했다.

(정지혜 시점)

"성혁이와 카오스란 녀석의 몸 상태를 확인하는데 3시간이나 걸린다고?"

내가 묻자 은명이란 아이는 고개를 끄덕였다. 정채란 아이는 그 아이들의 몸 상태를 확인하기 위해 한무진 아저씨와 특수한 물체로 제작된 방에 들어갔다. 동석이 오빠와 나는 밖에 남겨진 것이다. 다행인 것은 우리들을 가이드 해 줄 은명이란 아이가 남은 것이었다.

"은명이라고 했나?"

"네."

그 아이는 나이가 동갑인데도 불구하고 우리에게 존댓말을 사용했다. 나는 이런 모습이 웃겨 그 아이를 보며 웃었다.

"우리 나이 같잖아. 말 놔."

그러나 그는 고개를 흔들었다.

나는 그냥 있기에도 답답하고 해서 밖으로 나가려고 했다. 그러자 은명이도 날따라 나왔다.

"안 따라와도 돼. 나 화장실 갈 거거든."

그러자 은명이는 내게 다가와서 화장실의 위치를 알려주었다. 나는 웃으며 말했다.

"고마워. 나중에 밖에서 만나면 맛있는 거 많이 사줄게~."

나는 이렇게 말하며 화장실 방향으로 갔다. 하지만 진짜로 화장실을 가고 싶어서 간 것은 아니다. 주변을 한 번 둘러보고 싶었기 때문에 나온 것이었다.

"역시 나오니까 좋긴 하네."

나는 주변을 둘러보며 말했다. 아름다운 꽃들은 자신들의 매력을 실컷 뽐내고 있었다.

그러다 나는 이상한 곳을 보았다. 붉은 빛이 나는 창문 사이로 이상한 소리가 났다.

"흐음……. 뭐지?"

나는 창문을 통해 안을 보려고 했으나, 창문에서 새어 나오는 붉은 빛 때문에 잘 보이지 않았다.

"뭔가 있을 거 같은데……."

나는 창문을 힘을 사용해 열려고 했으나 열리지 않았다. 그때 한 남자가 내게 다가오는 것을 알 수 있었다. 나는 바로 땅으로 내려왔다. 그 남자는 나와 창문을 번갈아 보며 말했다.

"이곳은 들어갈 수 없습니다."

"???"

나는 프랑스어를 사용하지 못한다. 그런데 아까 전부터 이상했다. 한국어를 능숙히 사용하는 할아버지부터 시작해서 한국에서 살았다곤 하지만, 어색하지 않은 한국어, 크리스틴 언니의 발음, 그리고 내 앞에 서 있는 남자의 한국어. 전혀 이상하지 않았다.

"프랑스인이 어떻게 그렇게 한국어를 능숙히 사용할 수 있는 거죠?"

그러자 그 남자가 말했다.

"저희 프랑스 TAP에는 어떠한 여성분이 제노글로시란 힘을 사용합니다."

"제노글로시?"

나는 그런 단어는 처음 듣는다는 듯한 말투와 표정을 사용하며 말했다. 그 남자는 내가 모른다는 것을 느꼈는지 그것에 대해 설명했다.

"제노글로시란 힘은 마법보다는 초능력에 가깝습니다. 제노글로시는 자신이 외국어를 능숙하게 할 수 있는 능력을 말하는데, 이 능력을 키우다 보면 어느새 주변 인물들까지 외국어를 사용할 수 있게 됩니다. 저는 지금 프랑스 어를 사용하고 있지만, 당신이 듣기에는 한국어로 들리죠?"

나는 고개를 끄덕였다. 그는 웃으며 말했다.

"이 능력이 바로 제노글로시입니다. 그리고 프랑스 TAP에서 모든 것을 맡고 있는 총 책임자. 그녀가 바로 로라 입니다."

나는 '그녀' 라고 말하는 것을 듣고 여자라고 직감했다.

"여성분인데도 대단하시네요."

나는 감탄하며 말했다. 그러자 그 남자는 내 말에 대꾸했다.

"네. 아직 나이가 어린데도 프랑스에서 가장 강한 힘을 가지고 계시며, 과학……."

"과학?"

나는 되물었다. 그러나 그는 입을 막았다.

'뭐지? 말하면 안 되는 건가.'

나는 생각하며 다른 질문을 했다.

"당신은 어려 보이는데 TAP에서 일하시나 봐요?"

그는 대답했다.

"네. 제 이름은 레오입니다. 잘 기억해 두시는 게 좋을 거예요."

그의 능청스러운 대답에 나는 뭔가 재미있는 이야기를 들은 듯 한바탕 웃었다. 그도 재미있는지 나와 같이 웃었다.

"그럼, 이만 갈게요."

나는 인사를 하며 뒤로 돌았다. 그때 그는 섬뜩한 미소를 지으며 말했다.

"다음에 또 볼 때가 있을 것입니다. 몇 분 후가 될 수도 있고, 아니면 며칠, 몇 개월…… 언젠간 보겠죠?"

그러나 난 그냥 웃음으로 넘겼다. 내 앞에 서 있는 사람에게 이상한 느낌을 받은 건 사실이지만 그렇다고 무턱대고 의심하면 뭔가 이상할 것 같아 그냥 돌아섰다.

"오빠~ 나 왔어~"

나는 동석이 오빠에게 말했다.

"야, 어디 갔다가 온 거야!"

오빠는 내게 언성을 높이며 말했다. 평상시에는 착한 오빠가 오늘따라 왜 저러는지 궁금해진 나는 오빠에게 물어보았다.

"왜 그래. 무슨 일 난 거야?"

그러나 내 생각과는 다른지 동석이 오빠는 고개를 절레절레 흔들었다. 그때 문이 열리며 정채가 나왔다.

"거기 두 분, 검사가 끝났습니다. 확인하고 싶으시면 방에 들어가 보세요."

그렇게 말하며 정채는 급한 일이 있는 듯 반대편 복도로 뛰어갔다.

나와 오빠는 무진 아저씨가 계신 곳으로 갔다. 아저씨는 검사표 같은 종이를 들고 읽고 계셨으며, 성혁이는 침대에 누워서 자고 있었다. 나는 성혁이를 깨우기 위해 침대 위에 내 손을 갖다 대었다. 그때 어떠한 손이 내 손을 잡고 성혁이 쪽으로 손이 가지 못 하게 했다.

"뭐야?"

나는 그 손의 주인을 보았다. 그 손의 주인은 카오스였다.

"카오스…… 라고 했나? 난 성혁이를 깨우려고 하는 건데 왜 내 손을 잡는 거야?"

그러나 카오스는 고개를 흔들며 말했다.

"지금은 깨우지 않는 게 좋아. 아까 검사를 한다고 힘을 많이 소진했거든."

"??"

나는 문득 궁금해졌다.

"너의 힘을 사용하면 성혁이에게도 무리가 가는 거야?"

"그래. 우리 둘은 계약을 맺었으니, 이 녀석이 아프면 나도 아프게 되고, 내게 무리가 가면, 이 녀석에게도 무리가 가는 방식이지. 내가 아까 힘을 많이 소진했으니, 이 녀석도 꽤나 고생할 거야."

나는 성혁이를 보았다. 자고는 있었지만, 아직 힘든지 식은땀을 좀 흘리고 있었다.

"……"

나는 아무 말 없이 한무진 아저씨께 다가갔다. 아저씨는 검사표를 얼마나 열심히 읽는 것인지, 내가 다가온 것도 모르고 계셨다.

"아저씨."

나는 아저씨를 불렀다. 그제서야 내가 자신의 옆에 있단 것을 깨달았는지 내게 눈길을 주었다.

"으음……. 왜 그러냐."

아저씨는 내게 물어보았다.

"검사는 어떻게 됐어요?"

나는 아저씨께 바짝 붙어서 물어보았다. 아저씨는 검사표를 한 번 더 살펴보더니 내게 말했다.

"나쁜 편은 아닌데, 그렇다고 해서 좋은 편이라고 말 할 수도 없어. 카오스와 계약을 맺었을 때, 몸에 무리가 갔을 거야. 하나도 가지 않았다고 말한다면 그건 거짓말이겠지. 그래도 심하게 무리가 간 편은 아닐 테니 너무 걱정하지 않아도 돼."

나는 카오스를 보았다. 카오스는 내가 자신을 보자 뭘 보냐는 등의 말을 눈빛을 통해 보냈다. 나는 눈길을 돌려 동석이 오빠를 보았다. 동석이는 아저씨가 들고 계시던 표를 받아서 읽고 있었다. 그러나 읽기가 무섭게 오빠는 아저씨와 급하게 말을 하다 밖으로 나갔다. 아저씨도 따라서 나갔다.

"무슨 일이야?!"

나는 소리쳐 보았다. 하지만 아저씨는

"너는 그냥 여기 있는 게 나을 거다."

라는 말만 남기고 밖으로 나갔다. 나는 잠시 멍하게 서 있다가 의자에 앉았다.

'…… 알게 된 지 4년이나 되었는데 모두 비밀 투성이야. 그래도 저 사람들은 만난 지 오래 돼서 안 그럴 줄 알았는데, 역시 다 똑같은 건가.'

나는 한숨을 쉬었다. 그 한숨에는 내 희망이 빠져나가고 있었으며, 과거 자신의 모습도 함께 빠져나가 내 눈앞에 아른거렸다.

'아니. 그 때가 왜 갑자기 생각나는 거야.'

나는 소매를 눈가에 갖다 댔다.

"괜찮아 정지혜! 나는 바뀌었다니까?"

크게 소리치는데도 마음 한 구석에는 슬픔과 과거에 대한 두려움이 스물스물 생겨나 내 몸을 갉아먹었다.

(3인칭 관찰자 시점)

"방금 실험실에 모두 가둬놓고 왔습니다."

정채는 로엔에게 말했다. 로엔은 은명이에게 말했다.

"그건 그렇고 아까 레오에게 들었는데, 자네 여자아이 한 명을 놓쳤다면서? 레오 말론 그 여자아이가 '그곳'에 들어가려고 했다던데……."

그러자 은명이는 움찔하며 고개를 푹 숙였다. 로엔은 둘을 보며 말했다.

"이제 '그곳'의 봉인을 해제할 생각입니다."

그러자 둘은 깜짝 놀라며 로엔에게 말했다.

"잠깐만요! '그곳'의 봉인을 풀면 이곳의 일대가 전부……."

그러나 그 말을 끊고 로엔이 말했다.

"그건 엘로이즈의 성스러운 힘으로 막게 할 것이다. 우리들이 만들다 실패한 피조물들인 슬라임들도 소환시킬 것이며, 너희들도 그 안에 들어갈 것이다."

그 말을 들은 둘은 또 한 번 놀랐다. 그렇게 위험한 곳에 자신들을 넣을 거란 것은 생각하지도 않았기 때문이다.

그 생각을 눈치 챈 로엔은 은명이를 가리키며 말했다.

"자네 때문에 이번 계획이 물거품이 될 뻔했다. 이 정도 위험은 감수해서 도와줘야지? 정채, 자네는 은명 군과 같은 팀 대원이기 때문에 들어갈 거지만, 자네가 싫다면 자네는 보내지 않겠네."

그러나 정채는 고개를 흔들며 말했다.

"아뇨, 같은 팀 대원이라면 같은 대우를 받아야 한다고 생각합니다. 저는 은명과 같은 벌을 받겠습니다."

그러자 로엔은 웃으며 말했다.

"지금 모두 대피하고 있을 것입니다. 당신들은 일단 밖으로 대피했다가 엘로이즈 양이 마법을 쓰면 밖으로 대피하십시오."

그들은 대답했다.

"네."

"정말 대단하군요."

로라가 말하자 바띠스뜨와 조에는 고개를 끄덕였다.

"로엔은 어디 갔나요?"

로라가 말하자 루이즈와 레오는 고개를 흔들었다.

"저희도 잘 모르겠습니다. 로엔님은 아까 김정채 양과 곽은명 군을 만나러 간 것 같은데……. 아, 저기 오시네요."

루이즈는 로엔을 가리키며 말했다. 로엔이 로라에게 다가가자 로라는 뒤에 있는 은명과 정채를 보며 말했다.

"그 아이들은……."

"아, 일단 엘로이즈 양이 결계를 치면 그 안에 들어갈 아이들입니다."

그때 갑자기 붉은 빛이 나더니 그대로 그 일대가 붉게 변했다.

"흐음……. 시작한 모양이군요."

조에가 말하자 바띠스뜨는 신기하단 듯이 말했다.

"아직 나이가 많지도 않은데 이 정도 힘을 사용하다니. 게다가 평범하지 않은 우리 눈에도 결계가 전혀 보이지 않습니다."

그러자 로라는 바띠스뜨를 보며 말했다.

"놀랄 일은 그것으로 충분하지 않습니다. 엘로이즈 양의 결계는 시공간을 흩뜨리는 힘이 있기 때문에 아무리 저기서 싸워도 평범한 인간계에는 아무런 해도 입지 않습니다. 게다가 결계 지속 시간도 세 시간이나 되기 때문에 아무 생각도 하지 않고 싸워도 되죠."

로라가 미소를 지으며 말했다.

"이제 저 안에서 결계가 깨질 때까지, 혹은 슬라임들이 전멸 당하기 전까지, 저들은 결계 안에 갇혀 있을 것입니다. 하지만 밖에선 마음대로 들어갈 수 있죠? 은명 군, 정채 양. 이제 들어가세요."

로라는 미소를 짓고 있었지만, 목소리가 소름끼치게 느껴졌다.

"……."

둘은 아무 말 하지 않고 결계 안으로 들어갔다.

"이제 이것에 대해 발설할 사람은 없어졌습니다. 후훗."

로라는 그렇게 말하며 뒤로 돌아섰다. 그리고 유유히 걸어가다 우뚝 서더니 위고에게 말했다.

"위고, 당신은 프랑스 TAP의 지휘관, 만약 저들이 무사히 밖으로 나온다면 처리해 주세요."

위고는 고개를 푹 숙이더니 다시 들었다. 로라 외 TAP 간부 세 명과 S급 대원 세 명은 차를 타고 사라졌다.

(신동석 시점)

"이게 어떻게 된 거죠?!"

나는 아저씨께 물어보았다. 주변은 모두 붉게 보였으며, 밖에는 검은 액체들이 흘러나오고 있었다. 주변에 사람들은 아무도 없었다. 문은 모두 열려 있었으나, 불이 켜져 있진 않았다. 엘리베이터도 작동하지 않고 있었다.

"나도 모르겠구나."

아저씨는 계단을 이용해 뛰어가며 말했다.

"그런데 정말 표가 사실인가요? 카오스란 아이…… 분명 인간이었습니다."

나는 숨을 거칠게 내쉬며 말했다. 아저씨도 숨을 고르듯 자리에서 크게 숨을 쉬더니 내게 말했다.

"그 표는 언제나 진실만을 보여준다. 그리고 인간이었다고 해도 별로 놀랄 만한 사실이 아니야. 이리스 부족도 원래 인간이었던데다가 400년 전, 카오스란 자가 잠들기 전에는 인간과 에일리언이 같이 생활하고 있었다. 별로 놀라운 사실도 아니다. 하지만 인간이었던 자와 인간이 계약을 맺다니……. 뭔가 이상하다. 빨리 가 보자."

아저씨는 한 번 더 숨을 고르더니 다시 계단을 뛰기 시작했다. 그때 앞을 막는 사람들이 있었다.

"정채 양과 은명 군이라고 했던가?"

그 아이들은 고개를 끄덕였다.

"사람들은 다 어디에 간 거야?"

그러나 그들은 아무 말 하지 않았다. 나는 뭔가 느낌이 이상했다. 등골이 서늘해지는 느낌을 받았다. 그리고 우리 앞에 서 있는 저 아이들도 아까와는 느낌이 달랐다. 좀 더 차가워 진 느낌이랄까……. 나는 본능적으로 아저씨의 손을 잡고 밑으로 내려갔다. 그 순간, 우리가 서 있던 벽에 이상한 것이 날아가 쾅 하고 부서지는 걸 보았다.

"……!!"

나는 바닥에 손을 짚고 말했다.

"아이스 필드!"

그러자 내가 손 데었던 바닥과 벽면이 얼음으로 변했다. 나는 그대로 뛰었다. 뒤를 돌아보니 아저씨도 쌍권총을 소환해 달리고 있었다.

"아저씨, 천장에 음파용 총알을 쏘세요!"

난 그렇게 말했고 아저씨는 뛰는 도중, 천장에 총을 쏘았다. 그러자 음파로 인해 천장이 무너지며, 벽이 생성되었다. 나는 뛰는 것을 멈추고 벽으로 뛰어갔다. 그리고 벽을 짚고 말했다.

"프리즈!"

그 순간, 손에서 차가운 기운이 나더니 그대로 무너져 생긴 벽이 얼음으로 얼었다. 나는 무너진 벽 옆에 있는 벽에 손을 데고 말했다.

"매이크 아이시클!"

그러자 벽에서 날카로운 고드름들이 생겨나 벽을 막았다.

"이 정도면 시간 벌 수 있을 거예요. 지혜와 성혁이가 있는 곳으로 뛰어요!"

나는 그렇게 말하며 아래층을 향해 뛰었다.

(이성혁 시점)

"으음……."

나는 고개를 들어 앞을 보았다. 앞에는 카오스가 서서 날 보고 있었으며, 지혜는 의자에 앉아 졸고 있었다.

나는 검사받은 것까진 기억이 났지만, 그 다음부터 기억이 나지 않았다.

"검사는 다 끝난 건가……."

나는 카오스를 보며 말했다. 카오스는 아무 말 없이 가만히 서 있었다.

"하긴... 네가 움직이는 걸 보니까 검사는 다 끝난 것 같네."

나는 자리에서 일어나 말했다. 그때 위에서 쿵! 하는 소리가 들렸다. 나는 깜짝 놀라 문을 열었다. 붉은 색의 기운이 감돌고 있었으며, 아무도 없었다. 밑을 보니 정원은 온데간데 없고 검은색 액체만 스물스물 기어 다니고 있었다.

"저 액체……."

나는 카오스를 보며 말했다. 카오스도 고개를 끄덕였다.

"맞다. 아까 본 검은색 점액질 물체."

"……."

나는 아무 말 할 수 없었다. 갑자기 이런 일이 생겨 버리다니!!

그때 지혜가 소리를 내며 내게 다가왔다.

"으음. 뭐야……. 무슨 일 있어?"

지혜는 내게 말하다 밖을 보고 깜짝 놀랐다.

"뭐, 뭐야 이거!! 갑자기 뭐야?!"

지혜는 갑자기 변한 주변 환경 때문에 놀란 듯했다.

그때 저 멀리서 누군가가 우리를 소리치며 부르는 것 같았다. 우린 밖으로 나왔고, 그 순간, 바닥이 얼어붙었다.

"으악!"

나는 미끄러지며 엉덩방아를 찍었다.

"뭐 하는 거야!"

지혜는 동석이 형에게 소리쳤다. 그러나 동석이 형은 지혜를, 아저씨는 나를 붙잡고 냅다 뛰기 시작했다. 우린 상황을 잘 모르니 끌고 가는 대로 갈 수밖에 없었다.

"뭐야, 뭐하는 거야!"

지혜는 형에게 소리치며 말했다. 그러나 형은 놓지 않고 뛰었다.

"상황은 나중에 설명 해 줄 테니 뛰기나 해!"

형은 그렇게 말하며 지혜를 놔 주었다. 지혜는 그냥 조용히 뛸 수밖에 없었다. 우린 계속해서 달렸다. 아니, 난 달릴 수밖에 없었는지 모른다. 죽음을 피하기 위해 달리고 있었다.

그때 앞에서 우릴 막는 사람이 있었다.

"은명이? 정채?"

우린 앞을 보며 말했다. 그들이 왜 앞에 서 있는지 아무도 말하진 않았지만, 우린 알 수 있었다. 그 주변의 느낌을 통해. 우리가 이렇게 산 것도 느낌 때문이다.

"그러니까, 저 녀석들 눕히면 되는 거지?"

나는 카오스와 앞을 보며 말했다.

"그럼 저 여자애는 내가 맡을게."

"그럼 난 저 남자애."

지혜가 말했다. 나는 동석이 형과 아저씨를 보며 말했다.

"두 분은 아까 밑에서 잡혀간 사람들을 찾아주세요."

내가 이렇게 말하자 세 명은 무슨 말인지 어리둥절했다. 그러나 카오스는 알아들은 듯했다.

"일단 그 사람들에게서 이리스의 느낌을 받았어요. 이리스가 있단 건 아니지만, 적어도 이리스의 힘을 가진 사람은 있을 거예요. 그 사람을 찾아주세요."

내가 이렇게 말하자 두 사람은 "알겠어!"라고 말하며 반대편으로 뛰어갔다.

"놔둘까 보냐!"

정채가 손으로 바닥을 치며 말했다. 난 뒤를 보았고, 아저씨와 형 앞에 선같이 얇은 전기창이 위로 솟아올랐다. 아저씨와 동석이 형은 깜짝 놀라 뒤로 피했다. 다행히 공격을 직접적으로 받진 않았던 모양이었다.

"이런……."

나와 카오스는 불을 소환했다.

"처음부터 전력을 다 해야 할 거다!"

나는 손에 불을 소환해서 말했다.

"파이어 필드!"

그러자 불에 활활 타는 필드가 생성되었다. 나는 씩 웃으며 말했다.

"파이어 필드를 소환한 이상, 날 이기긴 힘들 거다!"

나는 불을 다시 소환해 말했다.

"파이어 트위스트!!"

그러자 손에서 베베 꼬인 불들이 소환되어 그들을 공격했다.

"익스틴트 라이트닝!"

그렇게 말하는 순간, 정채의 손에서 전기가 일렁이더니 그대로 파이어 트위스트와 충돌했다. 그리고 둘 다 소멸되었다.

"호오…… 전기 기술이라……."

나는 손을 펼쳐 외쳤다.

"파이어 윙!"

그러자 내게 불타는 날개가 생성되었다. 그 날개는 오늘 기분이 좋은지 더 뜨겁게 불을 내뿜고 있었다.

"파이어 트위스트!"

그러자 내 손에서 다시 한 번 불이 소환돼 정채를 공격했다. 그러나 정채는 쉽게 피한 뒤 다시 한 번 손을 뻗고 외쳤다.

"기가 라이트닝!!"

그러자 천장에서 전기가 생기나 싶더니 그대로 하늘에서 전기가 내려와 나를 공격했다.

"파이어 쉴드!"

나는 가까스로 하늘에서 파이어 쉴드를 사용해 기가 라이트닝이란 무지막지한 공격을 막으며 다시 한 번 기술을 사용했다.

"파이어 퍼니쉬먼트!"

그러자 하늘에서 불들이 우수수 떨어졌다. 미처 생각하지 못한 공격에 정채는 잠시 움찔한 것 같았다. 그대로 정채에게 불들이 떨어졌다. 주변 연기 때문에 정채가 어떻게 되었는지 보이진 않았지만, 그 정도 공격을 받았으면 적어도 치명타는 받았을 것이다. 나는 날개로 바람을 일으켰다. 그러자 한 여자가 서 있는 것이 보였다. 온몸에 상처를 입은 채 말이다. 정채는 그대로 바닥에 쓰러졌다.

"김정채!"

은명이는 정채를 보며 소리쳤다. 그러나 그 순간, 지혜의 뱀이 소환돼 은명이를 공격했다.

"체. 귀찮게……."

은명이는 자신의 소환수인 흑기사를 소환해 뱀 떼를 소멸시켰다. 지혜는 아깝다는 듯한 표정을 지으며 손을 뻗고 말했다.

"얼음여왕, 소환!"

그러자 얼음여왕이 차가운 냉기를 내뿜으며 우리들의 눈앞에 소환되었다.

"얼음여왕은 A급 소환수야. 방금 본 늑대들이나 뱀 떼와는 차원이 다를 거다!"

지혜는 그렇게 말하며 얼음여왕에게 지시를 내렸고, 얼음여왕은 그대로 따랐다. 얼음여왕은 손에 큰 얼음 구를 소환해 은명이에게 날렸다.

"흑기사, 쉴드!"

은명이 앞에 서 있던 흑기사는 은명이의 말을 듣고 쉴드를 쳤지만,

그 쉴드는 처참히 무너지고 은명이는 그대로 공격을 받았다.

"이제 그만 포기하시지?"

지혜는 은명이를 보며 말했다. 하지만 은명이는 다시 일어섰다.

"할 수 없나? 여기서는 사용하지 않으려고 했는데……."

은명이는 손을 뻗어 외쳤다.

"페가수스."

그 순간, 주변에 흰 오라들이 생겨 한 곳에 모이는가 싶더니 그대로 원을 이루며 소환되었다.

"저건……."

"맞아. 인간들이 생기기 전부터 생존하고 있던 것들. 신의 동물이다."

우리들은 눈을 의심했다. 어떻게 페가수스가 실존한다는 말인가! 페가수스는 책에서만 나오는 것 아니었던가!! 우리들은 페가수스를 그냥 눈으로 볼 수밖에 없었다.

"후훗. 그럼 그렇지. 너희들은 놀랄 수밖에 없을 거다. 이런 소환수 한 번도 접해 보지 못 했을 테니까."

그렇게 말하면서 은명이는 손짓했다.

"저 앞에 있는 자들을 쓸어버려!"

그러자 페가수스는 우리에게 날아와 자신이 가지고 있던 뿔로 우리들을 찌르기 위해 달려들었다. 그 순간, 카오스가 우리들 앞에 서더니 손을 뻗었다. 그러자 페가수스의 존재가 사라졌다.

"??!!"

은명이는 엄청 놀란 것 같았다.

"어, 어떻게?!"

카오스는 은명이에게 다가가서 말했다.

"페가수스는 인간보다 오래 살았겠지. 하지만 인간계에 적응할 수가 없었어. 인간계는 인간들만의 공간이니까. 신이 사는 세상에 가면 신이 우월할지 몰라도 인간계에선 인간이 우월하다.”

“하지만 넌 인간이…….”

은명이는 이렇게 말하다가 쓰러졌다.

“……. 너 어디서 그런 힘을…….”

나는 카오스에게 말했다. 하지만 카오스는 아무 말 하지 않고 뒤로 돌아서 두 명이 걸어간 곳으로 걸어갔다.

“…….”

우리는 아무 말 하지 않고 그곳으로 걸어갔다.

밖으로 나온 우리는 놀랄 수밖에 없었다. 아무 힘도 쓰지 못한 채 검은 액체에 몸이 잡혀버렸기 때문이었다. 그들의 힘은 우리의 몇 배를 넘어섰다.

“으윽…….”

우리와 떨어진 곳에 아저씨와 동석이형도 잡혀 있던 모양이었다.

“이런…….”

나는 불의 힘을 사용하려고 했지만, 힘을 사용할수록 우리를 더욱 강하게 붙잡았다.

나는 카오스를 찾았다. 하지만 카오스는 보이지 않았다.

“도대체 카오스 이 녀석은 어디에 간 거야!”

나는 소리쳤다. 그때 벽 쪽에서 소리가 났다.

“거기 누구 있어요?”

나는 귀를 의심했다. 카오스의 목소리도 아니고, 그렇다고 남아 있는 사람이 있을 리도 없었다. 나는 다시 한 번 귀를 갖다 대었다. 그러자 또 목소리가 났다.

“있으면 대답 해 주세요.”

분명히 여자 목소리였다. 나는 벽을 보고 말했다.

“누구세요? 혹시…… 프랑스 TAP인가요?”

그러자 아무 목소리도 들리지 않았다. 나는 그 사람이 다른 곳에 갔을 것이라고 생각했지만, 그 여자의 목소리는 다시 한 번 내 귓가에 맴돌았다.

"그런 더러운 곳에 제가 들이 가 있을 것 같나요?"

"……."

목소리에는 분노와 짜증이 느껴졌다. 적어도 프랑스 TAP에게 좋은 감정이 있는 건 아닌 것 같았다.

나는 간신히 손을 빼, 불을 하늘로 던져 화염구를 소환했다.

"화염구, 이 벽을 부수어라!"

그러자 화염구가 하늘에서 빙빙 돌더니 그대로 벽에 명중했다. 벽은 보기 좋게 부서졌다.

"후……."

그곳에서 어떤 여성의 목소리가 들렸다. 그러나 이내 혼자가 아니란 것을 직감했다.

검은색 물체가 벽을 타고 안에 들어가자 안에서 남자들과 여자들의 목소리가 들렸다. 그들은 내게 말했다.

"검은 액체…… 왜 슬라임을 봉인하지 않는 건가요. 빨리 봉인시키세요!"

급한 여성의 목소리에 나는 멍 때릴 수밖에 없었다.

"봉인을 어떻게 시키는 거죠?"

나는 그 여성에게 물었고 그 여성은 이렇게 말했다.

"가장 의심 가는 방의 벽을 부수고 안에 들어가 정보를 입력하고 봉인을 시키면 돼요. 제가 여기에 갇히지만 않았다면……."

그녀는 한숨을 쉬며 말했다. 그러다 문득 생각나는 것이 있었다.

"당신, 봉인할 수 있는 장소가 어딘지 아나요?"

그 여성은 고개를 흔들었다. 그때 지혜가 말했다.

"의심 가는 구역이 한 군데 있어!"

"그렇다면 내가 이 여자를 그곳으로 보낼 테니 넌 빨리 벽을 부숴!"

나는 이렇게 말하며 하늘에 손을 뻗어 말했다.

"피닉스 소환!"

그러자 하늘에서 불타는 붉은 새가 소환되었다. 나는 그 여성을 피닉스에 태우고 하늘로 올렸다.

"지금이야, 벽을 부숴!"

그러자 지혜는 늑대를 소환했다.

"늑대들이여, 벽을 부숴줘!"

그러자 늑대들은 하늘로 나는가 싶더니 그대로 머리에 문을 박고 소멸되었다. 다행히 문도 부수어졌다.

"꼭 성공해 주세요."

나는 이렇게 말하며 문을 향해 손짓했다. 그러자 피닉스는 내 손을 보고 그곳으로 날아갔다. 그 여성이 피닉스에 내려가는 느낌을 받자 나는 피닉스를 소멸시켰다. 다행히 몇 초도 걸리지 않아 슬라임들은 자취를 감췄다.

"하아……."

우리들은 바닥에 주저앉아 크게 숨을 쉬었다. 그때 붉은 색의 기운이 사라지며 그대로 진짜 건물들과 꽃들이 보이기 시작했다.

"…… 그렇군. 결계를 사용한 건가."

한무진 아저씨의 말을 들은 우리들은 주변을 둘러보았다. 그때 총을 든 사람들이 우리들을 포위했다.

"움직이면 쏜다! 손 들어!"

우리들은 손을 들 수밖에 없었다. 그때 처음 보는 남성이 앞으로 나가더니 손을 뻗어서 말했다.

"가환사의 힘을!"

그 순간, 갑자기 총을 든 사람들이 쓰러졌다.

"??"

우리들은 어떻게 된 건지 몰라서 쓰러진 사람들을 보았다. 그 사람들은 하나같이 얼굴을 손에 파묻고 울고 있었다.

"뭐지?"

동석이 형은 그 사람들을 보고 말했다. 그때 그 말을 한 사람이 말했다.

"환각 마법. 저 사람들의 아픈 추억들을 꺼내서 보여주고 있어."

우리들은 그제서야 이해가 됐다.

그들은 뛰다가 말고 우리에게 다가왔다.

"혹시 차가 있으면 같이 탈 수 있을까?"

"우리들도 차가 없는데……"

그때 뒤에서 누군가가 부르는 것을 들었다.

"한무진 님!"

우린 모두 뒤를 돌아보았고, 그 곳에는 크리스틴이 서 있었다. 크리스틴의 어깨에는 은명이와 정채가 업혀져 있었다.

"빨리 오세요. 차를 준비해 놨습니다."

"??"

"그러니까, 말을 하진 못 하지만, 우릴 도와주는 이유가 있다고요?"

내가 묻자 크리스틴 누나는 고개를 끄덕였다.

"아마 한무진 아저씨는 알 거야."

우린 한무진 아저씨를 보았다. 아저씨는 창문 밖을 보고 있었다. 그러나 크리스틴 누나가 이 말을 하자 아저씨는 앞을 보고 말했다.

"처음에는 긴가민가했지. 죽은 줄로만 알았던 아이가 살아서 돌아다니고 있으니. 그러나 방금 한 말로 알게 되었다. 박혜원, 너는 어떻게 해서 이곳에 살아 있는 거지?"

우린 깜짝 놀랐다. 죽은 사람이 살아 있단 사실도 모자라서 혜영이의 언니인 박혜원이라니……

"일단 저택에 가면 모든 걸 말씀 드릴게요."

크리스틴 누나는 이렇게 말하며 액셀을 밟았다.

"그런데 왜 저 아이들까지 데리고 가는 거죠?"

동석이 형이 묻자 크리스틴, 아니, 혜원 누나는 말했다.

"저 아이들은 이곳에 끌려와서 어쩔 수 없이 일을 하는 것입니다. 게다가 이번 임무를 실패했단 사실을 알면 프랑스 TAP에서 죽이려 하겠죠. 저 아이들은 불쌍한 아이들입니다. 조금만 양해를 구하면 안 될까요?"

혜원 누나가 말하자 우리들은 술렁이다가 고개를 끄덕였다. 그때 맨 뒤에 타고 있던 세 명의 사람들이 말했다.

"여러분은 프랑스 TAP의 일원이 아닙니까?"

그러자 한무진 아저씨가 말씀하셨다.

"저기 쓰러져 있는 아이들을 제외한 아이들과 저는 한국 TAP 일원입니다. 잠시 여행 온 것인데 이런 일에 휘말리게 되다니. 그런데 당신들은……."

우리들은 다섯 명의 사람들을 보았다. 그 사람들은 말했다.

"저희는 프랑스 TAP의 감시를 목적으로 왔으나, 바로 잡혔습니다. 원래 이렇게 쉽게 잡힐 정도로 약하진 않은데... 방심한 탓입니다."

그중 아까 전 환각 마법을 사용한 남자가 말했다. 그 남자는 그렇게 말 하다가 까먹었다는 듯이 자신이 한 말에 말을 더 붙였다.

"저희 소개를 깜빡했군요. 제 이름은 노아입니다. 아까 본 것처럼 환술을 사용할 수 있고, 제노글로시란 초능력을 사용할 수 있습니다."

그가 그렇게 말하자 나는 이제야 상황이 이해되었다.

"TAP에 있을 때에는 TAP의 총 책임자의 능력 중 하나가 제노글로시라고 해서 우리가 언어를 알아들을 수 있었는데, 그녀의 능력 범위를 넘어섰을 것 같은데도 계속해서 한국어를 사용하는 당신들을 보고 조금 놀랐거든요. 이제야 이해가 가네요."

지혜가 그렇게 말하자 노아 옆에 있던 사람들도 한 명씩 자기소개를 했다.

그중 아까 피닉스를 타고 날아갔던 여자가 말했다.

"제 이름은 오헬리입니다. 29세로 정보 등을 수집하고 파는 정보수집가입니다."

그렇게 말하며 오헬리는 자신의 노트북을 꺼내 보여주었다.

"그녀의 정보가 없었다면 우린 이곳에 올 생각도 하지 못 했을 거야."

내 맞은편에 앉은 여자가 말했다.

"아, 내 이름은 실비라고 해. 오헬리와 같은 나이고, 특이사항이 있다면. 나는 몇 년 전까지만 해도 스파이 짓을 했어. 왜, TV에 가끔 나오잖아? 총 가지고 사람을 죽이고 정보를 캐는…… 그런 사람이었어."

그녀가 웃으며 말하자 그녀 옆에 앉은 남자가 말했다.

"이 녀석 힘 보통이 아니라고. 내 이름은 아녜스. 다른 녀석들과 다르게 난 그냥 보통 인간이야. 이곳에서 이 녀석들과 같이 일을 하게 된 계기는 내가 예전 프랑스 TAP에서 일을 한 적이 있거든. 평범한 일을 했다고는 해도 실험 같은 것을 했으니까, 똑똑하단 것만 말할게."

그가 말하자 마지막으로 조용히 있던 여자가 말했다.

"내 이름은 마리. 나이는 22살이고 내 몸에서 힘이 터져 나오게 할 수 있어."

나는 의아했다. 몸에서 힘이 터진다면 자신에게도 타격이 가지 않을까? 하는 의문이 생겨났다. 하지만 내가 궁금하단 사실을 알아차렸는지 그는 내게 말했다.

"몸에서 힘이 터진다고 해도 내게 타격이 오진 않아. 내 주변에 기를 모아서 그걸 터뜨리는 거지."

나는 한 번 돌아보며 생각했다.

'아녜스 남자 31세. 전 프랑스 TAP에서 실험을 한 적이 있다.

오헬리 여자 29세. 정보 수집가로 많은 정보를 다수 보유하고 있을 가능성이 크다.

실비 여자 29세. 예전 스파이 일을 한 적이 있다. 운동신경이 좋다.

노아 남자 18세. 가장 나이가 어리지만, 이 중에서 가장 강할 것 같다. 능력은 제노글로시와 환각. 하지만 환각이라고 해도 진환사가 아닌 가환사.

마리 여자 22세. 순간적으로 기를 내뿜어 주변을 폭발하도록 한다.'

나는 꽤 괜찮은 조합이라고 생각했다.

오헬리의 정보와 아녜스의 두뇌로 TAP의 내부를 확인. 실비로 주변 탐색 및 정보 캐내기와 프로그램 제거. 위험하다 싶으면 노아의 환각의 힘으로 상대방을 제압하고 마리로 주변을 초토화 시킨다.

"생각을 많이 해 보셨나 봐요."

나는 웃으며 말했다.

그때 앞에서 누가 말했다.

"도착했다!"

(박혜영 시점)

"……"

나는 머리를 손으로 쥐어짜며 일어났다. 어제 저녁을 마지막으로 필름이 끊어졌다.

나는 침대에서 내려와 슬리퍼를 신었다. 그러다 문득 앞을 보았다. 앞에는 남녀 한 쌍이 침대에 누워 있었다. 처음 보는 얼굴이었다.

"...?"

나는 밖으로 나갔다. 왠지 모르게 시끄러웠다. 나는 계단을 통해 1층 로비로 내려갔다. 그곳에는 처음 보는 사람들도 꽤 있었다.

"모두 누구야?"

나는 지혜를 보며 말했다. 지혜는 날 보더니 깜짝 놀라고 이내 앞을 보았다.

"······?"

나는 앞을 보았다.

"······!!"

나는 놀랄 수밖에 없었다. 내 몸에 있는 모든 털이 곤두섰다. 너무 놀라서 다리에 힘이 풀렸는지 후들 후들 거렸다. 앞에 서 있는 모르는 사람 중 한 사람이 내가 아는 사람이랑 너무 꼭 닮았다.

"언니?"

내가 이 말을 하자 모두 날 쳐다보았다. 나는 한숨을 쉬며 말했다.

"죄, 죄송합니다. 제가 아는 분이랑 너무 닮으셔서······."

나는 고개를 숙이며 뒤로 돌아 방으로 올라가려고 했다. 머리는 깨질 듯이 아팠고, 내 과거 아픈 기억들은 내 눈을 쿡쿡 쑤셔댔다.

"······."

나는 계단 난간을 붙잡고 올라가려 했다. 그때 난 들었다. 내가 아는 목소리를. 내 아픈 상처를 치료하는 듯한 목소리. 내 마지막 희망이자 날 가장 좋아했던, 내가 가장 좋아하던 그 사람의 목소리였다.

"혜영아."

"······."

울컥거렸다. 뭔가가 기쁘기도 했지만, 살아있으면서도 내게 보이지 않았던 배신감도 생겨났다. 나는 뒤를 돌아보았다. 내가 아는 사람이었다. 어머니를 꼭 닮은. 아버지의 눈과 똑같이 생긴. 키는 나보다 크고 검은 생머리.

"정말······ 언니······야?"

나는 눈물을 삼키며 말했다. 그 사람은 말했다.

"그래. 네 언니, 박혜영이야."

이 말은 내가 억지로 삼킨 눈물을 흘리게 했다. 참고 싶어도 참을 수가 없었다. 눈물은 폭포처럼 쏟아졌고, 결국은 나 혼자 방으로 뛰어올라갔다.

"혜영아..!!"

언니의 목소리가 들린다. 한무진 아저씨와 지혜가 말리는 목소리도 들린다. 난 이불에 들어가 눈물을 훔쳤다.

"언니가…… 살아 있어?"

나는 이불을 내 몸에 감싸고 몸을 웅크리고 눈을 감았다. 마지막 나 때문에 죽은 언니의 모습이 아른거린다. 내려가고 싶어도 나 때문에 죽은 언니가 날 미워할까 봐 내려가지 못 하겠다.

"언니는 죽었는데…… 어떻게 살아 있는 거야."

밖에서는 문을 두드리는 소리가 난다. 하지만 난 문을 열 수가 없다. 난 언니를 볼 자격도 없다. 그때 반대편 침대에서 누가 내게 걸어오는 소리가 들렸다. 나는 이불을 들어서 확인했다. 남녀 중 여자가 내게 다가오고 있었다. 그 여자는 내 이불을 걷고 말했다.

"너 부르는 거 아니야? 여기가 어디인지는 모르겠지만, 빨리 나가서 확인하라고."

나는 소매로 눈을 닦고 말했다.

"내 일에 왜 당신이 간섭하는 거죠?"

목소리가 떨리고 있었다. 하지만 최대한 자연스럽게 말했다. 그러나 그녀는 내 마음을 다 안다는 듯이 옆에 앉았다.

"울고 있네. 처음 본 사이지만, 혼자 놔두진 못 하겠는 걸?"

그녀는 이렇게 말하더니 날 보며 말했다.

"사실 나도 너처럼 고아야."

"??"

나는 놀랐다. 나는 아무 말도 하지 않았기 때문이었다. 하지만 날 보고 '너처럼 고아야'라고 말한 것을 보면 내가 고아라는 것을 알고 있었던 것이 분명했다. 그녀는 내가 놀랐다는 얼굴을 하자 아차 하더니 내게 말했다.

"사실 네 언니와 난 아는 사이야. 네 언니가 몇 번이고 네 사진을 보여줬거든. 미니 홈페이지인가? 거기에서 네 사진을 다운받기도 했지."

나는 의아해 하며 물었다.

"언니는…… 날 싫어하지 않나요?"

그녀는 고개를 저었다.

"아니. 널 정말 사랑하는데?"

"……"

나는 아무 말 할 수 없었다. 그녀는 내게 말했다.

"가족을 잃은 마음. 누구보다 잘 이해할 수 있어. 그러니까 너희 언니에게 가 봐."

나는 일어서서 문을 열었다. 그 문을 여니 빛보다 더 값진 것이 빛나고 있었다.

"언니……."

3. 위험한 자들

- 과 거 회 상 -

(이성혁 시점)

그 날은 혜영이와 혜원누나가 만난 지 이틀이 지난 후였다. 나는 이날이 올 거라고 예상은 했지만, 이렇게 빨리 올 줄은 몰랐었다. 석훈이 형은 한국에 남아 한국 TAP의 정치가들과 TAP에 소속돼 있는 군인들과 함께 일을 처리하고, 명석이 형은 비행기를 타고 오고 있다고 연락받았다. 우리들은 형이 오기 전에 요리를 만들기 위해 차를 타고 밖으로 가고 있었다. 차는 동석이 형이 운전했으며, 지혜는 조수석, 나와 미현이, 동현이와 노아, 마리 누나, 정채는 뒤에 타고 있었다. 혜영이와 혜원이 누나, 어머니와 동현이 아주머니, 한무진 아저씨는 집 청소를 한다고 하셨고, 오헬리와 실비는 집 주변에 에일리언들, 프랑스 TAP요원들이 들어올 수 없게 지뢰와 카메라를 설치 해 놓는다고 했다. 아녜스 형은 카오스가 소환되었던 분수에 남은 문자를 해독하기로 했다. 은명이는 깨지 않고 자고 있었으며, 현석이는 귀찮아서 그냥 집에 남기로 했다.

"뭘 만들어야 좋아할까?"

지혜가 묻자 미현이가 말했다.

"명석 오빠라면…… 저번에 너희들과 같이 가던 오빠 맞지?"

"응, 맞아."

내가 말하자 미현이는 말했다.

"그 오빠 얼굴 잘생겼던데. 키도 크고 성격도 좋을 것 같고……."

미현이가 말하자 지혜는 "맞아!"라고 말했다.

"이거 이거…… 현석이가 슬퍼할 거 같은데?"

우리들은 이렇게 서로에 대해 더 알아가고 있었다. 마트에 도착한 우리들은 필요한 재료들을 사기 위해 흩어졌다. 나와 지혜, 미현이가 반찬 쪽을 사고, 동석이 형, 노아, 마리 누나, 정채, 동현이가 국과 간식을 사기로 했다.

"흐음. 무슨 음식을 해야 잘 했다고 소문이 날까나~"

지혜는 돌아다니면서 고기 종류를 계속해서 주시했다. 나는 그런 지혜를 보다가 미현이를 보았다. 미현이는 장조림을 할 생각인지 소고기와 재료들을 담고 있었다.

'역시 지혜 쟤보단 미현이가 더 많이 생각하는 것 같아.'

나는 옆으로 돌아 다른 코너로 들어갔다. 그곳에는 많은 식재료들이 널려 있었다. 나는 하나하나 찬찬히 둘러보았다.

"달팽이…… 기워 간? 음."

나는 달팽이를 꺼내 들고 미현이에게 갔다. 미현이는 내가 들고 온 달팽이를 보고 신기해 했다.

"나 그런데 달팽이 요리는 한 번도 해보지 않았는데……."

걱정하는 듯한 목소리였지만, 뭐 어떤가. 이런 경험을 몇 번이고 해 봐야지 실력이 느는 거다. 나는 지혜를 놔두고 미현이와 채소 코너에 갔다. 채소 코너에는 당근, 양파 등이 있었다. 하지만 가장 눈에 띄는 채소는 감자였다.

"알 감자 버터 구이나 감자튀김 같은 요리는 어때?"

내가 묻자 미현이는 잠시 생각하는가 싶더니 감자 여섯 개를 들고 바구니 안에 넣었다.

"이런 느끼한 걸 많이 먹으려면 채소 같은 걸 많이 먹어야 되지 않겠어?"

언제 왔는지 지혜가 뒤에서 배추와 당근, 양파 등 갖갖이 채소들을 모두 바구니 안에 넣었다. 오이는 또 왜 그렇게 많이 넣었는지…… 나중에 물어보니

"남은 오이 있으면 얼굴 팩 하려고."

라고 말했다. 요즘 트러블이 생겨서 짜증나는데 이렇게라도 관리를 해야겠다나 뭐라나…… 아무튼 우리들은 그렇게 사고 옆 코너로 갔다.

"스파게티 어때?"

지혜가 갑자기 우리들의 얼굴을 돌려 옆을 보게 했다. 옆에는 온갖 스파게티 종류들이 있었으며, 많은 종류의 스프도 진열돼 있었다. 나는 말했다.

"스파게티 대신 밥을 먹을 거잖아. 스파게티보단 스프가 나을 거 같

은데……."

하지만 지혜는 떼를 써서 스파게티를 넣으려 했다. 아직 어린아이 끼가 남아 있었던 모양이었다.

"…… 스파게티도 좋을 거 같은데?"

내 뒤에서 미현이가 지혜를 보며 말했다. 그렇게 말하자 갑자기 지혜의 눈에서 빛이 나는 듯한 형상이 보였다. 지혜는 미현이에게 다가가서 말했다.

"그치? 스파게티로 배를 채우면……."

"아니. 스파게티는 각자 조금씩 나눠서 주는 게 좋을 거 같은데. 밥도 먹고, 밥 옆에 두 세 종류의 스파게티를 돌돌 말아서 같이 주면 멋있을 거 같은데."

그렇게 말하며 미현이는 조개 파스타와 야채 파스타를 재치고 까르보나라 두 봉지, 토마토 파스타 세 봉지, 알리오올리오 두 봉지를 샀다. 그리고 옆에 진열 돼 있던 크림 스프도 다섯 봉지를 넣었다.

"이제 새우튀김에 쓸 새우하고 밀가루 사고, 계란하고 미역줄기도 사야지."

우린 이렇게 말하며 다른 곳으로 향했다.

(3인칭 관찰자 시점)

"여기가 확실한가?"

루이즈가 묻자 레오는 대답했다.

"그래. 아까 이곳에 들어가는 것을 보았네."

레오는 마트를 보며 말했다.

"사람이 많아서 힘을 사용하면 안 될 것 같은데……. 결계는 한 달에 한 번 꼴로 사용할 수 있는 기술이라서 결계도 사용하지 못 하고……."

엘로이즈가 말하자 루이즈는 말했다.

"일단 한국 TAP 녀석들과 귀찮은 우리 감시자 분들을 처리하고 정채는 로라님께서 데리고 오라고 하셨으니 일단 그 녀석들을 유인하는 수밖에. 그리고 어차피 힘을 사용한다고 해도 엘로이즈, 네 힘을 이용해서 인간들의 기억을 조작하면 되잖아."

"그건 그렇지. 그럼, 그냥 들어가?"

레오가 말하자 엘로이즈는 말했다.

"아니. 아직이다. 인간들까지 위험해 처하면 안 되니 기다렸다가 사람이 많지 않은 곳에서 잡는 게 더 나을 것이다."

"그럼 조금 더 기다리면 되는 거지?"

레오가 말하자 엘로이즈는 고개를 끄덕였다.

(이성혁 시점)

"이 정도만 사면 되지?"

내가 묻자 사람들은 고개를 끄덕였다. 나는 계산을 하고 짐을 챙겼다.

우리들은 밖으로 나왔다. 어둠이 깔려 있었지만, 그렇게 어두운 건 아니었다. 아니, 이상하게 붉은 빛이 나는 밤이었다. 느낌이 좋지 않았다. 동석이 형과 마리 누나는 차를 끌고 오기 위해 우리를 마트 앞에 놔두었다.

지혜와 노아도 뭔가 이상한지 내게 다가와서 말했다.

"뭔가 이상한 느낌이 나는데요. 밤이 어떻게 붉을 수 있죠?"

노아가 묻자 나는 고개를 흔들었다. 그때 무언가 생각이 났다.

"붉다고? 우리가 저번에 갇혀있었던 프랑스 TAP에도 붉은 결계가 쳐져 있었는데…… 그것과 관련 돼 있는 게 아닐까?"

하지만 노아는 고개를 흔들었다.

"하늘이 붉다고 무조건 그들이 있는 건 아니에요. 그리고 지금은 결계가 쳐져 있지 않잖아요. 제 생각에는 그냥 우연히 붉은 밤이 나온 것일 거예요."

그렇게 말했지만, 내가 보기에 노아는 안절부절 못 하고 있었다. 우리를 안심시키기 위해 그렇게 말한 것인 것 같았다. 아직 나이는 어리지만, 남을 생각하는 머리는 누구보다도 좋은 것 같았다. 나는 노아의 머리에 손을 올리고 말했다.

"걱정하지 마. 알게 된 지 얼마 되진 않았지만, 네가 우리를 생각한다는 것쯤은 알고 있어. 너무 어른답게 행동하려고 하지 말라고?"

지혜도 노아를 보며 말했다.

"이 녀석 말이 맞아. 넌 거기서 가장 나이가 어렸으니, 어리광 부려도 되는데 왜 어리광을 부리지 않는 거야? 넌 아직 어리광 부려도 되는 나이야."

그러자 노아가 말했다.

"형 누나는 나하고 한 살밖에 차이 안 나는데 왜 어리광 부리지 않는 거야?"

난 대답했다.

"너보다 한 살이라도 많으니까. 너도 한 살 먹기 전에 그 나이에 할 수 있는 일을 해 봐."

노아는 잠시 생각하나 싶더니 이내 고개를 숙였다.

"내가 할 수 있는 일은... 없는데?"

"??"

나는 노아가 무슨 말을 하는지 몰랐다. 저번에도 노아 덕분에 무사히 TAP에서 빠져나올 수 있었고, 지금 우리가 노아의 말을 알아들을 수 있는 이유도 노아의 제노글로시란 능력 때문인데 말이다. 잠깐……

"너 그 능력을 사용하면 외국어를 잘 사용할 수 있잖아?"

그러자 지혜가 손뼉을 치며 말했다.

"그래, 너한테는 제노글로시라는 능력이 있잖아? 그 능력을 발휘하면 되는데 왜 네가 할 수 있는 일이 없단 소리야?"

그러자 노아가 깜빡했다는 듯이 말했다.

"아, 맞다."

그때 우리 뒤 편에서 자동차 경적소리가 들렸다.

"빨리 타, 뭐하는 거야!"

동석이 형이 소리치자 그제서야 우리는 차에 탑승했다.

우리들은 자리에 앉았고, 차는 빠른 속도로 도로를 질주했다.

나는 잠시 잠을 취하려 했으나, 옆에서 노아가 속삭이듯 조용히 말하는 목소리를 듣고 그냥 눈을 감고 생각했다.

'이렇게 강한 힘을 가지고 있는 아이도 그런 생각을 하는구나. 나는 강해지면 더 이상 강해지지 않아도 될 것이라고 생각했는데, 강한 사람에게는 더 강한 힘이 필요한 거야…….'

그렇게 정신이 점점 몽롱해지더니 이내 골아 떨어졌다.

- 과거(이성혁 조가 집을 떠난 직후) -

(아녜스 시점)

나는 분수대에 가서 그 주변을 살펴보았다. 그러나 무슨 장치가 있는 것도 아니었고, 그렇다고 해서 수상한 물건이 떨어져 있지도 않았다. 인위적으로 누군가가 손을 본 흔적은 남아 있었지만, 정원을 가꾸는 사람인가 하고 그냥 넘어갔다.

"결국 여기가 문제란 소린가?"

나는 분수대 앞에 서서 말했다. 분수대는 크고 아름다웠다. 물도 정말 깨끗했다. 누군가가 봉인 돼 있던 곳이라고 하기에는 너무나도 순수해 보였다. 나는 분수대를 손으로 한 번 쓸었다. 시원한 물이 내 손에 닿았고, 온 몸이 시원해지는 느낌을 받았다.

"과연 어떻게 에일리언의 봉인이 풀린 걸까……."

나는 분수대 위쪽에 설치돼 있는 돌고래 모양의 석상을 만져보았다. 그러나 아무 일도 생기지 않았다. 이번에는 물 안쪽을 살펴보았다.

"물 안 쪽에도 수상한 건 없는 것 같은데……."

나는 분수 밑을 살펴보았다. 하지만 신비로운 힘을 내뿜는 모양 빼고는 이상한 점은 없었다.

나는 한숨을 쉬며 분수대에 걸터앉았다. 그런데 갑자기 엉덩이에서 이상한 느낌을 받았다.

"?!"

나는 그 자리에서 일어나 다시 한 번 분수대를 보았다. 아까처럼 아름답게 물을 내뿜고 있었다. 나는 더 정확히 보기 위해 분수대에 가까이 다가갔다. 그 분수대 중앙에는 붉은 빛을 내는 동그란 구슬이 박혀 있었다.

"?? 예쁘긴 한데 이런 분수대에는 별로 어울리지 않는 거 같은데?"

나는 그렇게 말하며 구슬을 만져보았다. 그러나 뭔가 어두운 힘을 받아 나는 손을 뗄 수밖에 없었다.

'이 느낌…… 확실히 알겠어. 실험할 때 수 없이 사용한 돌, 무언가를 억지로 잠재우거나 봉인시키는 힘을 가지고 있는 봉인구슬. 왜 이런 곳에…… 설마!'

나는 아래를 보았다. 신비한 무늬 사이에는 붉은 구슬이 한 개 박혀 있었다. 그리고 돌고래 머리 위에 무언가를 올려놨던 흔적이 있었다. 나는 주변을 다시 한 번 꼼꼼히 살펴보았다. 주변에는 붉은 색을 한 유리조각이 흩어져 있었다.

"이 구슬이 봉인을 하는 돌이라면, 이해가 가는군. 한 에일리언은 봉인이 깨졌으니 시공간을 비집고 나올 수 있었던 것이겠지. 그래서 구슬도 깨졌고 말이야. 다른 에일리언들은 아직 봉인이 깨지지 않았으니 구슬이 깨지지 않은 것이겠지."

나는 주머니에서 단도를 꺼내 들었다. 그리고 중앙에 있는 붉은 구슬을 칼로 찍었다. 그 순간, 붉은 색의 빛이 나더니 그대로 구슬이 깨졌다. 나는 감았던 눈을 떠 보았다. 그러자 믿을 수 없는 광경이 보였다. 하늘이 온통 붉게 변한 것이다.

"하늘이……."

나는 앞을 보았다. 구슬은 깨졌고, 그 위에는 사람이 서 있었다. 아니, 사람 형상을 한 에일리언이.

"아…… 아……."

나는 아무 말 할 수 없었다. 물론 봉인을 깬 것은 나지만... 나는 내 앞에 서 있는 사람의 얼굴을 보았다. 그 사람은 소년의 모습을 하고 있었다. 그 소년은 내게 다가와서 말했다.

"지금 여기가 어디죠?"

(이성혁 시점)

"그래서…… 결국 봉인이 깨진 거군요?"

내가 말하자 아녜스는 고개를 끄덕였다. 나는 아녜스의 능력에 그저 감탄할 수밖에 없었다. 머리뿐만이 아니라 통찰력도 뛰어났기 때문이었다.

"그럼, 저 에일리언의 이름은 뭐랍니까?"

내가 묻자 그는 대답했다.

"페케라는데?"

나는 아무 말 하지 않고 아녜스에게 들어오라고 했다. 우리가 들어가자 맛있는 냄새가 코를 찔렀다. 달팽이요리부터 시작해서 미역국과 형형색색의 파스타들, 스프와 고기찜, 계란말이와 새우튀김이 보였고, 마지막으로 랍스타란 최고급 음식이 눈에 띄였다.

"세상에…… 저거 랍스타 아니야?!"

내가 묻자 동현이는 씨익 웃으며 말했다.

"맞아. 프랑스까지 왔는데 좋은 걸 먹어 봐야 하지 않겠어?"

나는 동현이가 사온 또 다른 음식들을 보았다. 보기만 해도 군침이 도는 조각 케이크와 최고급 초콜릿, 알록달록한 쿠키들이 있었다.

"!! 이거 얼마야?"

내가 묻자 동현이는 얼마 안 된다는 듯이 말했다.

"너희 한국 돈으로 하면…… 20만 원?"

"!!"

나는 놀랄 수밖에 없었다. 우리가 사온 것들을 빼고, 초콜릿과 케이크, 쿠키들만 해서 20만원이라고 한다. 그것도 코딱지만큼 있는 것들이 말이다. 나는 동현이에게 말했다.

"뭐 이렇게 비싼 걸 산 거야?! 너희 부모님이 아시면……!"

그러나 동현이는 괜찮다는 듯이 손을 휘휘 저으며 말했다.

"괜찮아 괜찮아. 이거 내 용돈으로 산 거니까. 남으면 내가 먹으면 되지 뭐."

이렇게 말하는 동현이를 보고 있자니 뭔가 대단해 보였다. 자신의 용돈으로 20만 원어치나 되는 간식을 사다니…… 나는 문득 궁금해져서 물었다.

"너 도대체 전재산이 얼마야?"

"00000000만 원? 그 정도 되나? 더 많을 수도…….''

내가 만약 동현이와 처음 본 사이였다면 절대로 믿지 않았을 거다. 하지만 동현이는 어릴 때부터 봐 온 친구이다. 이녀석 집은 으리으리하게 부자이다. 그래서 도시와는 조금 떨어져 있지만 이렇게 큰 저택과 분수대, 그리고 정원을 가지고 있는 것이겠지.

나는 동현이 옆에 앉았다. 음식이 아직 덜 왔는지 부엌에서 전달되고 있었다.

그때 한무진 아저씨께서 급히 전화를 받고 나가셨다. 나는 그 이유를 알 것만 같았다.

잠시 후, 아저씨께서 들어오셨다. 그러나 혼자 들어온 것이 아니라 뒤에 다른 사람도 있었다.

"어이, 프랑스 좋네?"

명석이 형 목소리였다. 나는 밖으로 뛰어나갔다. 명석이 형은 지혜와 혜영이와 얘기하고 있었다. 내 옆에서 문이 열리며 카오스와 혜원누나가 나왔다. 나는 카오스에게 말했다.

"너 도대체 어디에 있다가 온 거야?"

카오스는 대답했다.

"박혜원이라고 했나? 저 여자와 잠시 얘기하고 있었다."

나는 생각했다.

'박혜원 누나와 카오스가 얘기한다는 건…… 뭔가 일이 생긴다는 징조인가? 아니면 카오스가 혜원 누나에게 할 말이 있어서?'

나는 혜원 누나를 보았다. 그때 명석이 형의 목소리가 들렸다.

"우와…… 성혁이 앞에 서 있는 여자애 혜원이와 똑같이 생겼는데? 정말 신기하…….”

명석이 형은 말하다 말고 혜영이의 눈치를 보았다. 그러나 혜영이가 아무 말도 하지 않자 혜영이에게 다가갔다. 그리고는 말했다.

"미…… 미안. 네 언니에 대해 말해서."

그러나 혜영이는 고개를 저었다.

"오빠. 저 사람 우리 언니 맞아."

"ㅁ.. 뭐?! 무슨 말이야??!"

명석이 형은 무슨 일인지 알 턱이 없으니 애꿎은 혜영이의 손을 붙잡고 말했다. 하지만 혜영이도 지금까지 혜원이 누나에게 물어보지 않았으니 알 리가 없었다. 그때 혜원이 누나가 앞에 나가서 말했다.

"내가 설명할 테니 혜영이 좀 그만 괴롭혀 줄래?"

그렇게 말하자 명석이 형은 혜영이의 손을 놓고 혜원이를 보며 말했다.

"어렸을 때 혜영이의 손을 붙잡을 때마다 그렇게 말 했었지. 너 정말…… 혜원이야?"

혜원이 누나는 고개를 끄덕였다. 그때 손뼉을 치며 말하는 사람이 있었다.

"연기 정말로 잘한다?"

현석이었다. 현석이 옆에는 지혜가 서 있었다.

'아하~'

나는 지혜가 왜 그렇게 행동했는지 알 것만 같았다. 다른 사람들을 보니 그 사람들도 이유를 눈치 챈 것만 같았다.

'현석이와 미현이, 동현이는 평범한 사람이다. 무슨 소린지 알 리도 없겠지.'

나는 그렇게 생각하며 명석이 형에게 말했다.

"형, 눈물 연기 정말로 잘하네? 그런데 이제 밥 먹자. 배고프다~"

나는 그렇게 말하며 혜영이와 명석이 형을 붙잡고 식탁으로 갔다. 혜원이 누나와 지혜도 눈치를 채고 식탁으로 가는 것 같았다. 그러자 한명, 한 명 우리를 따라서 식탁으로 가는 것 같았다. 나는 혜영이와 명석이 형을 잡은 손을 놓고 식탁으로 향했다.

역시 밥은 정말로 맛있었다. 식사를 마친 명석이 형은 피곤하다며 방에 올라가 잠 좀 잔다고 했다. 우리들은 거실에 남아 홍차와 코코아를 마시며 수다를 떨고 있었다.

"이 홍차 정말 맛있는데?"

미현이가 말하자 지혜도 맞장구쳤다.

"그러게. 이럴 때 케이크하고 쿠키가 짱인데."

"아니에요. 초콜릿도 맛있어요."

노아가 말하자 이번에는 정채가 말했다.

"초콜릿은 너무 달아. 차라리 과일류가 더 좋을 거 같은데……."

서로의 의견은 달랐고, 결국 모두 조금씩 들고 와 나눠 먹기로 했다. 가져오는 사람은 가위바위보에서 진 세 명이었다.

"아……."

나는 자리에서 일어섰다. 미현이와 혜영이도 일어섰다. 카오스는 왜 일어섰는지 몰랐지만, 카오스가 일어서자 페케도 일어섰다.

"카오스 씨, 페케 씨, 당신들은 앉아 있어도 됩니다만……."

혜원이 누나가 말했다. 그러나 둘은 이렇게 말했다.

"누군가 이곳으로 뛰어오고 있다."

그 순간, 문이 열리며 누군가가 들어왔다. 우리들은 그 사람을 보았다. 그 사람은 피를 흘리고 있었으며, 우리에게 외쳤다.

"도망쳐! 괴물들이……."

그렇게 그 사람은 쓰러졌다. 우리들은 그 사람이 누군지 알고 있었다.

"오헬리 씨!"

미현이와 동현이는 깜짝 놀라 소리지르고 있었고, 나와 지혜는 오헬리 씨에게 가보았다. 오헬리 씨는 숨을 쉬고는 있었지만, 금방이라도 멎을 것만 같았다. 나는 혜원이 누나에게 말했다.

"누나, 힐을 사용해 주세요."

혜원이 누나는 안 그래도 그렇게 할 거라고 말했다. 누나는 손을 뻗고 말했다.

"매직 이미지."

그 순간, 누나의 손에 흰 빛이 나오더니 그대로 막대기 모양으로 변했다. 누나는 그걸 손으로 잡고 외쳤다.

"힐!"

그 순간, 흰 기운이 오헬리 씨에게 감돌더니 그대로 상처가 조금씩 아물었다. 그녀의 얼굴색도 조금씩 돌아오고 있었다. 그 순간, 갑자기 뒷문에서 폭발 소리가 났다.

"어머니?!"

나와 동현이는 뒤로 뛰어갔다. 어머니와 동현이 어머니는 바닥에 쓰러져 계셨고, 폭발한 곳에서 한무진 아저씨가 소총을 들고 서 계셨다.

"아저씨, 무슨 일이……."

그러나 아저씨는 아무 말 하지 않고 가만히 서 계셨다. 나는 앞을 보았다. 연기 때문에 잘 보이지는 않았지만, 많은 그림자가 보였다.

"저것들은……!"

"내 생각에는 인간들이 분명하다. 폭발에 반응을 하지 않은 것으로 보아 세포를 억지로 늘여 많은 인간을 만든 것 같은데……."

그때 연기에서 무언가가 튀어나왔다. 동현이는 그 자리에 주저앉았고, 나는 내 옆에 서 있는 카오스에게 말했다.

"시작할까?"

나는 손을 뻗어 외쳤다.

"불의 열기로 당신들을 녹일지어다. 플레어!"

그 순간, 내 손에 뜨거운 열기가 생기더니 그대로 그들에게 날아갔다. 쾅 하는 소리와 함께 자욱한 연기가 다시 한 번 퍼졌다.

"여긴 반드시 막아야 한다!"

한무진 아저씨가 말씀하시며 소총을 들고 쐈다. 좋은 방법이 없을까 생각하다 한 가지 좋은 방법을 생각했다.

"아저씨, 잠깐만 막고 계세요."

난 그렇게 말하며 2층 계단으로 올라갔다. 그리고 비몽사몽한 명석이 형을 태우고 파이어 윙을 소환해 하늘로 날아올랐다. 그리고 명석이 형을 옥상에 올려두고 상황을 보여주었다.

"이게 어떻게……."

형은 갑작스럽게 부서진 집과 연기 때문에 입을 다물지 못했다. 나는 말했다.

"상황 설명은 나중에 해 줄 테니 지금 내기 도와달란 대로 해 줄 수 있어?"

내가 묻자 형은 승낙했다. 나는 카오스에게 말했다.

"카오스. 너는 뒤에 가서 한무진 아저씨를 좀 도와줘."

"알겠다."

그렇게 카오스는 한무진 아저씨 쪽으로 내려갔다. 나는 하늘을 날아 명석이 형에게 말했다.

"형, 형도 하늘을 날아서 날 따라와."

나는 이렇게 말하며 뒷문을 향해 날아갔다. 형도 에테르 윙을 소환해 날아오고 있었다. 나는 뒷문에 서서 상황을 다시 한 번 보았다. 그냥 보아도 백 명은 족히 넘을 것 같은 인원이 뒷문을 부수고 있었다.

"저 녀석들 머리가 좋진 않나 봐? 다른 곳으로 들어가면 될 걸."

내가 이렇게 말하자 명석이 형은 말했다.

"수다는 그만 떨고 내가 도와줄 게 뭐지?"

나는 형에게 말했다.

"지금 당장 밑으로 트위스트 윈드를 사용해 줘!"

형은 내 말을 듣고 시계에서 봉인을 해제하고 손을 밑으로 향했다. 그리고 외쳤다.

"트위스트 윈드!"

그 순간, 형에게 회오리바람이 일렁이더니 그대로 정면에 날아갔다. 나는 그 순간을 놓치지 않고 손을 뻗어 회오리에 내 손을 조절하며 외쳤다.

"파이어 트위스트!"

그 순간, 내 손에서 꼬인 불 두 개가 소환되어 그대로 날아갔다. 그

둘은 서로 합쳐졌으며, 원래 속도의 배 이상으로 빨리 날아갔다. 바람과 불의 합동 마법이었다.

그 위력은 대단했다. 뒤에 벽이 거의 부서졌으니.

"이 정도면 충분한가?"

나는 밑을 보았다. 하지만 그들은 공격이 전혀 먹히지 않았다는 듯이 다시 움직이기 시작했다.

"부술 수 없다면... 바람으로 날려버려야 하나……."

형이 이렇게 말하자 나는 다시 좋은 생각이 떠올랐다.

"저들을 파괴할 수 없다면 녹이면 되는 거 아니야?"

나는 손을 뻗고 말했다.

"플레어!"

그 순간, 공기가 뜨거워지나 싶더니 밑에 있던 인간 형상을 한 것들이 녹기 시작했다.

"?!"

나는 그것이 무엇인지 알 수 있었다. 그것은 TAP에서 기어 다니던 검은색 액체였기 때문이었다. 그것들은 서로가 합쳐지는가 싶더니 다시 형상을 유지했다.

"디스트럭션 오브 윈드! (destruction of wind)"

그러자 형 주변에서 차가운 바람이 생기더니 그대로 액체에게 날아갔다. 액체는 그 힘을 견디지 못하고 밖으로 밀려났다.

"파괴하는 바람이 먹혀?"

나는 형을 보았다. 형도 먹힐 줄 몰랐다는 듯이 날 보았다. 그러나 우리가 예상한 것처럼 액체는 다시 스물스물 기어오고 있었다. 나는 저것들을 처음 봤을 때를 생각해 보았다.

'분명히 마법진이 하늘에 있었으며, 기분 나쁜 검은색이었어. 아이참, 그게 무슨 상관이람…….'

나는 앞쪽을 보았다. 앞쪽에는 아직까지 아무런 일이 일어나지 않은 것 같았다. 아이들이 모두 밖에 나와 있었으니까. 그때 내가 하늘에서 바닥을 보고 있을 때, 미현이와 눈이 마주쳤다. 미현이는 그냥 멍하게 있다가 그대로 뒤로 도망쳤다.

"이미현!"

지혜는 미현이가 도망치는 것을 보고 소리쳤다. 그러나 혜영이가 지혜의 어깨에 손을 올리고는 미현이를 따라갔다.

"젠장!"

동석이 형이 소리치며 혜영이를 따라가기 위해 뒤로 돌아섰다. 그때 페케가 동석이 형의 앞을 가로막았다.

"제가 가겠습니다. 어차피 저 같은 경우는 계약하지 않으면 아무런 힘도 못 쓰는 에일리언. 제가 가겠습니다."

동석이 형은 머리를 긁적이다 페케가 눈앞에서 사라지자 우리 쪽을 보았다. 나는 형이 무슨 생각을 하고 있는 것인지 알 것만 같았다. 나는 피닉스를 소환해 동석이 형을 하늘로 올리려 했으나 그것을 은명이가 막았다.

"뭐하는 거지?"

동석이 형이 묻자 은명이는 대답했다.

"저 액체는 저희 측에서 실험을 하고 남은 찌꺼기입니다. 하지만 연구를 하다 보니 그냥 찌꺼기가 아니라는 사실을 알게 되었죠. 저 액체는 우리가 게임에서 흔히 접할 수 있는 괴물. 인간들이 만든 '슬라임'이란 괴물입니다. 인간들이 만들었기 때문에 평범한 인간, 혹은 평범한 마법으론 절대 소멸시킬 수 없습니다."

그렇게 말하다 날 보며 말했다.

"저번에 슬라임을 파괴한 적이 있다고 하셨죠?"

그가 묻자 나는 고개를 끄덕였다. 그는 말했다.

"그건 어디까지나 은신을 한 상태. 다시 말해 죽은 것이 아니란 말입니다. 이 녀석들이 갑자기 이곳을 습격한 것도 누군가가 침범, 혹은 이것들이 숨어 있다가 상대방을 공격하기 위해 나왔다고 가정한다면 모든 것이 설명됩니다."

그는 이렇게 말하며 손을 뻗었다.

"인간, 혹은 에일리언의 힘을 사용해서 소멸시킬 수 없다면, 인간과 에일리언의 힘을 사용하지 않고 소멸시키면 됩니다."

그는 그렇게 말하며 눈을 감고 말했다.

"셔먼 데빌."

그 순간, 주변의 공기가 탁해지나 싶더니 그대로 인간의 모양을 한 것이 나왔다. 낫을 들고 있었고, 망토를 두르고 있었으며, 얼굴은 망토에 가려 보이지 않았다. 낫 손잡이의 끝에는 푸른 기운의 보석이 박혀 있었다.

"악마여. 앞에 있는 인간의 피조물들을 소멸시켜라!"

그 순간, 그 인간의 뒤에서 날개가 펴지는가 싶더니 그대로 슬라임이란 것들에게 날아갔다. 그리고 자신이 들고 있던 낫을 하늘 위로 치켜세웠다. 그 순간, 푸른 보석이 빛나더니 하늘에서 푸른빛이 감도는 전기가 일었다.

"저건……."

우리들은 모두 하늘을 보고 있었다. 그 순간, 전기가 하늘에서 떨어졌다.

"낙뢰?"

나는 하늘 위에서 그것들이 소멸하는 것을 보았다. 그것들은 살고 싶어서인지 계속해서 꼬물거렸다. 그러나 낙뢰의 힘은 대단했는지 시간이 지나자 조금씩 소멸하였다. 나와 명석이 형은 윙을 사라지게 하고 하늘에서 내려왔다. 명석이 형이 시계로 힘을 봉인하기 위해 주머니에서 시계를 찾는 동안 나는 사람들 앞으로 갔다. 이미 한국 TAP들과 프랑스 TAP을 배신한 세 명, 그리고 노아, 마리, 아녜스는 알고 있었지만, 두 어머니와 동현이, 현석이는 모르고 있었다. 그런데 이상하게 현석이는 그리 놀란 표정은 아닌 것 같았다.

"……."

나는 사람들을 보았다. 박혜원 누나도 어머니들을 보고 계셨다. 어머니는 달려와서 나를 끌어안으며 말했다

"지금까지 이렇게 위험한 짓을 한 거야? 다치진 않았고?"

하지만 나는 어머니의 손을 놓으며 말했다.

"괜찮아. 나만 있는 것도 아니고."

내가 이렇게 말하자 이 일을 모르는 사람들은 서로서로 돌아보았다. 그러자 지혜도 앞으로 나가며 말했다.

"맞아. 여기 있는 사람들 중 평범한 사람들은 다섯 밖에 없어. 여기에서 근무하시는 분들 빼고 지금 여기 있는 사람들 중에 말이야."

그러자 동현이는 혜원이 누나를 가리키며 말했다.

"그럼, 아까 저 누나가 죽었다 살아났다고 했던 것도 사실이야?"

그러자 명석이 형이 대답했다.

"그래. 이걸 말 해 줘도 되나 모르겠는데, 뭐 어차피 우리의 힘에 대해서 알게 되었는지 궁금한 것 정도는 들어 줄 수 있어. 저기서 오헬리씨를 치료하고 계시는 사람은 2년 전에 죽었었던 혜영이 누나 혜원이야. 어떻게 된 건지는 모르겠지만 말이야."

그렇게 말하자 현석이가 물어보았다.

"그렇게 말하는 거 보니까 혜영이도……."

"맞아. 혜영이도 이런 특별한 힘을 소유하고 있어. 그래서 아까 위험하지만 혜영이를 보내려고 했던 거야. 혜영이의 힘은 저기에 있는 동석이나 나보다 강하거든."

명석이 형이 말하자 동현이는 아무 말 못 하고 앞을 보았다. 앞에는 다른 사람들이 서 있었기 때문이었다.

"!!"

우리들은 앞을 보았다. 앞에는 세 명의 사람들이 서 있었다.

"귀찮게 됐네."

은명이가 이렇게 말하자 아녜스가 말했다.

"저들은 프랑스 TAP에 속해 있는 팀 중 가장 강한 s급 대원들입니다."

그러자 앞에 세 명 중 선글라스를 낀 여자가 말했다.

"내 이름은 루이즈다. 내 이름을 걸고 오늘 너희들을 처리하겠다."

그러자 그녀 왼쪽에 있던 흰 가운을 입은 여자가 말했다.

"내 이름은 엘로이즈. 신께서 당신들의 죄를 묻기 위해 저를 이곳에 보냈습니다."

그러자 오른쪽에 있던 남자가 말했다.

"내 이름은 레오다."

그때 지혜가 꿈틀거리는 것을 볼 수 있었다.

"왜 그래?"

그러나 그녀가 대답하기도 전에 그가 지혜를 보고 손 흔들며 말했다.

"안녕? 며칠 전에 봤지?"

우리는 모두 지혜를 보았다. 지혜는 우리에게 말했다.

"내가 성혁이 몸 검사를 하고 있을 때, 몰래 빠져나간 적이 있었는데, 그때 만난 사람이야. 장난으로 하는 소리인 줄 알았는데…… 그때 살기가 느껴진 것은 단지 내 착각이 아니었단 건가."

지혜가 말하자 그는 대답했다.

"당연하지, 난 장난을 싫어한다고?"

그때 루이즈란 여자가 우리들의 대화를 끊었다.

"레오, 오늘은 장난을 치러 온 것이 아니다. 이 자리에서 저 인간들을 처리하기 위해 온 거지."

그러자 레오는 아쉽다는 듯이 왼손을 들어 지혜에게 살짝 흔들었다. 나는 루이즈에게 물었다.

"여기에 왜 온 거죠?"

그러자 그녀는 날 보며 한심하단 듯이 말했다.

"너희들을 처단하기 위해 왔다고 이미 말 했을 텐데."

"그럼 이렇게 하자고. 저 녀석들 별로 안 세 보이는데 2:1 어때?"

레오가 말하자 엘로이즈는 대답했다.

"상대방을 깔보지 않는 게 좋을 거다, 레오."

그러나 루이즈는 말했다.

"그거 좋군. 두 명씩 덤벼라!"

나는 카오스를 데리고 앞으로 나왔다. 그리고 루이즈 앞으로 갔다.

"우리들이 널 상대하겠다."

카오스가 말하자 그녀는 웃기다는 듯이 말했다.

"뭐야, 에일리언인가? 에일리언이 이곳에 있는 이유는 모르겠다만, 이걸 믿고 설쳐댄 것이라면 짜증이 나는군."

그녀가 이렇게 말하며 손을 뻗었다. 그러자 가느다란 검이 두 개 생성되었다.

"귀찮으니 한 번에 소멸시켜주지, 에일리언."

나는 옆을 보았다. 동석이 형과 명석이 형이 레오란 녀석 앞에 서 있었고, 마리 누나와 지혜가 엘로이즈란 여자 앞에 섰다. 뒤를 보니 노아와 한무진 아저씨가 아녜스 아저씨 외 네 사람을 마크하고 있었으며, 혜원이 누나는 오헬리 누나에게 힐을 사용하고 있었다.

"이제 갈까?"

내가 말하자 카오스는 고개를 끄덕였다. 나는 파이어 윙을 소환해 하늘로 날아올랐다. 카오스도 나를 따라 하늘로 올라갔다. 루이즈는 멍하니 우리들을 보고 있었다. 나는 손에 불을 소환했다.

"파이어 볼!"

그렇게 나는 파이어 볼을 날렸고, 그 파이어 볼은 루이즈에게 날아갔다. 자욱한 연기가 일어나고 나는 알 수 있었다. 그녀가 상처 입지 않았다는 것을. 나는 다시 손에 불을 소환하였다. 그 순간, 연기 속을 나와서 우리에게 달려드는 여성을 볼 수 있었다. 그녀의 점프력은 인간의 실력이 아니었다.

"이런……."

나는 불을 소환해 파이어 소드를 만들었다. 그리고 루이즈에게 날아 갔다. 그러나 루이즈를 베었음에도 불구하고 루이즈에게 상처가 나지 않았다. 대신 내게 상처가 나 있었다.

"……!!"

나는 루이즈를 보았다. 루이즈는 황당해 하는 날 보며 말했다.

"내 검은 에일리언들을 상대하기 위해 특수 제작한 검이다. 에일리언의 힘을 받는 자들은 절대 나를 공격할 수 없다."

그녀는 이렇게 말하며 내게 달려왔다. 나는 필사적으로 검을 휘둘렀지만, 그녀를 통과했다. 아니, 쉽게 말하자면 베이는 느낌은 났지만, 상처가 나지 않았다.

"젠장!"

나는 그 검을 피하고 파이어 윙을 소환해 하늘로 날아올랐다. 하지만 그녀는 위로 뛰어올라 내게 검을 휘둘렀다.

"이익!"

나는 최대한 몸을 숙여 검을 피했고, 그녀가 땅으로 떨어지는 그 순간, 나는 날아올라 카오스가 있는 곳으로 갔다. 카오스의 표정을 보아하니 좋은 생각이 나지 않는 모양이었다. 그때 나는 땅을 보았다.

"그래!"

나는 하늘에서 땅으로 손을 내리며 소리쳤다.

"파이어 필드!"

그 순간, 내 주변에 불꽃 필드가 소환되었다.

"……?"

그녀는 내가 무슨 생각을 하는 건지 모르고 있었다. 나는 손으로 불을 가리키며 말했다.

"이 불은 나나 카오스가 만든 불이 아니다. 한 필드 안에 존재하는 불이지. 다시 말 해 이 불을 사용해 널 공격한다면!"

"……!"

그녀는 이제 알겠다는 듯 몸을 움찔했다. 나는 웃으며 불을 만졌다. 그리고 그 불 중 조금을 떼어내 손 위에 올렸다. 정말 깨끗한 불이었다. 내 손까지 정화되는 불이랄까.

나는 그 불을 하늘 높이 올렸다. 그리고 외쳤다.

"몇 년 동안 나만의 비전 기술을 만들기 위해 얼마나 노력했는지 모르지? 갑자기 내 힘이 사라져서 얼마나 힘들었는지도 모르지? 지금 보여주지……."

나는 이 불을 가리키며 외쳤다.

"이성혁의 비전 기술!"

그러자 그 불이 점점 길어지더니 이윽고 용 모양으로 변했다.

"저건……."

나는 그녀를 보고 말했다.

"이건 나만의 용. 이 필드를 소환했을 때만 사용가능한 힘이라 별로 사용하고 싶진 않았는데 말이지."

내가 이렇게 말하자 그녀는 말도 안 된다는 듯이 입을 덜덜 떨었다. 나는 그녀를 보고 웃으며 말했다.

"순수한 불의 맛을 봐라!"

나는 용을 그녀에게 던졌고, 그녀는 그 용에게 잡아 먹혔다. 잠시 후, 그 불이 잠잠해지자 그녀의 모습이 나왔다. 숨을 쉬지 않는 것을 보니 죽은 것이 분명했다. 나는 그녀를 놔두고 카오스에게 올라갔다. 카오스는 필드를 정리하고 있었다.

"나 어땠어?"

내가 묻자 그녀는 대답했다.

"꾀를 간사하게 잘 부리더군. 잘했다."

그녀가 처음으로 하는 칭찬에 나는 머리를 긁적였다. 필드가 사라지고 나와 카오스는 사람들이 있는 곳으로 갔다.

(정지혜 시점)

"시작 안 하나요?"

엘로이즈란 여자가 물었다. 나는 마리 언니를 보았다. 언니는 잔뜩 긴장한 것처럼 손을 뻗었다. 그 순간, 엘로이즈 주변에서 무언가 터지는 것을 보았다. 아무것도 없어서 나는 공기인가 생각했지만, 그녀의 주변에 미세하게 기가 느껴졌다.

'설마······.'

나는 앞을 보았다. 엘로이즈는 옆으로 피해 있었다.

"흐음. 당신은 언제나 그 힘으로 저를 재미있게 했죠. 이번에 또 만날 줄은 몰랐는데······."

그렇게 말하는 그녀는 위로 손을 뻗었다. 그리고 외쳤다.

"블레스!"

그 순간, 그녀의 주변에 흰 빛이 일렁이더니 갑옷과 투구, 장화와 십자 검이 소환되었다.

"저게 뭐야······."

나는 알 수 없단 듯이 소리쳤다. 마리 언니의 표정도 심상치 않았다. 나는 손을 앞으로 뻗고 소리쳤다.

"바람의 정령, 내 소환에 응하라!"

그 순간, 일대에 바람이 일어나더니 앞에 작은 꼬마가 소환되었다.

"그 꼬마는······."

마리 언니가 묻자 나는 바람의 정령이라고 대답했다.

"바람의 정령! 저 여자를 공격해!"

그러자 바람의 정령은 입에서 바람을 뿜어냈다. 그러나 엘로이즈는 '매직 이미지'란 기술 이름을 외치고 앞에 방패를 소환했다. 그 방패는 엘로이즈를 덮을 정도로 컸다. 나는 바람의 정령에게 칼바람을 사용하라고 지시했다. 그러나 칼바람으로 부수기에는 역부족이었다. 나는 마리 언니를 보았다. 마리 언니는 이상하게 계속해서 손을 바닥에 짚고 있었다.

'아까 말했던 대로 계속 진 건가?'

나는 바람의 정령에게 말했다.

"윈드 커터!"

그러자 칼바람보다 더 매서운 바람이 엘로이즈를 공격했다. 결국 엘로이즈의 방패는 소멸하였다.

"천상의 방패를 파괴하다니…… 좀 하는 사람 같은데…… 좀더 재미있게 만들어 주세요."

"원한다면!"

나는 바람의 정령에게 외쳤다.

"토네이도!"

그 순간, 내 주변에서 토네이도가 생성되었다. 딱 봐도 5개는 족히 넘을 바람이었다. 나는 뒤를 보았다. 다행히 성혁이의 윙으로 바람의 공격을 막고 있었다.

'이제 뒤는 생각하지 않아도 되겠지…….'

나는 엘로이즈를 가리키며 외쳤다.

"토네이도다!"

토네이도들은 일제히 엘로이즈에게 날아갔고, 엘로이즈를 삼키듯 공격했다. 그러나 바람이 사라지고 그녀에게는 작은 생채기들만 무수히 났다. 그마저도 그녀가 힐을 사용해 회복했다.

"으윽……."

나는 바람의 정령을 보며 소리냈다. 그 순간, 엘로이즈가 검을 던져 바람의 정령을 맞추었고, 그대로 소멸하였다.

"!!"

나는 엘로이즈를 보았다. 엘로이즈는 십자 검을 사라지게 하고 창을 소환했다.

"이제 그만 끝낼까요?"

그녀는 이렇게 말하며 한 발자국 더 움직였다.

그 순간, 바닥이 무너졌다.

"!!!"

그녀는 바닥이 무너짐과 동시에 우리 눈앞에서 모습을 감췄다.

나는 어떻게 된 영문인지 마리 언니를 보았다. 마리 언니는 웃고 있었다.

"설마…"

언니는 고개를 끄덕이며 말했다.

"나는 바닥 끝에서부터 기를 사용해 폭발시키고 있었어. 예상대로 네 소환수가 바닥을 무너뜨린 덕분에 그녀가 당한 것이고. 아마 지금도 계속해서 떨어지고 있을 걸? 신의 대리인이라고는 해도 인간은 인간."

우리들은 뒤를 보았다. 아직까지 한 팀이 이기지 못한 모양이었다. 우리들은 사람들이 모여 있는 곳으로 가기 위해 뒤를 돌았다. 그 순간, 비명소리가 났다. 나는 뒤를 돌아보았다. 그런데 내 뒤에 있던 마리 언니가 구멍에 먹히고 있었다. 아니, 정확히 말하자면 언니의 목에는 노란 빛이 나는 쇠사슬이 묶여져 있었다. 나는 바로 구멍을 확인했다. 점으로 보이긴 하지만, 엘로이즈란 여자가 마리 언니를 사슬로 묶은 것 같았다. 나는 바로 얼음여왕을 소환했다.

"얼음여왕, 마리 언니를 좀 구해줘! 얼음 줄이라던가 아니면 저기에 바닥을 만들어 주면……."

그러나 얼음여왕은 고개를 흔들었다.

"저 여자는 죽었다. 이미 영혼이 빠져나갔다. 지금 꺼내 온다고 해도 시체만 있을 텐데."

나는 절망했다. 나는 옆을 보았다. 레오란 남자는 도끼를 꺼내들고 있었다. 서로의 눈치만 보고 있을 뿐, 레오란 남자 말고는 아무도 말하지 않았다. 침묵만 계속되던 그 순간, 난 뛰어들었다. 그리고 외쳤다.

"악마가 있다면 천사도 있을 거다. 천사를 소환한다!"

그러나 천사는 나오지 않았다. 대신 레오의 눈길이 돌아갔다. 나는 레오와 눈이 마주쳤다. 레오란 남자는 다시 한 번 소름끼치게 내게 미소를 날렸다. 나는 손을 뻗고 말했다.

"바람의 정령, 소환!"

나는 바람의 정령을 소환했다. 그러나 그는 바람의 정령에게 도끼를 던졌다. 다시 바람의 정령은 소멸하였다.

"이게 진짜! 야, 너희들은 소환수가 우습냐?! 왜 계속 소환수를 공격하는 건데!"

내가 소리치자 그는 말했다.

"그럼, 저 도끼로 널 맞춰?"

그는 진짜로 맞출 것만 같았다. 나는 입을 닫고 손을 뻗었다.

'쳇. 예전에 책에서 봤던 천사 소환 주문이 뭐였지……'

나는 고민해 보았다. 하지만 생각나지 않았다.

그때 뒤에서 누군가가 내 어깨를 잡았다. 나는 뒤를 돌아보았고, 내 뒤에는 은명이가 있었다.

"천사 소환 주문…… 네가 알아도 될 것 같네."

"??"

나는 그의 말뜻을 모르고 있었다. 그는 내게 말했다.

"소환수를 아끼는 네 마음이 마음에 들었다. 천사 소환 주문은 '엔젤 셔먼' 이다."

그제서야 나는 생각이 났다. 내가 처음 TAP에 들어왔을 때, 나는 이정연 아주머니께 책 한 권을 받았다. 그 책은 소환수 주문이 적힌 책이었는데, 나는 그 책을 한 번 훑어보고 읽지 않았다. 주문이 괴상한 것이 많았기 때문이었다. 그나마 정상적인 주문이 내가 사용하는 소환수의 주문이었다. 나는 손을 들었다. 그때 내 손을 은명이가 잡고 위로 뻗었다. 그리고 외쳤다.

"셔먼 데빌!"

나도 외쳤다.

"셔먼 앤젤!"

그 순간, 우리 앞에 검으면서도 흰 존재가 드러났다. 흰 망토에 검은 낫, 그리고 회색의 보석. 우리는 앞을 가리키며 말했다.

"가라!!!!!!"

그 소환수는 우리의 말을 따라 레오에게 날아갔다.

"저.. 저게 뭐야!"

그는 처음 보는 종류의 소환수인지 잠시 동안 움직이지 않았다. 하지만 도끼를 검으로 바꾸어 그것에게 뛰어갔다.

'무기 변환 마법…… 동석이 오빠 저것 때문에 시간에 좀 걸린 거구나…….'

나는 이렇게 생각하며 앞을 보았다. 레오란 남자는 검은 것에 먹혀 이미 사라진 지 오래였다. 우리들은 소환수를 소멸시키고 사람들을 보았다. 동현이는 아직도 믿기지 않는다는 듯이 우리를 보았다. 그때 멀리서 혜영이와 미현이, 페케가 오는 것이 보였다. 그들은 난장판이 된 주변을 보고 정말 놀랐다고 했다. 우리들은 프랑스 TAP에서 직접적으로 우리를 찾아올 거라고 말했다.

하지만 우리의 정보보다 미현이와 혜영이가 들고 온 정보가 더 놀랄 만한 일이었다.

"진짜? 페케와 미현이가 계약을 맺었다고?"

우리가 묻자 미현이는 고개를 끄덕였다.

"맞아. 내가 아까 봤는데 페케 정도면 미현이를 위험하게 만들지는 않을 거야. 미현이도 그만한 힘을 사용할 수 있고."

혜영이가 말하자 나는 미현이를 보았다. 그러다 내 눈에 띄는 한무진 아저씨가 전화 통화를 하고 계셨다.

"누구하고 통화하는 거예요?"

내가 묻자 아저씨는 내게 전화기를 건네었다. 나는 전화기를 귀에 갖다 대었다. 거기에서는 석훈이 형의 목소리가 들렸다.

"오~ 형, 오랜만~"

내가 말하자 형은 나인 것을 눈치채고 말했다.

"너 오늘 꽤 멋있었다면서?"

형이 묻자 나는 헤헤 거리며 웃었다. 형도 같이 웃다가 말했다.

"네 친구 미현이라는 애는 TAP에 가입신청 보내 놨어."

"??"

나는 갑작스러운 형의 말을 듣고 아저씨를 보았다. 아저씨는 날 보며 말했다.

"그 아이는 우리와 같이 있는 것이 더 안전하다. 그래서 그 아이를 한국 TAP 소속에 넣기로 했다."

나는 아저씨의 말을 듣고 뒤를 보았다. 미현이가 서 있었다. 미현이는 괜찮다는 듯이 방긋 웃었다. 나는 한숨을 쉬고 집을 보았다.

"이제 이 집은 못 쓰겠는데……."

내가 말하자 동현이 아주머니께서 말씀하셨다.

"A동은 못 쓰겠고, B동에 음식이나 이불, 가구 같은 것들을 모두 옮기면 될 것 같은데?"

'하긴…… 밖에서 자는 것 보단 여기서 자는 게 더 나을지도…….'

나는 사람들에게 먼저 들어가 있겠다고 말하고 B동에 들어갔다.

샤워하는 도중에 아까 칼에 스친 상처가 계속해서 내 몸을 자극했다. 그러나 그것도 조금씩 익숙해지고 있었고, 조금 있으니 한결 편해졌다. 나는 옷을 갈아입고 옮겨 놓은 침대에 누워 그대로 잠이 들었다.

4.예언하는 자와 초능력자

- 과거 회상 -

(박혜영 시점)

"그러니까 이제 이동을 해야 한다고요?"

내가 묻자 한무진 아저씨는 고개를 끄덕였다. 아마도 이 집이 적에게 노출되었기 때문에 그렇게 행동한 것이리라 생각했다.

"하지만 당장 갈 곳이……."

내가 말하자 동현이는 고개를 저었다.

"있어. 우리 별장. 그곳은 A동 만큼 집이 커서 여기 있는 사람 전부가 살아도 남을 거야. 일단 부모님들을 거기에 보내고……."

"너는?"

내가 묻자 동현이는 씨익 웃으며 옆을 가리켰다.

"나와 계약을 맺은 에일리언. 이름은 쿠호래."

"뭐어?!"

나는 아저씨를 보았다. 아저씨는 시선을 회피하고 계셨다. 분명히 고의적으로 이 짓을 한 것이 분명했다.

"아저씨, 평범한 사람들을 이런 일에 끌어들이고 싶어?"

내가 묻자 아저씨는 못하는 영어까지 섞어 가시며 대답했다.

"No, no. 저 아이들은 우리 쪽에 있는 편이 더 안전할 거야. 그러니까 우리는 여기에 남아서 TAP측과 싸워야지."

아저씨의 능글맞은 소리에 나는 한숨밖에 내쉴 수 없었다. 아저씨는

"언제 우리가 이동한다고 했어?"

라고 말하며 다른 애들에게 이 말을 전하기 위해 밖으로 나갔다.

"휴우…"

나는 한숨을 쉬며 방을 나가기 위해 일어섰다. 그때 언니의 모습이 보였다.

"언니?"

나는 언니를 보고 말했다. 언니는 내게 다가와 인사했다.

"굿모닝~ 잘 잤어?"

언니가 묻자 나는 대답했다.

"응."

2년이란 공백의 기간이 무섭긴 무서웠나 보다. 언니의 모습도 나보다 어려졌고, 이렇게 서먹하게 된 것도 공백의 기간 때문이었다. 나는 언니를 보았다.

"언니, 어떻게 살아났는지 내게 설명해 줄 수 없어?"

언니는 잠시 고민하는가 싶더니 이내 승낙했다.

"언니는 2년 전 독일 TAP이 에일리언에게 침공당해 프리케리어스 공간이 파괴되었을 때 살아났어. 원래는 살아나지 않지만, 나는 몸과 영혼이 조각조각 났을 뿐, 소멸한 것은 아니었대. 그거 때문에 시공간의 흐트러진 틈을 타 밖으로 나올 수 있었던 거고. 몸은 정지돼 있었지만, 영혼은 정지 상태가 아니었기 때문에 영혼 쪽 나이는 먹은 거고 말이야."

나는 이해가 가지 않았지만, 일단 언니가 이런 말을 내게 해 주는 것이 고마웠다. 나를 믿는다는 소리인가.

나는 그 이야기를 듣고 언니와 같이 밖으로 나왔다. 밖에는 청소부 아주머니와 전문 요리사, 경호원들이 버스를 타고 계셨다. 그리고 그곳에는 성혁이 어머니와 동현이 부모님도 타고 계셨다. 우리들은 짧은 인사를 하고 버스를 보냈다.

"저쪽은 무사할 거야."

명석이 형이 말했지만, 성혁이와 동현이는 뭔가 찜찜한 표정을 지었다. 하지만 어쩌겠는가. 여기보단 그 곳이 더 안전하단 사실을 다 알고 있을 텐데 말이다. 우리들은 집 안에 들어갔다. 평소처럼 수다를 떨고 있었지만, 이야기를 나누면 나눌수록 주변 공기가 차가워지는 느낌을 받았다.

"……."

이윽고 말소리마저 사라졌다. 특히 미현이와 동현이는 걱정스런 표정을 하고 있었다.

그렇게 얼마나 시간이 갔을까…… 언니와 아저씨, 아녜스 오빠가 급히 달려왔다.

"큰일 났어!! 방금 레이더와 CCTV에 프랑스 TAP이 떴어. 이번에는 100명 정도 돼!"

우리들은 자리에서 일어섰다. 결국 이런 날이 오는구나 생각했다.

"프랑스 TAP과 한국 TAP은 힘부터 차이난다. 그들은 물량이 많지만 힘이 별로 없어. 그에 비해 너희들은 힘이 몇 배 이상 차이 날 정도로 강하다. 난 너희들을 믿는다."

우리들은 고개를 끄덕였다. 어둠이 지고, 우리들은 대열을 맞추었다.

"B동과 C동을 연결하는 통로 쪽은 지혜, 은명, 동석. 너희 세 명이 막도록 해라. B동 뒤쪽은 혜영이와 미현, 페케가 막고, B동 왼쪽은 성혁이와 카오스, 오른쪽은 내가 맡는다. B동과 C동 하늘로 날아오는 자들은 명석이 네가 처리하고, C동 앞쪽은 혜원이가 막고, 다친 자들이 오면 네가 치료하도록 해라. 노아는 왼쪽, 동현이와 쿠호는 오른쪽을 맡고, 나머지 오헬리 씨와 아녜스 씨, 현석이 세 명은 C동에 숨어 있으면 된다. 다치지 말고."

그렇게 우리들은 대열을 맞추었다. 우리 사이에는 묘한 긴장감이 감돌았다.

"다들… 나중에 보자."

그렇게 우리들은 자신의 자리로 갔다.

- 현재 -

(이성혁 시점)

나와 카오스는 B동 옆으로 갔다. 나는 긴장한 듯 침을 꼴깍 삼켰다. 그러자 카오스가 내게 말했다.

"긴장하지 않아도 된다. 너를 지켜 줄 힘 정도는 가지고 있으니."

"아니. 긴장하지 않았어. 이보다 더 큰 일도 있었는데."

내가 이렇게 말하자 카오스는 앞을 보며 말했다.

"그래. 잘못 봤나 보군."

그때 하늘에서 신호가 터졌다.

"프랑스군대가 왔다!"

그 순간, 나는 파이어 윙을 사용해 하늘 높이 날았다. 카오스도 따라왔다. 나는 하늘에서 적들이 얼마나 많은지 확인했다. 아까 사람들은 100명 정도 될 것이라고 말했지만, 실제로는 200명은 족히 넘을 것 같았다. 나는 하늘에서 손을 내리며 말했다.

"지옥의 불꽃. 헬 파이어!"

그 순간, 하늘에서 스치기만 해도 뜨거운 불꽃들이 여러 개 생성되었다. 나는 그걸 한꺼번에 바닥으로 날렸다. 그들은 소리치며 말했다.

"하늘에 적이 있다!"

그러나 그 말을 한 자는 바람에 휩쓸려 사라졌다.

"위험하다고?"

명석이 형이 내게 말했다. 형도 에테르 윙을 소환해 날고 있었다.

"걱정하지 마."

나는 하늘에서 손을 뻗고 말했다.

"파이어 필드!"

순간 그 일대가 불에 타는 게 보였다. 나는 하늘에 불을 던져 외쳤다.

"파이어 드레곤 + 파이어 소드!"

그 순간, 불타는 드레곤들이 그 일대를 공격했고, 운 좋게 살아남은 자들은 불타는 검이 날아가 소멸시켰다.

"오~ 파이어 소드를 그렇게 사용할 수도 있네?"

나는 웃으며 말했다.

"이것만 그렇게 사용할 수 있는 거 아닌데?"

나는 다시 불들을 하늘 높이 던져 외쳤다.

"파이어 스피어!"

그 순간, 날카로운 불들이 생성되었고, 나는 그것을 바닥에 마구 내리꽂았다. 후에 파이어 필드를 소멸시켰다.

"멋있는데? 벌써 몇 명이나 죽은 거야?"

"그냥 군대사람들이라 없애기 쉬워. 형 그런데 여기서 놀아도 돼? 하늘에 헬기 몇 대나 떴는데?"

내가 그렇게 말하자 형은 손을 올려 한 헬기를 가리키고 외쳤다.

"디스파이어 오브 윈드."

그 순간, 붉은 바람이 일렁이더니 그 헬기를 관통했다. 그리고 이어서 다른 헬기를 가리키며 외쳤다.

"윈드 볼."

그 순간, 형 주변에 동글동글하고 어지럽게 생긴 구들이 생성되었고, 형은 한 헬기마다 한 개를 던져 폭발시켰다. 그 구가 폭발할 때마다 큰 바람이 만들어졌고, 헬기는 힘없이 분리되었다.

이 때문인지 몇 사람들은 도망가는 것처럼 보였다.

"재미없게……."

나는 하늘에 손을 뻗어 외쳤다.

"파이어 퍼니쉬먼트!"

그 순간, 보기만 해도 순수해질 것만 같은 순수한 불이 생성되었다. 나는 그것을 던졌고, 그 일대는 폭발과 함께 자취를 감췄다.

"난 아무 짓 안 해도 되나?"

카오스가 내게 다가와서 물었다. 나는 실실 웃으며 말했다.

"동현이 쪽에 가서 좀 도와 줘. 걔 에일리언과 계약 맺은 지 얼마 안 돼서 적응하기 힘들 거야."

그러자 카오스는 바로 동현이 쪽으로 날아갔다.

"쿠호란 에일리언이 그렇게 보고 싶나?"

내가 묻자 명석이 형은 어깨를 들썩였다. 그때 탁한 목소리가 앞에서 들렸다.

"어이~ 그렇게 사람들을 막 사냥하지 말라고?"

우린 앞을 보았다. 앞에는 한 남성이 서 있었다.

"당신…… 프랑스 TAP 대원인가?"

내가 묻자 그는 피식 웃으며 말했다.

"그래. 내가 프랑스 TAP 간부 중 한 명, 바띠스뜨다. 너희들과 급이 다르지."

그의 말은 우리의 심기를 하나하나 건드리고 있었다.

"으윽!"

형은 욱하는 마음에 바람을 생성했다. 그때 바띠스뜨란 남성은 명석이 형을 보며 말했다.

"바람의 힘을 가진 자와 불의 힘을 가진 자라… 둘 다 덤벼라!"

나는 하늘에 대고 소리쳤다.

"파이어 필드!"

그 순간, 하늘에서 검은 기운이 나와 파이어 필드를 집어삼켰다.

"!!"

나는 그를 보았다. 그는 능글맞은 미소를 지으며 말했다.

"셰도우."

그 순간, 그 남자의 등에서 날개가 나왔다. 그는 하늘을 날며 말했다.

"너희들만 날면 안 되는 거 맞지? 치사하게 하늘이나 날고 말이야."

그가 말하자 명석이 형은 손을 뻗으며 말했다.

"윈드 에로우!"

그러자 형 주위에 바람으로 형성된 화살이 여러 개 생성되었다.

"가라!"

그러자 화살들은 바띠스뜨를 향해 날아갔다. 화살들은 정확히 바띠스뜨를 맞췄다. 하지만 자세히 보니 그는 날고 있었다.

"뭐지?"

나는 그를 보았다. 그때 그는 손을 뻗어 외쳤다.

"셰도우!"

그 순간, 손에서 화살같이 생긴 것이 생성되었다. 그것들은 우리들을 향해 날아왔다. 간신히 그의 공격을 피한 우리들은 말했다.

"어떻게 상처 하나 입지 않을 수 있지?"

나는 말했다.

"그리고 셰도우라는 거…… 그림자란 뜻이잖아. 그렇다면 바띠스뜨란 남자는……."

"그림자의 힘, 우리를 따라하는 건가?"

나는 고개를 끄덕였다.

"뭘 숙덕이는 거지??"

그는 우리에게 물었다. 하지만 공격하지 않았다.

"……"

나는 하늘을 날아 그에게 다가갔다. 하지만 그는 뒤로 갈 뿐, 기술을 사용하지 않고 있었다.

'역시.'

나는 이렇게 말하며 하늘에 대고 소리쳤다.

"파이어 볼!"

그 순간, 불타는 공이 소환되어 바띠스뜨를 집어삼켰다.

"끝났나?"

나는 그가 있던 곳을 보았다. 하지만 그는 아직까지 날고 있었다. 그 뿐만이 아니라 손까지 뻗고 있었다. 그는 날 가리키며 말했다.

"셰도우."

그 순간, 그에게서 검은 공이 날아왔다. 나는 그 공을 피할 수밖에 없었다. 그는 자랑스럽게 말했다.

"나는 그림자의 능력을 가지고 있다. 너희가 공격한다면 나도 그 공격을 따라 할 수 있지."

그때 나는 생각나는 것이 있었다.

"슬라임과 비슷하다. 검은 색인 것도, 공격을 받지 않는 것도. 설마……."

나는 하늘에 대고 외쳤다.

"헬 파이어!"

그 순간, 지옥의 불들이 생성되었다. 나는 그것들을 바띠스뜨에게 날렸다. 그는 여유로운 표정을 지으며 말했다.

"역시 꼬마들은 말로 하면……."

그러나 그의 표정은 갑자기 변하였다. 그의 표정은 그가 사용하던 그림자의 색과 비슷했다. 나는 그를 보며 말했다.

"할 수 있다면 너의 잘난 기술을 사용해 따라 해 봐라!"

그렇게 그에게 불이 날아갔고, 그가 하늘에서 떨어졌다. 그는 상처를 가지고는 있었지만, 치명타는 아니었다.

"역시…… 널 볼 때 슬라임이란 것이 생각난 것이 헛것은 아니었다."

나는 이렇게 말하며 하늘에 대고 외쳤다.

"헬 파이어!"

뒤에서 말하는 목소리도 들렸다.

"헬 윈드!"

그렇게 두 마법은 융합되었고, 바띠스뜨란 자는 힘없이 소멸하였다.

"하아…… 도박에서 승리했네."

내가 주저앉으며 말했다.

"그래도 승리한 게 어디야."

명석이 형이 내 손을 잡아 일으키며 말했다. 그러나 내가 하늘에서 내려올 때 다리를 잘못 놨는지 다리가 아팠다.

"으윽."

그런 나를 보고 형은 에테르 윙을 사용해 C동 안까지 데려다 주었다.

"네 쪽은 카오스에게 말해 놓을 테니 걱정하지 말고, 혜원이를 데리고 올 테니까 움직이지 마."

형은 그렇게 말하며 밖으로 나갔다. 나는 잠시 누워서 위를 보았다.

"끝나고…… 먹고 싶다…… 파스타……."

그때 갑자기 멀리서 쾅 하는 소리가 들렸다.

"?!"

나는 앉은 채로 창문에 다가갔다. 그리고 보았다.

"저게…… 뭐야?!"

나는 앞의 광경을 믿을 수가 없었다. 내 앞에는 에일리언들과 인간들이 섞여 있었다. 아니, 그냥 인간이 아닌 개조된 인간. 그것은 아까 전 군대 숫자를 초월했다.

"처음부터 이럴 작정이었나."

나는 카오스에게 마음을 보내었다.

– 카오스. 왼쪽 편에 정체불명의 것들이 많이 모여 있어. 여기를 좀
  도와줘.

– 알겠다.

나는 카오스의 텔레파시를 듣고 마음이 조금 놓였다. 하지만 아무리 카오스가 세다고 해도 저들을 혼자 소멸시키는 것은 무리다. 나는 명석이 형을 소리쳐 불렀다. 다행히 내 목소리가 들렸는지 내게 왔다. 그러나 형도 앞에 있는 군대를 보고 말을 잇지 못했다.

"저들은 내가 처리할게."

내가 이렇게 말하자 명석이 형은 고개를 흔들었다.

"아무리 너라고 해도 그건 무리야."

하지만 내가 하지 않으면 안 된다. 처음부터 저쪽은 내 구역이었다. 나는 명석이 형의 말을 듣지 않고 혜원이 누나를 찾았다. 다행히 병석이 형이 아까 말해 두어서인지 빨리 왔다. 나는 누나에게 말했다.

"누나. 제 다리 좀 고쳐주세요."

그러나 누나도 내가 왜 그렇게 말하는지 아는 것 같았다.

"다리 고치고 나면 움직이지 마. 그것만 약속해 줘."

하지만 나는 약속할 수 없었다. 왜냐하면 꼭 싸워야 하기 때문이었다. 내가 빠지면 다른 곳에서 이곳을 막을 사람을 찾아야 한다. 그러면 밸런스가 맞지 않는다. 그래서 나는 아무 말하지 않고 묵묵히 바닥을 보고 있었다. 그때 누군가가 외쳤다.

"넌 빨리 다리 고쳐! 내가 어떻게든 할게."

나는 소리가 나는 쪽을 보았다. 현석이었다. 나는 현석이에게 물었다.

"너 어디 갔다가 온 거야? 지금까지 찾고 있었잖아."

하지만 현석이는 아무 말하지 않고 자신의 목에 걸린 목걸이를 빼었다. 그리고 외쳤다.

"당신이 실존한다면, 도와주세요!"

그 순간, 그 목걸이에서 빛이 나더니 그대로 현석이가 쓰러졌다.

"뭐야?! 어떻게 된 거야!"

나는 소리치며 현석이에게 다가가려 했다. 하지만 다리의 통증 때문에 움직일 수가 없었다.

"저런…… 결국 절 소환한 건가요. 자신의 미래를 바꿔서."

우리들은 소리가 난 쪽으로 고개를 돌렸다. 그리고 보았다. 또 다른 에일리언을. 여자의 모습이었지만, 그 에일리언 주변에 풍기는 느낌은 에일리언임을 확실히 증명했다. 그때 혜원이 누나가 일어서서 말했다.

"이리나?"

"오~ 박혜원 양 아닌가요?"

그녀는 반갑다는 듯이 혜원이 누나에게 말했다. 혜원이 누나는 이해가 되지 않는다는 듯이 이리나라는 에일리언에게 물었다. 그러나 이리나는 혜원이 누나의 말보다는 먼저 앞에 있는 군대를 처리하는 걸 택했다.

"잠시만 기다려 주세요?"

그렇게 말하는 그녀에게는 여유로움이 넘쳤다.

"저 여자 에일리언 맞지? 얼마나 강한 거야?"

내가 묻자 혜원 누나 대신 언제 온 건지 카오스가 대신 대답했다.

"인간이었던 이리스 부족을 만났었다고 한무진이란 자에게 들었다. 이리나, 그녀는 이리스 부족의 대군마마이시다. 이리스 마왕의 여동생이지."

나는 이리나란 에일리언을 보았다. 분명 인간이었음에도 불구하고 강한 힘을 가졌던 이리스. 그와 비슷한 힘을 가졌더라면……

그때 무언가 폭발하는 소리가 들렸다. 우리들은 밖으로 나가보았다. 밖에는 이리나가 발로 사람들을 베고 있었다.

"발로 사람을 베?"

내가 묻자 옆에 서 있던 노아가 말했다.

"커터란 능력이야. 이리나님 대단한데?"

"??"

우리들은 노아를 보았다. 노아는 웃으며 말했다.

"현석이의 목숨이 끊어질 수도 있는 상황이었는데 죽지 않을 만큼의 힘을 소모해서 나오셨잖아."

"…"

우리는 아무 말하지 않고 이리나를 보았다. 그때 이리나를 향해 누군가 포를 쏘았다. 이리나는 포를 맞고 뒤로 밀려났다. 터질 때 다리 쪽에

화상을 입은 것 같았다.

"저거 도와줘야 하는 거 아니야?"

"괜찮아. 적을 알기 위해 저러고 있는 것이니까."

나는 무슨 말을 하는지 몰랐다. 목숨을 잃을 수 있는데 적을 아는 게 먼저라고? 그때 그녀에게 초록색의 빛이 나더니 그대로 상처가 치유되었다.

"리커버리……."

혜원이가 말했다.

"리커버리라면…… 회복 맞지?"

"그래. 아무리 심한 상처도 한 번에 치유되는 초능력."

우리들은 앞을 보았다. 그녀의 몸에서 노란색 빛이 나는 것도 보였다.

"저건 리플랙트란 초능력. 공격을 반사하는 기술이야."

언제부터인지 노아와 혜원이 누나가 기술을 설명하게 되었다. 그때 물체가 하늘로 솟더니 그대로 바닥에 곤두박질쳤다. 그리고 일대는 터졌다.

"사이코키네시스. 너희들도 잘 아는 염동력이다."

그 순간, 모든 것들이 한꺼번에 사라졌다.

"뭐지?"

우리들은 놀라서 이리나를 보았다. 이리나는 웃으며 말했다.

"귀찮아서 타임컨트롤로 과거에, 그리고 텔레포테이션으로 바다 속으로 던져 났습니다."

그녀는 웃으며 말했다. 나는 앞에 나가서 말했다.

"당신의 오빠를 만난 적이 있어. 당신의 오빠는 어디에 간 거지? 찾고 싶어도 자료가 없어."

그러자 이리나는 대답했다.

"네가 이성혁. 오빠에게 많이 들었어. 오빠는 아직 죽지 않았으니까 걱정 할 필요 없어."

그녀가 그렇게 말하자 나는 안심이 되었다. 그녀는 현석이를 보며 말했다.

"결국 절 소환시켰네요."

나는 이리나를 보며 말했다.

"도대체 왜 현석이를 저렇게 만든 거야?"

그러자 이리나는 웃으며 말했다.

"저 아이의 잠재능력은 다재다능합니다. 저와 비슷한 초능력자가 될 가능성도 많죠. 하지만 자신은 모르는 것 같습니다. 특히 저 아이에게 뛰어난 초능력은 예지능력이죠. 그래서 저 아이의 꿈에 내 분신을 링크해 목걸이를 가져다 주었습니다. 처음부터 목숨을 뺏을 생각은 없었어요. 그리고 제가 꿈에 링크를 한 아이들은 자신의 능력이 향상되고, 잠재능력이 깨워지게 됩니다. 좋은 일 아닐까 생각하는데…… 그건 그렇고 여기서 만나다니…… 필연은 필연인가 보네요. 두 분."

이리나는 혜원이 누나와 노아에게 말했다. 혜원이 누나는 어리둥절하며 말했다.

"나는 노아를 본 적이 없는데?"

그러나 그녀는 고개를 저었다.

"이 아이는 네가 오기 전에 입양되었어. 그러니 네가 모르는 게 당연하지."

그녀는 노아를 보며 말했다.

"행복해 보이는군요."

그러자 노아도 말했다.

"네. 당신이 가르쳐 주신 능력은 잘 사용하고 있습니다."

그때 멀리서 한무진 아저씨의 소리가 들렸다.

"추억에 젖을 시간 없어! 빨리 도와야……."

그때 이리나가 하늘 높이 올라가 외쳤다.

"환각사의 힘!"

그러자 하늘에서 메테오가 떨어졌다.

"!!"

우리들은 모두 놀라 이리나를 보았다. 이리나는 손가락으로 무언가를 가리키고 있었다. 그것이 무엇인지 궁금할 그 순간, 우리 앞에 한무진 아저씨, 동석이 형, 미현이, 혜영이, 페케가 순간이동 되었다.

"다른 아이들은 텔레파시로 이곳에 모이라고 연락해 놨습니다. 잠시만 기다리세요."

그렇게 말하며 우리가 다 들어갈 만한 반투명한 무언가를 생성시켰다.

"인간들은 통과할 수 있게 만들어 놨습니다. 걱정하지 마시고 기다려 주세요."

이리나는 다시 위로 올라가 외쳤다.

"환각사의 힘!"

그러자 다시 한 번 메테오가 떨어져 바닥을 파괴했다. 나는 문득 궁금해져 물어보았다.

"환각이라면 그냥 상상 아니야? 현실로 될 수 없잖아."

그러나 노아는 말했다.

"대부분의 환술사는 그렇죠. 하지만 저분은 진환사. 다시 말해 환각을 진짜로 이루는 분입니다. 그냥 가만히 있으면 죽을 일은 없을 겁니다."

노아의 말에 우리는 고개를 끄덕였다. 이윽고 메테오들이 사라지고, 우리들은 밖으로 나왔다. 멀어서 보이진 않았지만, 마을도 불에 타고 있었고, 집은 부서지고 있었다.

"이건 어떻게 해야 하지..."

우리들은 걱정했다. 하지만 이리나는 아무것도 아니라는 듯이 말했다.

"텔레포테이션."

그러자 집이 사라졌다.

"타임 컨트롤, 텔레포테이션."

그러자 집이 있던 자리가 빛나더니 새 집이 생겼다.

"이제 사람들의 기억을 지우는 일만 남았나?"

이리나가 말하자 우리들은 모두 이리나를 보았다. 이리나는 어깨를 으쓱하며 말했다.

"에일리언들과 관련 있는 자들은 이 기술이 먹히지 않으니 걱정하지 말라고."

그렇게 말하며 이리나는 하늘 높이 올라가 외쳤다.

"알면 안 되는 진실…… 그것을 숨기기 위해 창조되었다. 일러미네이션!"

그 순간, 빛이 나더니 그대로 퍼져 나갔다. 이 빛이 퍼지자 마을의 불은 물론 원상복구 되고 있었다.

"끝났다~ 휴.. 힘드네?"

이리나가 내려오며 말했다. 그런데 뭔가 이상했다.

"당신 몸이……."

내가 말하자 이리나는 별 것 아니라는 듯이 손을 휘휘 저으며 말했다.

"이건 인간계에 머무를 수 있는 시간이 다 돼서야. 보통 10분이면 끝나는데 현석이란 아이의 힘이 강력해서 더 있을 수 있었던 거야. 뭐, 나중에 만나면 맛있는 거라도 먹자고?"

이리나는 한무진 아저씨와 노아, 혜원이 누나에게 카드를 주더니 사라졌다.

"이 카드를 왜 준 거지?"

우린 궁금해졌다. 그 카드에 뭐가 적혀 있었는지. 그때 그 세명은 빛을 내며 그 자리에서 사라졌다.

"?!"

(노아 시점)

"뭐죠?"

로라가 물었다. 나는 그녀에게 말했다.

"당신, 도대체 정신이 있는 겁니까? 인간세계에 에일리언을 뿌리다니……"

나는 말했지만, 로라는 아무 말 없이 그냥 자신의 손톱을 정리하고 있었다.

"……."

나는 이리나를 보고 말했다.

"이제 저희는 건들지 마시죠. 저희 한국 TAP을 한번만 더 건들면 프랑스에서 당신들을 영원히 없애 버리겠습니다."

그러나 로라는 아무 말 없이 로엔과 조에, 위고에게 우리를 내보내라고 했다.

"저희는 한다면 합니다."

그렇게 나와 한무진 아저씨, 혜원이 누나는 프랑스 TAP을 나왔다.

(이성혁 시점)

"벌써 가는 거야?"

동현이가 물었다. 나는 고개를 끄덕였다.

"짐 다 쌌어요!"

혜영이가 소리치며 말했다. 나와 동석이 형은 짐을 챙겨서 밖으로 나왔다. 차는 이미 대기하고 있었다. 우리들은 차에 타고 인사했다.

"동현아, 아주머니 안녕히 계세요~ 노아하고 아녜스 형, 오헬리 누나도 재미있었어!"

나는 창문을 닫았다. 그러나 혜영이는 아쉬운 듯이 창문을 다시 열고 말했다.

"언니, 정말 안 갈 거야?"

혜영이가 묻자 혜원이 누나 얼굴에도 아쉽다는 표정이 보였다. 그렇게 우리들은 헤어졌다.

작가 후기

후기라... 딱히 할 말은 없지만... 일단 이 책을 읽은 독자 분들에게 감사하단 말을 전하고 싶습니다. 아직 미숙하고 부족한 점이 많은 제 소설을 다 읽으신 분들, 정말 감사합니다. 시간과 공간의 소유자... 이 소설은 제가 작년에 이미 한 번 낸 책의 그 다음 이야기입니다. 일단 판타지 쪽으로 잡았지만, 사람들의 여러 가지 모습을 보여줌으로써 여러 가지 소재로 책을 쓸 수 있었네요.

전체 이야기의 주인공은 이성혁이지만, 소설에 나온 사람들 대부분이 주인공이라고 생각합니다. 이성혁은 이야기의 흐름상 나와야 하는 캐릭터였고, 박혜영은 가족, 이미현은 친구와의 믿음, 신동석은 아끼던 동생을 소재로 부각시켜 만들었습니다. 원래 지혜(과거)의 이야기와 한무진(동료)의 이야기도 넣을까 생각했었지만, 너무 길어질까 잘랐단 건 비밀…….

이야기 중 프랑스 TAP에 한무진이 갔다는 말이 있는데, 정말로 갔었던 것 맞습니다. 프랑스에 도착하고 나서, 한무진은 짐을 두고 프랑스 TAP에 가서 로라를 먼저 만납니다. 그리고 시공간에 대해 자신의 생각을 말하고 자신의 계획을 말합니다. 하지만 위험하단 걸 판단한 로라는 필사적으로 그걸 막기 위해 결국 TAP의 기관을 사용해 무너뜨리려 합니다. 뭐, 제가 말했듯이 로라는 악역이 아닙니다. 제 이야기를 더 듣고 싶으신 분은 메일로 연락주세요. 없겠지만…….

아무튼 정말 긴 시간이었습니다. 머리 10년치가 다 빠지도록 고생했습니다. 정말 힘들어 죽는 줄 알았습니다. 하지만 뭐…… 재미있긴 했네요. 제 소설을 읽으신 분들, 다시 한 번 감사합니다~!!!!

– 권예승

활동 후기

　올해 1학기 때 있었던 뜻 깊은 행사가 떠오르네요. 우리 동아리 학생들이 정식 작가처럼 자기 이름이 실린 정식으로 출판된 책을 받게 된 그 날, 바로 출판기념회였습니다. 우리 아이들의 남다른 창의력과 성실성, 기특한 노력 등을 알고 있었지만 그 노력의 결과를 정식으로 출간된 책으로 그리고 출판기념회라는 장소에서 확인하고 나니 살짝 눈물이 날 정도로 감동적이었습니다. 여러 가지 공연과 함께 교육청 책 출판 지원을 받은 학교 소개와 교육감님이 학생들 한 명 한 명에게 책을 주시면서 열심히 했다고 격려하시는 모습이 바로 어제 일 같이 눈앞에 선합니다. 아이들도 그날 행사 이후에 올해에는 더 멋진 작품을 만들겠다고 다짐도 하고 그래서 동아리 활동이 좀 더 내실있게 이루어진 것도 같습니다.

　그리고 기특하게도 올해에도 전원은 아니지만 많은 학생들이 수준 높은 작품을 완성했고 책으로 출간하게 되었습니다.

　그동안 여러 가지 이유로 하나의 동아리를 2년 연속 운영해 본 적은 없는데 올해 아이들은 2년 연속으로 같은 동아리 구성원이고, 그리고 올해 맡은 3학년 아이들과 함께 하게 되어서 더 의미가 있었던 것 같습니다.

　2년 간 함께 하다보니 여러 추억들도 많이 쌓였고 아이들의 특성을 알다보니 지도하는데도 좀 더 수월했지만 그만큼 아이들의 재능을 끌어내기 위해 덜 노력한 것 같아 미안한 생각도 듭니다.

　우리 서재중학교의 예비 작가님들, 이름을 다시 불러봅니다. 작년에 이어 작가 나름의 코믹스러운 표현과 재치가 돋보이는 작품을 만들어

낸 채상연 님, 나이답지 않은 구성과 소재로 또 한 번의 감탄과 놀라움을 선사해 준 남유리 님, 이제 초등학교 4학년인 제 딸아이도 몰두하게 만든 작품을 창작한 이원엽 님, 자기의 관심사를 작품으로 소화하고 표현해 낸 장상혁 님, 올해 처음으로 우리 동아리에 들어왔지만 책에 대한 애정과 글쓰기에 대한 열정은 그 누구보다 뛰어났던 최수한 님, 몇십 년 뒤 멋진 한국형 판타지를 완성할 수 있을 것 같은 기대가 큰 권예승 님. 모두 수고 많았습니다.

그리고 창작의 고통과 미완성의 아쉬움, 다른 친구의 글을 수정하면서 느꼈을 자괴감과 뿌듯함 등. 여러 가지 감정을 느껴가며 책쓰기 동아리의 결과물 완성을 위해 노력한 유정이, 윤정이, 주영이, 휘승이. 모두 수고 많았습니다.

중학교의 멋진 마무리를 우리 동아리를 통해 그리고 책쓰기 활동이라는 과정을 통해 해 나갈 수 있어서 다행스럽고 감사합니다.

고등학교에서도 그리고 그 이후에도 책쓰기 활동의 의미를 항상 되새겨서 멋진 작품을 이루어내는 소중한 경험을 계속 해 나가시기 바랍니다. 사랑합니다.

– 동아리 지도 교사 김효선

편집 후기

안녕하세요? 책쓰기 동아리 '책펼아'의 수정을 맡은 최윤정입니다. 원래 전 작가후기를 써야 됐는데요. 내용이 이상하게 되어 내지 못하여 이렇게 수정을 맡아 편집후기를 씁니다. 올해는 3학년이라서 급하게 써야 했습니다. 시간에 의해 못 쓸 수 있음에 불구하고 작가님들이 열심히 썼음에 박수는 아니더라도 격려해 주셨으면 좋겠습니다. 만약 책을 보신다면 작가님들의 노력이 보이겠지요? 글을 쓸수록, 읽을수록 꿈도 켜져 갑니다. 책쓰기 '책펼아'도 성장합니다. 저는 어른이 되어도 '책펼아'를 잊지 못할 겁니다. 나중에 글을 쓰는 기회가 생긴다면 지금을 떠올리겠지요? 2년 동안 책펼아에 속해 있어서 정말 기쁩니다. 허접한 제 이야기를 들어주셔서 감사합니다.

– 최윤정

작년에는 책펼아에서 삽화를 맡았던 허주영입니다. 삽화를 맡았다기는 쫌 많이 미흡한 부분이 있어 이번 기회엔 책도 쓰고 쫌 더 나아진 그림으로 삽화를 넣고 싶었으나 이번에 삽화를 넣지 않는다 하셔서 아쉬웠고 혹시나 했지만 역시나 책도 못쓰고 또다시 편집으로 넘어갔습니다. 이럴 때마다 제 자신이 원망스럽기도 하고 한심하며 자책도 했었지만 부질없다고 여기고 지금 할 수 있는 일이라도 열심히 하고자 편집을 하기로 했습니다. 곧 고등학교를 가기 때문에 동아리를 할까 말까 고민도 했었지만 고등학교 가기 전에 그냥 시간 보내는 것보다 뭐라도 하는 게 낫겠다 싶어서 다시 들어와 책은 또 쓰지 못했지만 또 들어온 것에 대해 후회는 하지 않았습니다. 만약 제가 진학할 고등학교에도 책 관련 동아리가 있다면 들어가고 싶습니다. 2년 동안 우리 책펼아들 모두 수고했습니다.

- 허주영

작년에도 책펼아 동아리의 수정을 담당했던 최유정입니다. 작년에 우리 책펼아 친구들이 중2여서 중2병이라는 불치병도 같이 겪고, 이런저런 체험도 많이 하면서 책을 쓰는 시간에 쫓겨 마감의 노예가 되어 책을 냈었던 느낌이 없지 않았습니다.

올해도 수정을 담당했는데, 작년보다 비교적 글 쓰는 속도도 빨라지고 이야기가 매끄럽게 이어졌습니다. 표현방법도 풍부해진 것을 보며 책펼아가 성장해 간다는 느낌을 많이 받았습니다. 책펼아가 중3이 되어 진학 상담 등의 여러 여건으로 함께 모여 글 쓰는 시간은 줄어들었지만 성적, 책쓰기 양면으로 모두 성과가 좋았던 것 같습니다. 우리들의 꿈과 함께 성장해 가는 책펼아와의 활동은 올해가 마지막이지만 그동안 즐거웠습니다. 많이 미숙한 제가 책펼아의 리더였지만 우리 책펼아 친구들이 똑똑하고 야무져서 많은 도움을 받았습니다. '책을 통해 꿈을 펼치는 아이들'이라는 이름만큼 다들 책펼아 활동을 통해 자신의 꿈에 더 가까이 다가갔을 거라 믿습니다. 우리 책펼아 수고하셨고요, 앞으로 후배들이 잘 이끌어 가기를 바랍니다. 책펼아 파이팅!

- 최유정